KB234698

나는 매일 쿠데타를 꿈꾼다

일상(日常)에서 이상(理想)으로의 길을 찾아가다

나는 매일 쿠데타를 꿈꾼다

초판 1쇄 발행 2013년 12월 6일
초판 2쇄 발행 2015년 11월 9일

지은이 조대원
펴낸이 김운태
펴낸곳 도서출판 미래지향

편집인 김운태, 허유정
경영총괄 박정윤
디자인 스탠리, 성민정, 정초희
표지 디자인 최영학
마케팅 김순태, 윤진

출판등록 2011년 11월 18일
출판사신고번호 제 318-2011-000140호
주소 서울시 마포구 마포대로 53, 마포트라팰리스 B동 1603호
이메일 kimwt@miraejihyang.com | 홈페이지 www.miraejihyang.com
전화 02-780-4842 | 팩스 02-707-2475

책값은 뒤표지에 있습니다. | 잘못된 책은 바꿔드립니다.
ISBN : 978-89-968493-9-1 (03810)

·이 도서의 국립중앙도서관 출판시도서목록(CIP)은 서지정보유통지원시스템 홈페이지(http://seoji.nl.go.kr)와
국가자료공동목록시스템(http://www.nl.go.kr/kolisnet)에서 이용하실 수 있습니다.(CIP제어번호: CIP2013024576)

도서출판 미래지향

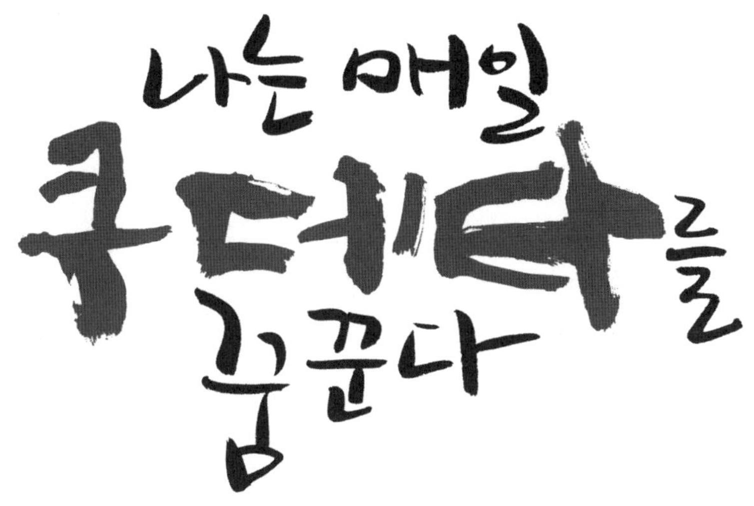

나는 매일 쿠데타를 꿈꾼다

일상(日常)에서 이상(理想)으로의 길을 찾아가다

도서출판 미래지향

어린 시절의 일이다. 이웃집 아주머니가 어느 날 갑자기 사고로 아들을 잃게 되었다. 주위에서 함께 슬퍼하고 위로의 말을 전했지만 아무 소용이 없었다. "당신들이 자식 잃어봤어?" 그 처절한 한마디에 모두들 고개를 숙여야 했다. 그런데 오직 단 한 사람, 그 돌처럼 굳은 마음을 녹인 사람이 있었다. 그것은 바로 먼저 아들을 떠나보낸 또 다른 아주머니였다. 아들을 앞세운 두 어머니가 부둥켜안고 함께 목 놓아 울던 장면을 나는 지금도 잊을 수가 없다. 그때 배웠다. '사람의 진심은 머리로 이해되는 것이 아니라 그냥 마음으로 전해지는 것이구나.' '진심은, 그리고 진정한 위로는 백 마디 말이 아니라 마음을 나누는 것이구나.'

그간 이 나라의 정치는 고시출신, 박사출신의 머리 좋은 사람, 자기 분야에서 이름을 떨친 전문가라는 사람들이 이끌어 왔다. 그들 모두는 서민을 위한 정치를 하겠다고 다짐하며 정치판에 뛰어들었다. 그런데 왜 우리 국민은 여전히 이 나라 정치를 바라보며 답답함을 느끼는 것일까? 왜 그 뛰어난 사람들이 국민으로부터 늘 형편없는 낙제점을 받고 있는 것일까?

그것은 그렇게 살아보지 않았기 때문이다. 서민의 삶을 살아보지 않은 사람이 서민의 고단함을 이해할 수는 없는 노릇이다. 가진 것이 없는 사람들에게 겨울이 얼마나 두렵고 힘들고 서러운 것인지, 가난한 사람에게 병원 문턱은 왜 그리 높은 것인지, 수없이 반짝이는 아파트 불빛이 집 없는 서민들에게 어떤 절망감으로 다가오는지, 직접 경험하지 못한 사람은 그 절절함을 이해할 수가 없는 법이다.

이미 우리 대한민국은 지난 2010년에 구매력PPP 기준으로 소득 3만 불을 넘어섰다. 순위로는 조사 대상 224개국 중 40번째에 해당하지만 대한민국보다 소득이 높은 39개국 중 리히텐슈타인, 버뮤다, 싱가포르, 브루나이 등 소국小國과 도시국가를 제외하면, 우리보다 인구수가 많은 나라는 미국, 독일, 영국, 프랑스, 일본 등 다섯 나라에 불과하다. 다시 말해서 대한민국은 세계에서도 꽤 질 사는 나라에 속한다는 뜻이다.

그런데도 사람들의 삶은 왜 이리도 빡빡하고, 예전보다 훨씬 더한 박탈감 속에 살아가야 하는 것일까? 왜 8년째 OECD 자살률 1위를 달리고, 소득대비 국민 행복도가 세계 최저수준에 머물고 있는 것일까? 그것은 바로 우리나라의 국가운영 시스템이 아주 많이 왜곡되어 있기 때문이다. 성장의 열매가 개인이 땀 흘려 일한대로 공정하게 나뉘지 않는 '왜곡된 경제구조', 실력과 자질보다는 돈과 줄이 더 강한 영향력을 미치는 '왜곡된 정치구조', 아무리 노력해도 원래부터 가진 집안의 자식들을 따라잡을 수 없는 '왜곡된 교육구조' 등, 우리 사회 곳곳에 깊숙이 뿌리박고 있는 '왜곡된 사회구조'가 그것이다. 국민들이 정치인에게 요구하는 것은 바로 이런 왜곡된 구조와 비합리적 관행들을 고쳐달라는 것이다. 그래서 오늘보다 조금이라도 더 나은 내일에 대한 희망을 품을 수 있도록 한국 정치가 그 역할을 좀 해달라는 것이다.

'정치란 게 그리도 대단하고 어려운 것이란 말인가?'

나는 늘 이런 의문을 가슴 속에 품고 살아왔다. 사실 지인들과의 대화나 술자리에서 우리 정치에 대한 불평불만을 들어보면 그리 특별하거나 대단한 것도 없었다. "배운 것 없고 가진 것 없는 사람들 얘기도 좀 들어줘라." "잘못한 사람은 처벌하고, 불쌍한 사람은 도와주고, 억울한 사람은 시비를 가려 억울함을 풀어줘라." "일할 의지가 있고, 공부할 능력이 있는 사람에게는 기회를 줘야 하는 것 아니냐." 이런 평범하고 상식적인 이야기를 접할 때마다 드는 생각은, '이런 일도 못한단 말인가?' '저 정도 들어주는 것이 뭐가 그렇게 어려울까?' '정치인들은 국민의 생각과 바람을 몰라서 못하는 것일까, 아니면 알고도

안 하는 것일까?'

이 책은 바로 이러한 생각과 고민에서 출발했다. 내가 살아오면서 느낀 좌절과 아픔, 주변 사람들이 살아가는 모습과 심정, 그들이 이야기하는 이 땅의 정치에 대한 분노와 기대에 대한 이야기를 하고 싶었다. 지금 이 나라의 정치를 이끌어 가는 사람들이 '몰라서 못하는 것'이라면 '이렇게 하면 된다'는 것을 알려주고 싶었고, 만약 '알고도 안 하는 것'이었다면 '더 이상은 참지 않겠다'는 국민들의 분노와 경고를 그들에게 전하고 싶었다. 이는 또한 내가 실천하고자 하는 정치이며, 내가 꿈꾸는 한국 정치의 이상理想이기도 하다.

이 책은 대단한 주제나 이론을 담고 있지 않다. 그저 평범한 사람이 하루를 살면서 부딪치는 갖가지 일상 속에서 느끼고 배운 평범한 생각들을 짬짬이 적어두었다가 한 권의 책으로 엮은 것에 불과하다. 그럼에도 '쿠데타'라는 결코 평범하지 않은 용어를 제목으로 삼은 것은 한국 정치의 변화와 개혁을 바라는 현장의 목소리를 그대로 전달하고 싶었기 때문이다.

실제 서민들의 술자리에서는 늘 나라 걱정과 함께 한국 정치에 대한 이런저런 이야기들이 빠지지 않았다. 그리고 그들 중 일부는 그야말로 한국 정치의 '대변혁'을 꿈꾸고 있었다. 서민들이 느끼는 그 심각한 삶의 무게와 질망감이 내세는 마치 '이런 세상 한번 뒤집어져야 한다'는 '현대판 민란'처럼 느껴졌다.

이제는 세상이 많이 좋아져서 술자리에서 오간 이런 말 때문에 어디로 끌려가거나 하지는 않겠지만, 나 같은 '육사출신'에게 '쿠데타'란 말은 여전히 부담스럽고 쉬이 입에 올릴 수 있는 성질의 것이 아니다. 20여 년 전 육사에 처음 입교하여 자기소개를 하는 시간에 '왜 육사에 왔냐?'는 질문을 받고 '대통령이 되는 학교인 줄 알고 왔다'고 대답했다가 선배들은 물론 동기생들에게마저 찍혀 한동안은 쉽지 않은 시간을 보내야만 했다. 한 선배가 나를 노려보며 '저놈은 큰일 할 놈이 아니라, 큰일 낼 놈'이라며 빈정대던 모습이 아직도 잊히지가 않는다.

군사정권 시절 많은 사람들이 큰 피해를 보고 고통을 당했지만, 육사출신 역시도 예외는 아니었다. 국민의 사랑과 신뢰를 받는 육사로 거듭나기 위해 발버둥을 칠 때마다 육사출신의 발목을 잡았던 것은 바로 '쿠데타의 후예'라는 조롱과 비난이었다. 육사출신에 의한 '쿠데타'는 모든 육사출신의 마음에 깊은 '트라우마'를 남긴 것이다. 그래서 생도 시절 때나 군 생활을 할 때, 심지어 전역을 한 뒤에도 한참 동안 나는 '쿠데타'라는 단어를 입에 올리는 것조차 금기시하며 살았다.

그랬던 내가 지금 내 인생에서 처음으로 내는 책의 제목으로 그 금기된 '쿠데타'란 말을 사용하려고 한다. 정치에 대한 꿈을 갖고 있는 내게 두고두고 부담이 될 수도 있다는 것을 잘 알면서도 말이다. 오늘날 대한민국은 성숙한 민주주의 국가로서 물리적인 쿠데타가 불가능하다는 자신감과 더불어, 보다 나은 대한민국을 꿈꾸는 수많은 민초들의 바람이 '쿠데타'라고 표현될 만큼 절박하다는 것을 강조하고 싶었다. 또한 이 책을 통해 내가 전하고 싶은 이야기들이 권력과 돈을 가진 기득권층이 만들어놓은 기존 체제와 질서에 반하는 것이라면, 그들에게는 이 책이 정말 '쿠데타'일지도 모르겠다는 생각도 들었다.

나는 아무리 많이 벌어도 더 많이 벌려고 수단과 방법을 가리지 않는 일부 재벌들의 탐욕과 천박한 상도덕을 보면 화가 치민다. 또한 기득권을 지키기 위해 수없이 많은 장벽을 쳐놓고 정의롭고 실력 있는 신인들의 진입을 막고 있는 정치권의 기득권 세력들을 생각하면 온몸의 피가 거꾸로 솟는다. 그리고 노력 여하와 관계없이 원래부터 가지고 있던 것에 의해 너무 많은 것들이 미리 결정되어 버리는 이 세상을 보고 있자면 입에서 절로 탄식과 절규가 흘러내린다.

자신의 능력과 노력이 아닌 그냥 주어진 것에 의해 부의 세습, 신분의 세습이 이루어지는 사회는 이미 희망이 없는 사회다. 열심히 땀 흘려 일하는 사람이 그 노력에 대해 정당한 보상을 받을 수 없는 세상은 잘못되어도 한참은 잘못된 세상인 것이다. 나는 그런 희망을 찾을 수 없는 사회, 모순덩어리의 세상이 한번 뒤집히는 모습을 보게 되길 그간 얼마나 갈구해 왔는지 모른다. 그리고 이것은 힘없고 돈 없이 이 시대를 살아가고 있는 내 주위의 보통 사람들이 동일하게 가져온 꿈이기도 하다.

가슴으로 민초의 삶을 이해하는 따뜻한 정치, 보수와 진보의 틀을 뛰어넘어 상식과 진심이 통하는 새로운 정치, 그리고 그것을 서민의 언어와 몸짓으로 표현해낼 수 있는 공감의 정치, 우리가 함께 노력하면 이 땅에서도 이같이 성숙된 정치와 정치인의 모습을 꼭 보게 되리라고 나는 믿고 있다. 그리고 이렇게 바뀐 새로운 정치가 이 세상을 더욱 살기 좋은 곳으로 바꾸어 낼 것이라고 굳게 믿는다. 분열과 대립이 사라진 자리에 '그래도 우리 정부와 정치가 잘하고 있다'는 믿음, 그리고 '언젠가는 꼭 좋은 날이 올 것'이라는 희망이 대신 자리 잡아 가는 그런 멋진 세상을 오늘도 나는 꿈꾸며 살아간다.

7장 선진국 만들기 프로젝트

8장 이상으로의 길을 찾아가다

"말에는, 특히 정치인의 말 한마디에는 세상을 바꾸고 움직일 수 있는 무게와 힘이 있어야 한다. 그러려면 정곡을 찌르는 날카로움으로 내 편에게 통쾌함을 줄 수 있어야 함은 물론이고, 자신을 반대하는 상대방의 마음에까지 울림과 여운을 남길 수가 있어야 한다. 그런데 그 말이 매몰차고 예의가 없다면 아무리 내용이 좋고 옳은 말을 한다손 치더라도, 다른 입장에 서 있는 사람들은 쉽사리 그것을 받아들일 수가 없는 법이다."

1부
일상(日常)에서 배우다

2012 선거 이야기

정치적 힘은 투표에서 생긴다

'김용민의 막말' VS '문대성의 논문표절'

2012년 국회의원 선거가 한창인 늦은 3월, 여야가 모든 화력을 집중하고 있던 '총선 승부처'였다. 한 마디로 쓴웃음만 터져 나왔다. 그때 세간에 이름이 오르내리고 있던 그 사람들이 국회의원이란 자리에 적합한지 아닌지에 대한 민심의 평가는 이미 끝났는데도 말이다. 이 나라의 선거란 것이 늘 이 정도 수준이었다는 것은 익히 알고 있었지만, 그래도 세상이 참 많이 변했기에 이번만은 좀 달라질 줄 알았다. 그런데도 이런 지엽적인 문제에 매몰되어 반드시 짚어야 할 핵심을 놓치는 모습을 보니 답답하기만 했다.

총선은 지난 4년 동안 쌓아온 각 정당과 국회의원들의 공과功過에 대한 냉철한 심판이 되어야 한다. 아울러 앞으로 4년간 정당과 지역 후보가 이뤄낼 성과에 대한 냉철하고도 객관적인 판단에 의해 이루어져야 한다. 이 정도는 되어야 세계 10위권의 국력을 갖춘 나라에 걸맞은 정치의 수준이라 할 수 있을 것이다.

만약 두 가지를 다 이루기가 어렵다면 최소한 지나온 시간에 대한 평가만이라도 제대로 이루어져야 한다. 그리고 그 평가를 바탕으로 정확한 신상필벌信賞必罰이 따라야 한다. 그래야 정당과 정치인이 국민 무서운 줄을 알게 된다. '그놈 찍은 내 손가락을 찍어버리고 싶다'는 부끄러운 말을 술자리에서 배설하는 유치한 수준을 언제까지 반복해야 하는 것일까? 지난 세월 동안 우리는 그 어려운 여건하에서도 정치적으로 많은 것을 성취해 왔지만, 동시에 아쉬움도 함께 남겼다. 선거철만 되면 정당들이 사활을 걸고 흑색선전과 중상모략에 집중하는 암울한 현실도, 또 특정 정당의 깃발만 달면 허수아비를 꽂아도 당선된다는 부끄러운 말도, 결국 따지고 보면 그렇게 투표했던 우리가 만든 것이다.

그간 이 나라 정치에 뛰어든 사람들이 어떤 사람들이었는가? 판·검사 장·차관을 거친 머리 좋은 사람, 자기 분야에서 이름을 떨친 교수와 경영인, 심지어 연예인과 운동선수에 이르기까지 하나같이 모두 성공한 사람들이었다. 그런데도 왜 이 나라 정치는 그렇게 성공하지 못하는 것일까? 비약적 발전을 이룩한 다른 분야의 속도를 따라가지 못하고 이 사회에서 가장 뒤처진 애물단지로 전락해 버린 이유는 무엇일까? 왜 그 뛰어난 사람들이 정치판에만 들어오면 모두가 그렇게 망가졌던 것일까? 그것은 본인 스스로가 정치에 대한 기본적인 고민과 준비도 없이 어느 날 갑자기 기존 정당의 필요에 의해 국회에 들어왔기 때문이다. 들어와서 보니 제법 폼 잡고 대접받을 수 있는 좋은 자리임을 알게 되고, 시간이 갈수록 놓치기가 싫어지는 것이다. 그러다 보니 자신에게 자리를 만들어준 권력자의 눈치를 보게 되고, 보스의 지시에 따라 손을 들었다 내렸다 하는 거수기가 되어가는 것이다. 국민이 정치의 중심에 서지 못하고 당원이 공천권을 가지지 못하는 지금의 후진적 정치 시스템으로는 아무리 뛰어나고 바른 사람이 들어와도 결과는 마찬가지일 수밖에 없다.

'도무지 찍고 싶은 당과 사람이 없다'며 체념하는 사람들을 총선 당시 많이 만났다. 그래도 투표장에 가서 그나마 좀 나은 사람에게라도 투표는 꼭 해야 한다. 특히 2030 청년들은 이제부터 달라진 모습을 보여줘야 한다. '우린 약자다.' '우릴 도와주지 않는다'는 나약한 소리를 하기 전에 스스로가 힘을 가질 방법을 찾아야 한다. 단언컨대 투표가 청년들에게 그런 힘을 부여할 수 있다. 투표에 의한 청년층의 의사 표현이 높아질수록 청년들의 고민과 요구에 대한 정치권의 반응도 그만큼 빨라질 것이다.

소상공인, 저소득 봉급생활자, 농민, 홀몸노인 등, 스스로 사회적 약자라고 여겨온 사람들도 마찬가지다. '먹고 살기도 힘든데 투표는 무슨…'이라며 투표장에 나타나지 않으면 아무것도 바뀌지가 않는다. 우리 정치와 정치인에 대한 실망과 분노로 인해 쌓인 그 가슴 속 응어리 역시 풀리지가 않는다. 정치가 바뀌지 않으면 먹고 살기는 앞으로도 계속 힘들어질 것이고, 그러면 투표장에는 더욱 가기 어려워지는 상황을 맞게 될지도 모른다. 그러니 귀찮고 힘들고 아니꼽고 도무지 뽑을 놈이 눈에 보이지 않더라도, 반드시 투표는 해야 한다. 그러면 언젠가는 세상이 바뀌게 된다. 분명 투표에는 오늘보다 조금은 더 나은 내일을 우리에게 안겨줄 수 있는 힘이 있다.

소년출세(少年出世)

"물대포 맞는 국회의원이 되겠습니다. 물대포 쏘는 정부를 만들지 않겠습니다."

뉴스에서 들었던 이 말이 저녁 내내 마음에 걸렸다. 모 정당의 국회의원 청년비례대표 선발대회에서 최고 득표로 뽑힌 31살짜리 젊은이가 당선 소감이라며 국민 앞에 밝힌 첫마디였다. 얼핏 보면 마치 예전 운동권 학생들이 독재정권에 맞서 비분강개를 금지 못하는 모습 같기도 했다.

지난 총선을 앞두고 '청년 열풍'이 정치권을 강타하는 모습을 보며 몇 가지 우려에도 불구하고 나는 큰 흥미와 기대를 갖고 그 과정을 지켜보았다. '나이가 젊은 만큼 생각도 행동도 젊을 것이다.', '정치를 해도 참 쿨하게 할 것 같다.', '어른들이 미처 생각지 못했던 아이디어를 내고, 대화와 타협을 통한 새로운 정치의 모습을 보여 줄 것이다'라는 기대가 바로 그것이었다. 그런데 시작도 하기 전에 '대화'보다는 '대립', '타협'보다는 '갈등'을 머릿속에 떠올리고 있는 한 젊은 정치인의 모습을 보아야 했다. 순간 떠오른 생각은, '나이 지긋한 어른들의 막말과 몸싸움도 보기 거북했는데 이제 젊은이들까지 뒤엉켜 멱살 잡고 욕설을 주고받는 모습을 어떻게 지켜봐야 하나'하는 것이었다. 배울 만큼 배우고 나이 먹을 만큼 먹은 선배들의 그것도 참기가 힘든데, 배움도 경험도 부족한 새파란 후배들이 그런 구태를 반복하는 모습을 또 어떻게 지켜봐야 할지 가슴이 답답해 왔다.

'남이, 홍국영, 조광조, 김옥균, 그리고 최근까지 정치권에서 소장파의 리더라고 불렸던 젊은 정치인들까지. 이런 천재들이 10년, 아니 5년만 늦게 그 자리에 올랐다면 과연 세상이 어떻게 달라졌을까?'

가끔 나는 이런 생각을 해보곤 한다. 개인마다 여기에 대한 생각이 많이 다르겠지만, 만일 그랬다면 이 나라가 한참은 더 빨리 발전했을 것이라는 게 내 확고한 생각이다. 이들이 조금만 더 '정치력'을 키운 뒤 현장으로 들어왔다면 그들의 뛰어난 역량이 현실 속에서 꽃을 피울 가능성이 훨씬 더 높았다고 믿기 때문이다. 시대는 달랐지만 공통적으로 이들은 너무 젊은 나이에 너무 많은 주목을 받고 힘을 갖다 보니, 방심하고 교만해져서 스스로 넘어지고 말았다. 젊은 강기剛氣에 현실을 무시하고 이상만을 앞세우다가 노회한 기득권 세력의 시기, 음해, 술수에 의해 그 '천재성'이 미처 꽃 피워보기도 전에 꺾이고 만 것이다.

'실력' 하나만 가지고 헤쳐나가기에 세상은 너무 거대하고 복잡한 곳이다. 세상은 많은 변수와 다양한 이해관계가 존재하며, 그것들이 치열하게 경쟁하고 부딪치는 곳이다. 때문에 '연륜'이 필요한 것이다. 실력은 열심히 공부하고 노력하면 단기간에도 크게 향상시킬 수 있지만, 삶의 지혜는 단기간의 '열심'으로 갖추기에는 너무 방대하고 깊다. 비록 배움의 수준은 비할 바가 못 되지만, 우리 인생의 결정적인 순간마다 깊은 통찰력으로 지혜와 교훈을 나누어 주신 우리 부모를 떠올려 보면 그러한 사실이 더욱 분명해진다.

스물 몇 살짜리 판검사와 CEO, 그리고 갓 서른을 넘긴 국회의원, 참 대단해 보이지만 또 한편으로는 뭔가 부족하고 많이 위태해 보인다. 그래서 이런 말이 있는 것 같다.

'한평생을 살면서 꼭 피해야 할 인생 4대 불행은 조실부모早失父母, 소년출세少年出世, 중년상처中年喪妻, 그리고 노년빈곤老年貧困이다.'

무엇이든 한 살이라도 어릴 때 시작해야 한다는 '조기교육'의 광풍에 휩쓸려 있는 우리에게 '소년출세少年出世'가 포함된 것은 다소 의아하다. 하지만 어린 나이에 '천재' 소리를 듣던 운동선수가 일찌감치 혹 사냥하다가 망가져 버린 경우나, '영재'라고 칭송받던 아이들이 부실

한 관리시스템으로 범재나 둔재가 되는 수많은 사례를 떠올리면 절로 고개가 끄덕여진다. 인생은 나이마다 그 시기에 반드시 해야 하는 '필수 과제'가 있는 장거리 경주와 같다. 그런 의미에서 20대는 더 많이 보고, 듣고, 읽고, 그러면서 더 많이 깨지고 경험해보아야 하는 시기이다. 앞으로 주어질 50년, 60년의 세월을 위해 착실하게 기초체력을 닦는 시기이지, 또래에 비해 조금 더 재능이 있다고 얼마 쌓아놓지도 않은 기초체력을 소진하는 시기는 아닌 것이다.

그런데도 최근 정치권에서는 선거 때마다 여야 가릴 것 없이 '20대 신데렐라' 바람을 불러일으키고 있다. 오죽 어른들이 못났으면 한창 제 나이에 맞는 인생을 준비해가야 할 젊은 친구들까지 정치판에 끌어들여야 했을까? 잘못은 자기들이 해놓고 '젊은 피 수혈'이라는 미명하에 20대까지 동원하여 살길을 도모하는 나쁜 어른들의 모습을 지켜보면 한편으로는 부끄럽고 또 한편으로는 화가 난다.

정치판이 얼마나 험악하고 치졸하고 비정한 곳인지를 신데렐라 청년들은 잘 알지 못한다. 당장이야 필요에 의해 끌어들이지만 앞으로 판세가 변하여 이용가치가 떨어지면 저들의 처지가 어떻게 바뀔지 아무도 모른다. 실력과 준비가 부족한 저들이, 그리고 세력과 경험이 없는 청년들이 과연 어떻게 그 수많은 난관과 냉혹한 현실을 헤쳐갈 수 있을지 벌써부터 걱정이 된다.

권력은 스스로의 힘과 노력으로 쟁취하는 것이다. 그래야만 자신이 품어온 뜻을 주변의 간섭이나 입김에 구애됨 없이 힘 있게 밀고 나갈 수 있다. 외부의 힘을 빌려 얻거나, 혹은 힘 있는 사람의 필요 때문에 얼떨결에 주어진 권력은 결국 그것을 쥐여준 사람이나 세력의 눈치를 보아야 하고 그들의 조종을 받을 수밖에 없다. 자기분야에서는 그토록 탁월한 업적과 명성을 남긴 뛰어난 사람들이 정치권에만 들어오면 이해할 수 없을 정도로 망가져 온 이유가 바로 여기에 있다. 분명한 철학과 오랜 노력으로 주권자인 국민에게서 권력을 부여받은 것이 아니라, 정권 실세의 필요로 선택되고 이용됐기에 결국 그들의 '거수기' 역할을 벗어날 수 없었던 것이다.

'금배지'를 눈앞에 둔 젊은이들이 자신의 힘으로 그것을 쟁취했다고 여긴다면 정말로 큰 오산이다. 현실 정치의 높은 벽과 자신의 진짜 본전을 깨닫는 데는 아마도 그리 오랜 시간이 걸리지 않을 것이다. 그 냉혹하고 무서운 정치판에서 제 목소리를 내고 제 역할을 똑바로 하기 위해서는 지금부터라도 정신을 바짝 차려야 한다. 무엇이 옳고 무엇이 그른지에 대해 깊이 사색하고 열심히 공부해야 한다. 그리고 초심을 잃지 않고 스스로를 지켜가기 위해 더욱 낮아지고 더욱 겸손해져야만 한다. 권력 실세가 아닌 주변의 서민 대중에게 늘 눈과 귀를 열고 끊임없이 허리를 숙여야 할 것이다. 그래야 지금 하고 있는 이 '정치 실험'이 일회성 이벤트가 아닌 하나의 '정치 문화'로 새롭게 자리를 잡을 수가 있다. 그래야 우리 정치가 한 단계 더 발전하고, 그들의 뒤를 잇게 될 많은 후배들에게도 계속 기회가 주어질 것이다.

"지금 우리에게 필요한 것은 20대 국회의원 몇 명이 아닙니다. 우리들이 정말로 필요로 하는 것은 우리들 얘기를 진지하게 끝까지 잘 들어줄 줄 아는 아줌마 아저씨들이 국회에 더 많아지는 것입니다."

일전에 청년 문제를 놓고 얘기를 나눈 한 젊은이가 지금 정치권 돌아가는 모습을 보며 내게 일갈했던 말이다. 이 사회가 안고 있는 청년 문제에 대해 진지한 고민도 없이 손쉬운 임시방편으로 순간의 어려움을 모면하려는 '못된 어른들'이 반드시 새겨들어야 할 말인 것 같다.

민심을 읽어야 산다

당장의 여론 지지율이나 상대방의 단일화 여부가 중요한 것이 아니었다. 정말 중요한 것은 정권교체를 바라는 국민의 열망이 조사방식에 따라 작게는 52%에서 크게는 63%까지 나왔다는 사실이다. 이명박 정부와 집권 여당에 대한 불신과 분노가 과연 어느 정도인지를 가장 단적으로 보여주었던 수치였다. 상황이 이러했는데도 '아직까지 우리가 이기고 있다'는 얼토당토않은 여론조사 결과를 뿌려댄 일부 당 수뇌부가 있었는가 하면, '우리가 뭘 잘못했는데?'라며 밥그릇 지키기에만 매진한 기득권 세력도 있었다. 이런 모습들을 지켜보면서 어찌 복장 터지지 않을 수 있었을까?

민주당이 현 정부의 실정을 제대로 심판하고 이번 총선에서 승리하기 위해서라도 김용민 문제는 더 일찍, 더 가혹하게 처리해야 했습니다. '새누리당이 김용민 건으로 물타기를 하고 있다'는 민주당의 주장은 이번 사태의 본질을 잘못 파악한 패착敗着이 될 것입니다. 민주당이 김용민 문제를 선거 공학적으로 접근하여 주판알을 튕기며 미적거렸기 때문에, 국민들이 직접 나서서 이 사회의 보편타당한 이성과 윤리의 잣대로 평가하고 심판할 수밖에 없게 된 것입니다.

2012년 4.11 총선 직전에 내 홈피에 이런 글을 올린 적이 있었다. 당시 주위의 몇몇 진보진영 사람들은 이런 내 주장에 대해 '김용민 문제는 노원구민들이 결정하면 되는 것'이고 '김용민 문제와 전체 총선 구도는 별개'라며 선을 그으려 했다. 하지만 나는 "민주당이 김용민의 덫에 빠져 최대 10석까지 까먹을 수 있다"고 반박했었다. 정말 그 문제 때문에 의석수 10개를 놓쳤는지는 알 수 없지만, '민주당이 김용민 때문에 참 많은 것을 잃었다'는 결론에는 별다른 이견이 없었다.

총선 이후의 새누리당도 민주당과 별반 다르지 않았다. 사람은 작은 성공에 도취되면 필연적으로 오만해지는 법이다. 그리고 오만하면 평정심을 잃고 자신의 모습을 객관적으로 바라보는 눈을 잃게 되는 모양이다. 아무리 입으로는 '절대 오만하지 말자'고 되뇌어도 오만할 수밖에 없는 환경에 처하면 자신노 모르게 오만하게 되는 것이 세상의 이치인 것 같다. 마치 순수함과 사명감에 불타던 초선 의원이 두 번 세 번 금배지를 달게 되면 그 목소리와 걸음걸이부터 바뀌어가는 것처럼 말이다. 사람이 환경을 이긴다는 것이 그만큼 어려운 법이다.

지난 총선 전까지만 해도 극심한 국민의 분노와 지탄으로 존폐조차 불분명했던 존재가 바로 '새누리당'이었다. 그러한 국민의 분노가 불과 얼마의 시간이 흘렀다고 모두 사라졌다 생각한다면 그건 오만한 것이 아니라 미련하다고밖에 할 수 없다. 작년 4.11 총선의 결과는 '박근혜나 새누리당의 탁월함'이 아니라 '진보진영의 미련함' 때문에 생긴 것이었다. 그러한 사실을 망각하고 작은 승리에 도취되어 정신줄을 놓는다면, 진보진영이 흘리고 있는 후회의 눈물과는 비교도 할 수 없는 피눈물을 조만간 흘리게 될 것이다.

싸늘하게 돌아선 민심을 다시 돌리는 길은 참 어려울 것 같지만, 오히려 간단할 수도 있다. 정권교체를 열망했던 국민들에게 정권교체의 '카타르시스'를 새누리당 내에서 느끼게 해주면 된다. 2007년의 한나라당 정권에서 전혀 다른 얼굴과 전혀 다른 정치철학을 가진 새로운 세력인 새누리당으로 정권이 교체되었음을 보여주면 되는 것이다. 부자정당, 부패정당, 지역정당이라는 오명을 벗기 위해 국민의 지탄을 받아온 지금까지의 사고방식과 행동거지를 통째로 바꿔야 한다. 저만치 앞서 가고 있는 국민의 의식 수준을 따라오지 못하는 수준 미달의 인사는 자연스레 도태되는 합리적이고도 선진적인 시스템을 정착시켜야 한다. 생활고에 찌든 서민들의 삶을 위로하고 편케 만드는 정책들을 열심히 연구하고 끊임없이 쏟아 놓아야 한다. 그래서 '2008년의 한나라당과 2013년의 새누리당이 정말로 다른 정당이구나'란 착시 현상이라도 국민들에게 주어야 한다. 그런 치열한 단절과 처절한 차별화 없이 어떻게 폭발 직전인 민심을, 차갑게 돌아선 천심을 돌릴 수가 있단 말인가?

천만 다행히 당시 야권의 후보들도 분명한 국정철학과 국가운영능력을 국민에게 제대로 내놓지 못했다. 국민은 야당이 좋아서, 야권 후보가 믿음직스러워서 지지했던 것이 아니었다. 지지리도 백성의 마음을 몰라주고 갈가리 가슴을 찢어놓은 이명박 정부와 집권 여당이 너무 미워서, 그들에게 한번 제대로 본때를 보여주기 위한 것이었다.

결국 대선은 새누리당의 승리로 끝이 났다. 아마도 지난 1997년과 2002년, 이 두 번의 쓰라린 패배의 경험이 새누리당에는 약이 된 것 같다. 당내 기득권 세력의 서슬 퍼런 위세에 눌려 제대로 직언 한 번 못하고, '이러면 지는데…. 이러면 지는데…'만 되뇌다 패했던 기억이 떠올랐을 것이다. 하지만 결국 이번 대선도 '승자의 뛰어남'보다는 '패자의 부족함'이 승부를 갈랐다는 생각을 떨칠 수가 없다. 그래서 이긴 쪽에 투표한 사람들도 진 쪽에 투표한 사람들도 다 같이 허탈과 실망과 억울함의 마음에서 오는 집단 무기력증에서 벗어나기 힘든 것이다. 언제쯤, 이 나라 정치가 국민의 마음을 편안하고 시원하게 해줄 수 있는 날이 올 것인지 마음이 참 무겁다.

안철수식 정치실험?

지난해 대선에서는 안철수 교수와 범진보 진영의 단일화 여부가 대선의 결과를 좌지우지할 결정적 변수로 떠올랐다. 국가의 적극적 개입과 차등적 과세를 통한 보편적 복지를 반대하고, 선별적이고 소극적인 사회적 안전망 구축과 일자리 창출을 강조하는 안철수 교수가 과연 진보진영의 무상복지를 어떻게 수용해나갈 것인가? 보편적인 인권과 평화를 강조하며 북한도 예외가 아니라고 주장하는 안 교수가 북한 인권, 북한 핵무기, 김씨 왕조의 세습독재에 대해 끝끝내 침묵으로 일관하는 사람들과 과연 어떤 식으로 결합하여 북한 문제를 풀어갈 것인가? 고개가 갸우뚱해지는 쟁점이 한둘이 아니었다.

아무리 배가 고파도 먹어야 할 것과 먹지 말아야 할 것이 있듯이, 아무리 눈앞에 있는 목표가 급하더라도 손을 잡을 수 있는 사람과 그렇지 못한 사람이 있다. 지극히 개인적인 생각이지만, 나는 오래전부터 안 교수가 진보진영보다는 개혁적 보수진영에 더 적합한 사람이라고 생각해 왔다. 그의 지나온 삶이 그러했고, 또한 지금 세상을 바라보는 시각이 그것을 잘 말해 주고 있다.

호랑이를 잡으려면 호랑이 굴로 들어가야 한다. 보수진영 내의 많은 문제점들은 보수진영 내의 개혁세력과 손을 잡고 싸워서 바꾸면 되는 것이다. 실제 보수진영 내에서도 안철수 교수를 영입하여 보수 정치권을 혁신하고 국민이 기대하는 정치를 펼쳐야 한다고 주장하는 세력이 분명 존재했다. 그런데도 결국 생각과 이상이 다른 사람들과 손을 잡으려 했던 그의 행보는, 좀 더 쉬운 길을 통해 대선 후보가 되려는 나약한 모습에 더 가까웠다. 자신의 정체성을 버리고 이질적인 집단과 손을 잡으면, 비록 목표한 '지위'에는 오를 수 있어도 목표한 '이상'에는 도달할 수는 없는 것이다.

당시의 내 생각을 정리하자면,

첫째, 안철수 교수의 정치적 이상은 진보진영보다는 보수진영의 그것과 더 가깝다.

둘째, 세상을 바라보는 눈이 다른 집단, 즉 통합진보당이 포함된 범진보 진영과 오로지 선거 결과를 위해 정치 공학적으로 손을 잡으면 반드시 실패한다.

셋째, 지금 당장은 아니더라도, 장차 안 교수가 보수정당에 들어와서 보수진영의 대표주자가 되지 못할 이유가 없다'는 것이었다.

특정 정당의 과거 행적이나 특정세력이 싫다고, 공통분모가 많음에도 무조건 배제하는 것은 정치가 아니다. 물론 국가적 대의를 위해서는 정적政敵과도 손을 잡는 것이 정치이지만, 정당 정치의 기본은 같은 철학과 이념을 바탕으로 하는 것이다. 때문에 정치적 지향점이 다른 집단과 눈앞에 놓인 이익을 위해 손을 잡게 되면 장차 너 큰 반목과 혼란을 초래하게 된다. 과거 DJP 연합이 그러했고, 진보당 내에서 벌어졌던 반목질시反目嫉視도 단적인 예가 될 수 있을 것이다.

안철수 교수와 진보진영 간의 정치적 – 정책적 – 이념적 거리가 진보당 내 NL-PD계의 그것보다 더 가깝다고 할 수 있을까? 선거를 앞두고 물리적 결합에는 성공한 듯 비쳤으나, NL-PD계의 화학적 결합은 끝내 실패하지 않았던가?

물론 오늘날 한국 정치는, 최소한 정책적인 측면에서만큼은, 보수-진보의 진영 구분이 모호한 중도의 시대로 들어섰다. 새누리당과 민주당의 정치인들이 앞다퉈 '중도' '개혁' '합리적'이라는 수식어를 사용하고 있는 것도 이 때문이다. 연륜 있는 중진 의원들마저 비록 자기 진영의 논리라 하더라도 극단의 이념이나 정책에는 거부감을 표시하는 세상이 되었다. 국민들이 안철수의 등장에 신선함과 기대감을 가졌던 것도 기존 정당의 이념이나 정책에 문제가 있어서라기보다는 양대 정당 그 자체에 대한 거부감에서 비롯되었다. 국민의식의 성장 속도를 따라가지 못하는 기존 정치인들의 사고와 행동방식이 문제의 원인인 것이다.

이는 지금까지 안 교수가 기성 정치권을 비판하며 밝힌 견해나 내놓은 정책들이 각 정당의 소장파나 개혁파가 수없이 주장한 것과 별반 차이가 없음을 통해서도 잘 알 수 있다. 기존 정치인들의 말에는 무관심하던 국민들이 안철수의 한 마디 한 마디에 그토록 열광한 것은 바로 안 교수에게서 '새로운 리더십'에 대한 기대감을 찾았기 때문이다. 통렬한 자기반성과 자기혁신을 하라는 국민의 요구에 미적대고 있는 기성 정치권과 정치인에 대한 불만과 실망의 대폭발인 것이다.

하지만 '안철수 현상'의 이면에는 '한계점'도 동시에 존재한다. 안철수란 인물은 먼발치에서 바라보는 신기루와 같은 존재이다. 그동안 기성 정치권에 대한 실망으로 유입되었다가 결국 현실 정치의 벽을 넘지 못하고 주저앉았던 수많은 인물들처럼 말이다. 정치는 혼자 뛰어나다고 해서 잘할 수 있는 성질의 것이 아니다. 소수의 능력 있고 깨끗한 사람들이 정치를 바꿀 수 있다면, 그동안 각 정당에 영입된 인물들만으로도 충분했을 것이다. 자기 분야에서 그토록 뛰어난 전문가들이 제도 정치권에만 들어오면 하나같이 망가졌던 이유는 바로 우리의 정치 시스템이 잘못되어 있기 때문이다. 국민의 눈에는 망가진 것처럼 보였던 그 행동방식이, 우리 정치 현실에서는 그렇게 행동하지 않으면 살아남을 수 없는 생존을 위한 방식이었던 것이다. 크게 왜곡된 상수는 그대로 두고 변수 몇 개를 바꾼다고 방정식이 제대로 풀릴 리 없다.

도도히 흐르는 역사의 물줄기를 천재 한 명이 바꿀 수는 없다. 오랜 시간 많은 사람들이 힘을 합쳐 조금씩 작은 물길을 바꿔야 마침내 전체의 물줄기를 바꿀 수 있는 것이다. 그런 대역사大役事를 성공적으로 완수하려면 안철수 역시 한 명의 일꾼으로 참여하여 같이 땀을 흘리고 몸에 흙도 묻혀야 한다. 하지만 그간 안 교수가 보여준 것은 여전히 좋은 옷 입고 나무 그늘 밑에서 열심히 참견하고 그럴듯한 훈수를 두고 있는 모습이었다. 이는 세상을 바꾸고자 뜻을 세운 용기 있는 지도자의 모습과는 거리가 멀어 보인다.

우리 정치가 지금보다 한 단계 발전하기 위해서는 더 오랜 시간, 더

많은 사람들이 함께 문제의식을 느끼고 힘을 합쳐 노력해야 한다. 수
준 높은 선진 정치를 하고 있는 나라들이 운이 좋거나 복이 많아 훌
륭한 정치인들을 배출한 것이 아니다. 높은 정치의식과 도덕관을 가
진 국민들이 충분한 자질과 소양을 갖춘 정치인만이 살아남을 수 있
는 정치적 토양을 만들어 왔기에 가능한 것이었다. 아무리 열심히 노
력해서 자질과 능력을 갖춰도 특정 정당의 공천을 받지 못하면 그 지
역에서 절대로 일할 기회를 얻지 못하는 후진적 정치토양에서 거목巨
木이 자랄 수는 없는 법이다. 이러한 잘못된 환경을 바꿔야 정치권으
로 인재가 몰려들고 우리 정치도 변하게 된다. 그런 근본적인 변화 없
이는 아무리 안철수 교수같이 뛰어난 천재가 출현한다고 해도 우리가
기대하는 만큼의 변화와 발전을 성취할 수는 없는 노릇이다.

결국 지난 대선에서 안철수 교수의 역할은 아주 제한적이었다. 연
공서열이 중시되는 한국 사회에서 나이로 보나 또 그간 보여준 정치
적 역량으로 보나, 기존 정당에 긴장감을 주고 국민들에게 청량감을
안겨주는 딱 그 정도 선이었다. 그리고 어쩌면 그것이 안 교수 자신의
정치적 미래와 이 나라의 정치적 미래를 동시에 지켜갈 수 있는 최상
의 결과가 아니었나 하는 생각도 든다.

다시 말하건대 지난 대선에서 안철수의 정치 실험은 결국 실패하
고 말았다. 모인 세력의 양과 질이 기존 거대 정당과 비교하면 너무나
빈약했고, 무엇보다도 안철수 자신의 목표에 대한 절박함이 많이 부
족했기 때문이다. 하지만 기성 정당과 정치인의 행태를 부정하고 기

존의 정치판을 뒤엎기 위한 정치실험은 결코 멈추지 않을 것이다. 앞으로도 끊임없이 제2, 제3의 안철수가 출현하여 '안철수 현상', '안철수식 정치실험'을 지속시켜 갈 것이다. 그리고 언젠가는 그러한 시도가 단순한 실험으로 그치는 것이 아니라, 잘못된 판을 바닥부터 태워버리는 정치 대폭발의 도화선이 될 것이라고 나는 믿는다.

'부관참시(剖棺斬屍)' 꼭 이렇게까지 해야 하나?

지난 미국 대선은 초박빙으로 전개되어 쉽사리 결과를 예측하기 어려웠다. 이런 초박빙의 싸움은 나도 몇 번의 당내 선거와 국회의원 예비후보 경험이 있어 그 당사자의 심정을 제법 이해할 수가 있다. 그야말로 내 영혼을 팔아서라도 꼭 이기고 싶다는 유혹에 빠지게 된다. 그래서 상대를 무너뜨릴 수 있다면 가용한 모든 수단과 방법을 총동원한다. 흑색선전, 침소봉대, 왜곡은 기본이고, 인신공격, 말꼬투리 잡기, 그리고 직계가족은 물론 사돈의 팔촌까지도 파헤치게 된다.

그런데 이는 비단 우리나라에서만 일어나는 일은 아닌 것 같다. 정치란 것도 결국 인간이 하는 것인지라, 민주적 선거절차가 가장 잘 운용되고 있다는 미국조차도 우리와 별반 차이가 없나. 평소에는 '인종차별discrimination'이라는 단어조차 꺼내는 것을 조심하는 미국 사회가 선거기간에는 교묘하게 인종주의를 선동하는 것을 유학생 시절 직접 경험해 보았다. 막대한 돈을 쏟아 부은 화려한 TV 광고를 통해 인신 공격, 거짓 과장광고, 흑색선전에 열을 올리는 모습을 보고 있자면, 평소 미소와 배려 속에 감춰진 그들의 또 다른 모습을 보는 것 같아 씁쓸해 지곤 했다.

하지만 분명히 정도의 차이는 있다. 적어도 미국은 진흙탕 싸움의 와중에도 '죽은 자' 혹은 '더 이상 자신을 변론하거나 방어할 수 없는 자'를 건드리지는 않는다. 케네디와 클린턴의 사생활을, 닉슨과 카터의 국정 실패를 언급하지도 않는다. 현직에 있을 때 그토록 조지 부시George W. Bush를 혐오했던 민주당 지지자들도 민주당의 정치적 이익을 위해 대통령 선거판에 그를 끌어들이는 것을 용납하지 않는다.

신 앞에서는 누구나 평등하고 나약한 인간임을 인정하는 기독교 정신을 공유하고 있기 때문일까? 아니면 대통령이란 자리가 일개 인간이 감내할 수 있는 최고 수준의 고통과 희생, 그리고 절제를 요구 받는 자리임을 국민들이 인정하기 때문일까?

재임 중에 아무리 큰 비난과 조롱의 대상이 되었더라도, 일단 퇴임을 하고 나면 세계 어느 나라의 대통령보다 더 큰 존경과 사랑을 받는 것이 바로 미국의 대통령이다. 지지하는 정당이나 살고 있는 지역과 관계없이 미국인들은 케네디와 레이건을 존경한다. 그리고 클린턴과 부시가 사람들에게 둘러싸여 행복한 미소를 지으며 담소를 나누는 모습을 어렵지 않게 볼 수가 있다. 미국 국민은 최소한 자신들의 전직 대통령이 불행하게 사는 모습을 보고 싶어 하지 않는다. 현직 때의 평가와 관계없이 행복한 여생을 보내고 있는 전직 미국 대통령들의 모습들이 나는 그렇게 부러울 수가 없다.

아무리 당장의 목표가 절박하고, 정권을 차지하지 못하면 향후 5년을 춥고 배고프게 살아야 한다지만, 그렇다고 박정희와 노무현까지 무덤 속에서 끌어내야 했을까? 이젠 한 줌 흙이 되어 당시의 상황과 자신의 진심을 스스로 변론조차 할 수 없는 존재를 그토록 치졸하게 난도질해야 했단 말인가? 꼭 그렇게 박정희를 친일파 공산주의자 부정축재자로까지 몰아세우고, 노무현을 NLL 포기로 우리 바다를 북한에 바치려 했던 민족의 반역자로 덮어씌워야 했을까? 뜨거운 애국애족 정신을 바탕으로 민족 번영의 기초를 닦은 위대한 대통령으로, 권위주의를 청산하고 진심으로 약자의 편에 서서 국민과 눈높이를 맞춘 멋진 대통령으로, 그렇게 좀 남겨두면 안 된단 말인가? 먼 옛날 극소수 국가에서나 자행되었던 부관참시剖棺斬屍가 21세기에 버젓이 자행되고 있는 나라는 OECD 국가 중 우리가 유일하지 않을까 싶다.

'역사 재평가'에 '역사 바로 세우기'라는 그럴듯한 포장에도 불구하고, 선거 때마다 벌어지고 있는 망나니 칼춤이 과연 '진정한 역사 바로 세우기'인지, 아니면 '권력을 잡기 위한 졸렬한 선거전략'인지는 그들의 양심이 가장 잘 알고 있을 것이다. 철학 없이 이미지만 가득한, 정책 대신 술수가 난무하는 이런 수준 낮은 선거로 뽑힌 사람에게서 과연 우리는 무엇을 기대하고 무슨 희망을 찾아야 할까? 왜 우리는 마음속에 존경하는 전직 대통령 한 명도 온전히 남겨둘 수 없는 것인지 참으로 가슴이 아프다. '죽은 자에 대한 정치적 부관참시'가 이제 더는 이 땅에서 지속되어서는 안 된다.

넌 누구 편이야?

"아빠, 힘들 것 같지?"

초등학교 4학년짜리 딸아이가 아침에 등교 준비를 하다가 뜬금없이 이런 말을 던졌다.

"뭐가?"

"내 친구들은 전부 문재인이래. 아무래도 박근혜가 질 것 같아."

기말고사에서 수학 60점, 과학 65점을 받고도 늘 밝고 당당했던 아이가 어두운 표정으로 이런 말을 던지니 오히려 내가 더 놀라고 당황스러웠다. 아빠가 정치와 관련이 많은 사람이고, 그런 아빠에게는 박근혜가 '우리 편'이라고 여기고 있는 듯이 보였다.

"네 친구들은 왜 전부 문재인인데?"

"박근혜가 시험을 없앤다고 해서 엄마, 아빠들이 싫어한대. 그렇게 되면 애들 공부는 어떻게 하냐고."

서초 강남 지역과 달리 부모 도움 없이 자신의 힘으로 신도시에 터전을 일군 사람들이 많아 원래부터 야당 성향이 강한데다가, 아무래도 교육정책에 민감한 고학력의 젊은 부모들이라 그럴 것이라는 생각이 들었다. 그때 '너는 누군데?'라고 물으니 '난 아빠랑 같은 편'이라고 겸연쩍게 말하던 모습이 새삼 떠올랐다.

선거가 초박빙으로 흘러가게 되면 나라 전체가 반으로 쪼개져 서로 죽일 듯이 싸우고 미워하는 경향이 더욱 심화된다. 그런 모습들이 우리 아이들에게도 이런 상처를 주는 것 같아 참 많이 미안하고 마음이 무거웠다.

사실 따지고 보면 여야 할 것 없이 대통령 후보의 반열에 오른 분들은 우리 사회의 인재들 중에서도 가장 뛰어난 인물이 아니던가? 비록 개인적인 선호도에서 차이가 있을지언정, 어느 누가 되든지 간에 우리 대한민국과 우리 국민을 대표하기에 조금도 손색이 없는 훌륭한 분들이라고 나는 믿고 있다. 그리고 선거란 것이 원래는 가진 것과 배운 것에 상관없이 모두가 똑같이 한 표를 행사하여 동일한 무게로 의사를 반영하는 축제의 장이 아니었던가? 이 같은 축제의 장이 '내 생각, 내 주장만이 옳다'는 편협과 아집에 빠진 못난 어른들에 의해 전쟁터로 변해버렸다. 그리고 그 전쟁터로 우리 아이들까지 내몰리고 있는 현실이 정말 안타깝고 가슴 아팠다.

"이라크 전쟁에 반대하는 애국자도 있고, 이라크 전쟁을 지지하는 애국자도 있습니다. 우리 모두는 함께 '국기에 대한 맹세'를 하고, 함께 우리의 미합중국을 수호하는, 하나의 국민입니다."

오바마의 선거 캠프에서 일했던 재미교포 후배의 소개로 지난 2004년에 '오바마Barack Obama'란 이름을 처음으로 접했다. 그리고 나라를 사랑하는 방식과 주장은 서로 다를 수 있어도 결국 '우리 모두는 하나이며 똑같은 애국자'라는 그의 연설을 듣고 얼마나 큰 감동과 전율을 경험했는지 모른다. 미국 역사상 가장 뛰어난 명연설 중 하나가 되어버린 오바마의 이 연설에 매료되어 그 후 나는 수십 번을 더 되풀이하여 들었다. 그러면서 '민주주의의 의미'와 '미국의 저력'에 대해 깊은 깨달음과 교훈을 얻을 수가 있었다.

좀 직설적이지만 나는 민주주의의 가장 큰 장점이 '졌다고 해서 죽이지 않는다'는 것이라고 생각한다. 전쟁에서 진 쪽을 죽이고 노예로 삼고 약탈했던 봉건왕조시대와 달리, 민주주의체제하에서는 진 쪽이나 이긴 쪽이나 모두가 하나가 되어 동일한 위치에서 또다시 시작할 수가 있다. 진 쪽도 이긴 쪽과 똑같은 무게로 자신의 뜻을 전하고 요구하며 비판할 수 있다는 것이다. 내가 지지하는 후보가 당선되어 내가 가져온 정치적 이상을 실현해주면 더없이 좋겠지만, 설령 그렇지 않더라도 나와 조금 다른 색깔의 정치로 이 나라는 여전히 전진하고 발전한다는 것이다. 나는 이런 믿음을 가지고 너그럽게 상대방을 인정하고 포용할 수 있는 마음이 진정한 민주주의의 근본이라고 믿는다.

새로 출범한 박근혜 정부도 부디 지금의 반목과 갈등을 잘 치유해서 다시 함께 어깨를 껴안고 달려갈 수 있는 '하나의 나라, 하나의 국민'을 만들어주길 간절히 바라본다.

"알았제? 에미 소원이다~"

"나보다 훨씬 더 많이 배우고 똑똑한 니한테 무식한 내가 언제 이런 말 한 적 있더냐? 야야 하지만 이번에는 꼭 엄마 말 들어야 된데이 ~ 꼭 1번 찍어야 된데이~. 알았제? 에미 소원이다~."

대선을 며칠 앞둔 어느 날 술자리에서 어릴 적 친구가 내게 해준 얘기였다. 칠순을 넘긴 시골 노모가 사십 대 중반의 장성한 아들을 붙잡고 이렇게 애원하셨다는 것이다. 데모만 좀 해도 모두 빨갱이로 여겼을 정도로 무지하고 순박하게 사셨던 그 어무이가 아니셨던가. 아들이 대학에 가서 몰랐던 진실을 배우고 '그런 게 아니다'라고 목청을 높였을 때는 슬그머니 아들이 말한 그쪽도 찍었던 여리디여린 그 어무이였다. 그런데 지금 학생운동을 하던 예전 그 아들의 모습이 되어 당신의 장성한 아들을 설득하고 계신 것이다. 무엇이 고희를 훌쩍 넘기신 노모의 마음을 이토록 애달프고 초조하게 만들었단 말인가? 아마 당신이 보시기에도 지금 이 땅에서 일어나고 있는 일들이 그만큼 불안하고 화가 나시기 때문은 아닐까? '지난 세월 동안 우리가 어떻게 지키고 키워온 이 나라인데'라는 생각을 하시면서 말이다.

1차, 2차 TV 토론에서 박근혜 후보를 매몰차게 몰아붙이던 이정희 후보가 3차 토론 직전에 돌연 후보직을 사퇴해버렸다. 그러면서 '박근혜 후보의 재집권은 국민에게 재앙이자 돌이킬 수 없는 역사의 퇴행'이라는 사퇴의 변을 밝혔다. 대선을 정확히 사흘 앞두고서 말이다. 비록 이정희 스스로 민주당과의 연대를 언급하지 않았고, 민주당 역시 이정희와 선 긋기를 했지만, 그들이 '같은 목표' '같은 마음'을 가진 사람들의 연합임을 어찌 가릴 수가 있었을까? 바람 부는 대로 물결치는 대로 그렇게 순리대로 살며 자식들 먹이고 입히고 공부시키는 것을 평생의 사명이자 운명으로 여기고 사셨던 순박한 노인의 눈에도 뻔히 보였던 것을 말이다. 젊은 사람들의 '결기決氣'는 세상을 바꾸는 힘이 있기에 무섭다. 하지만 세상의 단맛과 쓴맛, 이상과 현실, 삶과 죽음을 모두 경험해본 노인들이 삶의 끝자락에 서서 보여주는 '혜안慧眼'보다 더 무서운 것은 없다.

선거 막바지 각자 진영의 논리로 무장한 달변가들이 이런저런 근거와 논리를 내세우며 '초박빙 승부'를 예상했을 당시, "이미 싸움은 끝났다"고 판단이 선 것도 이 때문이었다. 그것도 백만 표 이상의 큰 차이로 말이다. 운 좋게도 나의 어설픈 예상이 맞아떨어지기는 했지만, 이 땅의 민주주의와 정의를 혼자서 다 세워온 것처럼 목소리를 높여온 그들이 과연 스스로의 무지와 오만을 통렬히 반성하고 민심에 순종하고 있는지는 여전히 의문이다. 진심으로 말하건대 민심의 경고를 알아채지 못하고 끊임없이 국민들을 '민주화 운동의 채무자'로 만들어가는 과거 행태를 반복하는 정치세력에 더 이상의 미래는 없을 것이다.

민주주의의 힘 – 어느 후배의 편지

제 여자 친구는 한국에 공부하러 온 중국 국적의 한족 유학생입니다. 저는 중국어를 잘 못하고 여자 친구는 한국어에 워낙 능숙해서 대개 대화를 한국어로 하다 보니 간혹 여자 친구가 외국인이란 사실마저 잊어버리곤 합니다.

하지만 이번 대선을 앞두고 서로 한국인과 중국인의 차이를 확연히 느낄 수 있었습니다. 아무래도 대통령을 뽑는 선거에 대한 감정이 다르기 때문일 것입니다. 제 입장에서 보면 뭐랄까요? 그녀는 선거에 대해 대체로 무관심해 보이기도 하고 한 표 찍는 것에 뭘 그리 목을 매는지 안타깝게 보는 것 같기도 합니다.

중국은 지도자를 어떻게 뽑고 나라를 어떻게 이끌어 가는지를, 얼마 전에서야 책을 통해 이해할 수 있었습니다. 대충 요약하자면 좋은 싹이 될 인재들을 여럿 선정해놓고 집단 학습을 통해 나라의 미래를 이끌어갈 공부를 하고, 최종적으로 한 명의 지도자를 선발해 그에게 많은 권한을 일임하는 방식이었습니다. 저는 이런 방식의 좋고 나쁨을 논하고자 하는 것이 아닙니다. 중국의 체제와 환경에서 쌓아 올린 방식일 테니 나름대로 이유가 있겠지요.

적어도 이런 방식에 비해 한국이 대통령을 뽑는 과정은 무척 시끄럽고 서로에게 많은 상처를 남기곤 합니다. 공통적으로 민주주의와 자유시장주의를 모태로 하겠지만 세부적으로 들어가 보면 추구하는 가치와 지지 기반이 상당히 다른 것 또한 사실이기 때문이죠. 그렇지만 저는 1987년 대통령 직선제를 이루기 위해 얼마나 많은 요구와 희생이 있었는지 똑똑히 기억하고 있습니다. 그 한 표의 가치를 어찌 중국에서 태어나 중국인으로 살아온 그녀에게 다 설명할 수 있을까요?

저는 민주주의의 힘을 믿는 사람입니다. 찌그락째그락 시끄럽고, 때론 분열처럼 흩어지고, 때로는 광신도처럼 한쪽으로 쏠리곤 하지만, 다양한 의견과 입장이 서로 절충점을 찾아가는 과정에서 분명 많은 발전을 이루기 때문입니다. 가까이 보면 잘 모르지만 오랜 기간 찬찬히 살펴보면 나의 조국 또한 그런 발전을 이루어 왔다는 점을 부인할 수 없습니다.

어릴 적부터 왜 아테네가 스파르타보다 적어도 동등하거나 더 강한 힘을 가질 수 있었는지에 대해 생각해 보곤 했습니다. 여러 이유가 있겠지만 다양함을 인정하고 타협을 모색해 나가는 방식, 그것이 결코 스파르타의 효율성이 아테네를 끝끝내 넘지 못한 이유라고 저는 생각합니다.

이미 대한민국은 민주주의에 관한 한 일정 수준을 넘어선 상태입니다. 지켜보는 국민 한 사람의 입장에서 아직 답답하고 짜증 나는 것도 많지만 어느 누가 정권을 잡는다고 해서 나라를 북에 바치는 것도, 상대편을 과거처럼 짓밟거나 탄압하는 것도 아닙니다. 적어도 그런 모양새는 있더라도 어느 정도의 상식선에서 움직이고 있는 것이 분명 나의 대한민국입니다.

잠시지만 정치권에 몸을 담았을 때 알게 된 많은 분들이 있습니다. 분명 그분들이 추구하는 방향은 저의 가치관과는 다른 점이 있었습니다. 하지만 그분들은 모두 저와 함께 밥 먹고, 웃고, 울고, 떠들면서 국민의 보다 나은 삶을 걱정하는 그런 분들이었습니다. 그런 분들이 조금씩 주축이 되어 이번 선거에서 이겨낸 것입니다. 그렇기 때문에 축하의 박수를 아낄 이유가 없거니와 그들의 애국과 비전에도 귀를 기울이지 않을 이유가 없겠죠. 알게 모르게 선거 기간 동안 고생이 많으셨을 대원 형님께도 이 글을 빌어 축하의 인사를 드립니다. 마지막으로 한 말씀만 더 드리면, 형님의 예측력엔 정말 혀를 내둘렀습니다.

대선 소회 – 승자의 책임, 패자의 반성

이번 대선, 정치적 입장이 다른 저도 조대원님과 같은 예상을 했습니다. 그런데 그 예상이 막상 현실로 닥쳐오자 감당하기가 힘들더군요. 문 후보의 당선을 굳게 믿었던 분들의 심정은 오죽하겠습니까? 하지만 당연히 받아들여야 합니다. 저는 이 결과를 지금 네 탓만 하고 있는 분들의 탓이라고 생각합니다. 제 반성은 글이나 말로 할 사격도 되지 못합니다.

이제 마음을 추스르고 말씀드립니다. 박근혜 후보의 당선을 축하

드립니다. 민주적인 절차로 합법적인 방식으로 선출한 대한민국의 대통령입니다. 민주주의 대통령입니다. 국민의 뜻 헤아려 국민을 위한 약속, 꼭 지켜주시기를 바랍니다.

조대원님 또한 속 깊은 그 뜻, 넓고 멀리 펼치시길 바랍니다.

– 허건 –

허건 선배님, 귀한 글 주셔서 감사합니다. 지금 이런 글을 제 담벼락에 남기기가 쉽지 않으셨을 텐데….
정말 죄송합니다….

선배님도 잘 아시겠지만 저는 박근혜 당선인의 측근이 아닙니다. 따라서 제가 다음 정부에서 영광을 볼 가능성은 거의 없습니다. 오히려 개인적으로는 지난 2005년 재보궐 선거와 2012년 총선, 이렇게 두 번의 공천을 신청했을 때 제게 면접의 기회조차 주지 않았던 분이 박근혜 대표였습니다. 물론 박 대표께서 직접 그런 것은 아니지만, 어찌 되었든 간에 그분이 믿고 임명한 측근들이 그렇게 했습니다. 잘 아시겠지만 정치 지망생에게 공천을 통해 겪게 되는 모멸감과 아픔보다 더한 것은 없습니다. 그래서 자연인 박근혜에 대한 감정은 늘 애틋했음에도, 정치인 박근혜에 대한 감정은 애증이 교차해 왔습니다. 그간 정치인 박근혜의 주도로 이루어진 공천을 두고 '유례없는 개혁공천' '실력 위주의 공정 공천'이라는 친박 세력의 자화자찬을 지켜보는 제 심정이 어떠했겠습니까?

전부는 아니라 하더라도 지금 48%의 국민들이 느끼고 계실 슬픔과 아픔, 비통함과 억울함을 저는 이해합니다. 실제로 그 아픔을 저도 함께 느끼고 있습니다. 진작 이번 대선과 관련한 분석을 써놓았지만 아직까지 올리지 않았던 것도 이 때문입니다.

"아빠, 학교에 갔더니 애들이 '이제 우리나라는 5년 동안 망했다'고 얘기해."

딸애의 이 말을 들으며, '오죽 마음이 아팠으면 자식에게까지 그런 마음을 전했을까'란 생각이 들어 마음이 더욱 짠했습니다. 그래서 앞으로 한동안은 저부터 주변 사람들의 실망과 아픔을 품고 달래는 일을 해야겠다는 생각이 들었습니다.

선배님, 십수 년 전 텍사스에서 처음 공부를 시작할 때 한반도 전체 면적이 텍사스의 1/3, 대한민국은 텍사스의 1/7밖에 안 된다는 말을 듣고 스스로 얼마나 위축이 되었는지 모릅니다. 자동차를 타고 달릴 때마다 그 광대함과 풍요로움에 기가 질리곤 했습니다. 지금 우리가 세계 10위권의 경제 대국이니 어쩌니 말하고 있지만, 우리가 저한 지정학적 위치는 우리 주변에서 우리보다 힘이 약한 나라를 찾아볼 수 없을 정도의 '초 약소국'입니다. 이제 배고픔은 면하게 되었지만 여전히 '국가 존망'을 놓고 늘 노심초사해야 하는 절박한 현실에 직면해 있는 것이 대한민국입니다. 이러한 우리의 현실을 누구보다 잘 인식하고 있기에, 국민들은 늘 선택의 순간에 있어서 마음과는 달리 '보수' 쪽에 좀 더 힘을 실어주는 것입니다. 비록 한국 보수세력에 많이 실망하고 분노하면서도, 또 진보정당의 참신성과 개혁성에 더 큰 마음을 주고 있으면서도 말입니다.

아쉬움과 섭섭함은 어제 마신 쓴 소주 한잔으로 모두 털어내고서, 이제 다시 어깨를 마주 잡고 함께 달렸으면 좋겠습니다. 오늘은 젊고 쿨한 선배님과 같은 개혁주의자, 진보주의자들이 마음을 열고 이번 대선의 승자들을 축하해줬으면 좋겠습니다. 민주주의가 좋은 이유 중 하나가 기회는 다시 온다는 것이겠죠. 이번에 노출된 진보정치의 문제점을 잘 분석하고 보완해서 다음에는 선배님과 선배님 주위 분들이 크게 한번 웃으시는 모습을 보았으면 좋겠네요. 이번에는 저희가 이겼으니 조만간 제가 소주 한잔 쏘겠습니다. 그때 지면으로 못다 한 많은 얘기 나누시죠. 늘 건강히 지내십시오.

– 조대원 올림 –

내가 꿈꾸는 정치

물리학보다 어려운 정치

알베르트 아인슈타인이 하루는 이런 질문을 받았다.

"박사님, 인간의 정신은 원자 구조를 밝혀낼 정도로 발전하고 있는데, 왜 아직 원자폭탄을 금지할 만한 정치적 수단은 고안하지 못하는 걸까요?"

그러자 아인슈타인은 이렇게 대답했다.

"간단합니다. 정치가 물리학보다 훨씬 더 어렵기 때문입니다."

캐서린 K. 리어돈 著, 『성공한 사람들의 정치력 101』, 에코의서재 刊.

법률 서적 몇 권 읽었다고 중요한 소송에 휘말린 개인이 전문 변호사의 법률적 조언을 무시하고 자기 뜻대로 소송을 이끌지는 않는다. 또한 수술을 앞둔 암환자도 인터넷에서 읽은 단편적인 지식을 토대로 의사에게 왈가왈부하지 않는다. 그런데 유독 정치 분야에 있어서만은 스스로를 전문가라고 여기는 사람들이 꽤 있음을 보게 된다. 정치적 성과나 역할과 상관없이 국회 본회의장에 한번 들어갔다 나오면 누구나 전문가 행세를 하려고 한다. 그만큼 정치를 만만히 보고 정치인을 졸卒로 보기 때문이다.

전문 분야를 제외한 웬만한 조직에서는 좋은 머리와 탁월한 능력, 훌륭한 인품만으로도 충분히 성공할 수 있지만, 정치만큼은 다르다. 오히려 한참 부족한 느낌이다. 무엇보다 국가 발전이 곧 나의 발전이고 국민 행복을 나의 행복이라 여길 수 있는 투철한 국가관이 있어야 한다. 온갖 굴욕과 심신의 고통을 끝까지 참아낼 수 있는 인내력도 필요하다. 거기에 꼬인 실타래처럼 얽혀있는 이해관계를 원만히 풀어낼 수 있는 친화력과 조정능력도 갖춰야 비로소 그 능력과 인품이 빛을 발하게 된다. 그간 내가 경험해 본 정치판은 그랬다.

새 정부가 출범한 직후 장관으로 지명받았던 한 분이 결국 스스로 물러나는 모습을 보았다. 뛰어난 학자이자 능력이 검증된 경영인이지만, 그것만으로는 거대 정부부처를 이끌 최고위 공직자가 되기에는 2% 부족했던 것이다. 처음 장관으로 지명받았을 때 보였던 의욕적인 모습과 허무하게 물러나는 모습을 비교해보면 더욱 그러한 생각이 든다.

정치는 바깥에서 바라보며 훈수 몇 마디 두는 것처럼 그리 간단한 것이 아니다. 보통 사람들이 상상하는 것보다 훨씬 더 복잡하고 치열하고 첨단화된 종합예술이다. 정치학 박사학위를 받고 평생 책으로 정치를 연구했던 학자들이 직접 정치에 뛰어들게 되면 번번이 실패하는 것만 봐도, 현실정치가 그리 호락호락한 대상이 아님을 미루어 짐작할 수 있다. 하물며 자신이 속한 작은 집단에서조차 인간관계와 갈등 조정에 능숙하지 못한 일반인들은 더 말할 나위도 없다. 우리가 정치를 제대로 감시하고 비판하려면 그만큼 시간을 투자하여 정치에 대해서 배우고 공부해야 한다. 또한 가능하다면 내 물질과 수고를 들여 작은 정치 조직에라도 직접 참여해보아야 한다. 그렇게 부단한 노력으로 정치를 이해하고 메커니즘을 파악해야 하는 것이다. 그 분야에서 밥을 먹으며 목숨을 걸고 평생을 투자하는 프로들을 취미생활이나 교양의 하나로 즐기는 아마추어들이 이겨낼 수는 없는 법이다.

내가 지금 이 나라 정치에 비판적인 우리 국민들을 나무라고 있는 것은 결코 아니다. 감히 나는 그럴 만한 수준도 자격도 갖추지 못한 위인爲人이다. 실제로 나는 '대중의 총의consensus보다 더 현명한 판단'을 아직까지 본 적이 없고, '국민보다 더 위대한 정치인'을 접해보지 못했다. 하지만 정치를 너무 만만히 보고 정치인들을 얕잡아 보는 일부 사람들의 모습에서는 적잖이 아쉬움을 느낀다. 유권자의 수준을 따라가지 못하는 허접한 정치인들이 진짜 문제인 것은 맞지만, 더 높은 유권자의 수준이 더 높은 정치의 수준을 만든다는 것도 분명한 사실이기 때문이다. 나는 앞으로 우리 유권자의 수준이 더욱 높이 올라가면 지금의 수준 낮은 정치의 모습이 한결 더 빨리 획기적인 변화를 맞게 되리라 믿어 의심치 않는다.

누구를 위한 '서민 정치'인가?

백수에게 부족한 것은 돈이고 넘치는 것은 시간이라고 했던가? 시간이 많다 보니 TV 보는 시간도 덩달아 늘어났다. 한참 일할 젊은 나이에 종일 TV나 쳐다보며 시간을 보내는 내 처지가 참 안타깝고 답답할 때가 많다. 하지만 때론 이런 한심한 상황을 통해서 더 많이 읽고 경험하면서, 시간에 쫓겨 살 때 미처 생각지 못했던 것을 고민하며, 더 많은 것을 배우기도 하는 것 같다. 그래서 인생이란 것이 참 오묘한 것이다.

오락프로나 드라마를 별로 좋아하지 않는 나는 주로 다큐멘터리나 역사극을 즐겨 보곤 한다. 어릴 때는 TV를 보더라도 뭔가를 배우자는 생각으로 의식적으로 봤지만, 지금은 오히려 이런 프로그램에서 더 큰 재미를 느낀다. 어느 날 밤, 잠이 오지 않아 자정을 넘기면서까지 다큐멘터리 한 편을 봤다. 성남시의 어느 철거민 부부에 관한 얘기였는데, 보는 내내 가슴이 많이 아팠다. '철거민', 언제나 말로만 들었지 실상을 제대로 알 수 있는 기회는 거의 없었다. 그래서인지 장면 장면

이 내겐 놀라움이었고, 그동안의 무지와 무관심이 죄스럽게 느껴졌다.

"친구들이 '너희 집은 왜 그래? 너의 집 화장실은 참 이상해'라고 막 놀려. 우리도 아파트로 이사 가자. 지난번에도 아파트로 이사 간다고 해놓고 약속 안 지켰잖아."

철거민 부부의 어린 두 딸이 이렇게 애원하며 굵은 눈물을 뚝뚝 떨어뜨리는 모습에 내 딸아이의 모습이 겹쳐 나도 모르게 눈시울이 붉어졌다. 어른들이야 그렇다손 치더라도, 가난 때문에 아이들이 깊은 상처를 안고 살아야 한다는 사실이 마음 아팠다.

'정치'가 무엇인가? 이런 불쌍한 사람들의 상처를 감싸주고 눈물을 닦아주는 것이 아니었던가? 아파트에 살고 싶다고 울부짖는 아이들에게 집안에 화장실이 있는 10평 남짓한 임대 아파트라도 한 채씩 안겨주는 게 정치 아닌가? 아파하는 백성들의 마음을 치유하고 희망의 싹이라도 던져줘야 하는 것이 정치의 역할이고 정치하는 사람들의 사명이 아닌가 말이다.

그런데도 그 잘난 정치인들은 오늘도 바쁜 일정을 소화하느라 이런 TV 프로그램 하나 진지하게 앉아서 볼 시간이 없다. 몇 분 단위의 빡빡한 일정을 소화하고 수많은 사람들을 만나며 '오늘 하루도 참 열심히 살았다'고 스스로 만족하고 있을 것이다. 늘 사람들 틈에 둘러싸여 있다 보니, 아마도 '민심'의 흐름을 정확히 읽고 있다는 착각에도 빠져있을 것이다. 이러니 힘없는 백성들이 이 나라 정치에 절망하고 정치인들에게 분노하는 것이다.

치매 할머니와 팔순의 할아버지를 봉양하며 어린 동생들까지 책임져야 하는 스무 살짜리의 힘든 인생. 생활고로 자살해 버린 아버지의 수천만 원 빚까지 떠안고 살아가야 하는 십 대의 모진 삶. 정치인들이 입에 달고 사는 그 '서민'이란 말 속에 정녕 이런 이들의 불쌍하고 가슴 아픈 삶은 포함되지 못한단 말인가? 매번 입으로 되풀이하는 '서민의 삶' '서민의 눈물' '서민을 위한 정치'는 과연 누구를 대상으로 한 어떤 모습의 정치란 말인가? 불합리하고 억울하고 힘든 현실을 정치인 몇 명이 한꺼번에 모두 바꿀 수 없다는 것을 우리도 잘 알고 있다. 그래도 끊임없이 찾아가서 현실을 파악하고 손을 잡아주며 이러한 모순과 잘못을 고치기 위한 싸움을 멈추지 말아야 하는 것 아닌가? 그것이 바로 진정 서민들이 바라는 이 나라 정치의 모습이고, 정치하는 자의 도리인 것이다.

마음을 울리는 정치

• 이야기 하나, '감동과 여운'의 정치

"나의 부상을 알고 있었고 그것을 이용하고 싶었을 텐데 그러지 않은 것에 대해 존경과 경의를 표한다. 내가 수비에만 치중했기 때문에 지도를 받을 수도 있다는 것을 알고 있다. 다음에는 더 깨끗한 경기를 하겠다."

　　　　　－ 광저우 아시안게임 유도 73kg급 금메달리스트 일본 아키모토 －

"아키모토가 발목을 다친 것을 알고 있었지만 부상 부위를 노리지
않았다. 그렇게까지 해서 이기고 싶지는 않았다. 내가 넘기지 못해
졌으니 다음번에는 넘길 수 있도록 열심히 하겠다."
　　　　－ 광저우 아시안게임 유도 73kg급 은메달리스트 한국 왕기춘 －

이기고 지는 것보다 더 중요한 것은 바로 이렇게 '감동과 여운'을 남
기는 것이다. 〈나는 가수다〉, 〈1박 2일〉, 〈남자의 자격〉 등의 프로그
램이 최고의 인기를 누릴 수 있었던 것은 사람의 마음을 움직였기 때
문이다. 고달픈 삶을 사는 서민들이 크게 한번 웃을 수 있는 '재미'가
있고, 제3자에 불과했던 시청자들이 직접 참여할 수 있는 통로를 열
어 주어 '공감'을 이끌어냈으며, 이 사회를 좀 더 밝고 바르게 만들자
는 분명한 '메시지'를 던지고 있기 때문이다. 무엇보다 연출되지 않은
자연스러움과 '진정성'이 시청자들의 마음을 사로잡았다.
　우리의 정치는 이 중에서 과연 몇 가지나 갖추고 있을까? 공정한
룰 앞에서 최선을 다하는 아름다운 경쟁, 깨끗한 승복과 새로운 도
전, 서로의 마음을 나누는 감동의 정치를 나는 늘 꿈꾸어 왔다. 빼어
난 논리와 유창함이 아니라, '진심'이 전해지는 가슴 시린 장면을 정치
권에서도 꼭 한번 볼 수 있었으면 좋겠다.

• 이야기 둘, '공정한 절차'가 살아 숨 쉬는 세상

"퀴즈 대한민국 제작진들께 정말 감사드립니다. 다른 조건 같은 거 안 보고 공정한 예심과 절차를 통해 저 같은 사람을 여기에 설 수 있게 해주신 것을…. 저의 퀴즈영웅 등극으로 저학력 출신에 대한 사회적 편견을 조금이나마 허물 수 있었으면 합니다."

명문대 출신의 쟁쟁한 경쟁자들을 모두 물리치고 TV 퀴즈 프로그램에서 우승을 차지한 허름한 외모의 50대 중반 아저씨가 밝힌 우승 소감이다. 어려운 가정형편에 네 명이나 되는 동생들을 공부시키느라 정작 자신은 중학교밖에 못 마친 화물차 기사. 하루 열 시간 넘게 주 6일을 일하면서도 퀴즈영웅을 향한 5년간의 열정과 노력으로 마침내 꿈을 이룬 이 시대의 진정한 영웅. 그의 이름은 '임성모'였다.

좋은 부모 만나 좋은 조건을 갖추지 못했다 하더라도, 포기하지 않고 열심히 노력하면 누구나가 '영웅'이 될 수 있는 '공정한 절차'가 살아 있는 나라. 그래서 꿈이 피어나고 감동이 넘쳐나는 사회. 이런 것들이 우리 주위의 가난하고 못 배운 사람들의 소박한 바람이다. 공정한 절차가 살아 숨 쉬는 세상, 나는 그런 벅찬 세상을 만드는데 내 삶 전체를 걸 것이다.

• 이야기 셋, '돈을 추구해선 안 되는 업業'

교회사를 읽다 보면 교회가 부패하던 시대에 나타나던 두 가지 특징이 있었다. 첫째, 절대로 돈이 남아돌 수 없고, 남아서도 안 되는 교회가 재산을 갖기 시작하는 것이다. 두 번째는 늘 가난하게 살며 남을 섬겨야 하는 성직자가 사회적 지위와 부를 얻어 군림하고 대접받는 것이다.

돈 없는 것이 결코 자랑이 될 수 없는 곳이 자본주의 사회이다. 하지만 이런 자본주의 사회에서도 가난하면 가난할수록 존경받는 직업이 딱 두 개 있다. 그것은 바로 '성직聖職'과 '공직公職'이다. '돈'을 추구한다고 비난해서는 안 되지만, 최소한 이 두 가지 업業에 있는 사람들이 '돈'을 추구했을 때는 마땅히 비난을 받아야 한다. 그리고 그 자리에서 물러나는 것이 도리란 생각이 든다.

요 며칠, 고위공직자 인사청문회에 나와서 쉴 새 없이 '죄송하다'는 말을 반복하며 고개를 들지 못하는 사람들을 보고 있자니 씁쓸한 마음을 금할 길이 없다.

•이야기 넷, 정치를 하려는 '분명한 이유'

"국가가 지켜주지 못하는 국민은 단 한 사람도 없어야 한다."

한창 인기를 끌었던 드라마 '대물'에서 국가가 지켜주지 않아 자신의 남편이 죽었다고 생각한 주인공이 정치에 뛰어들어야 했던 '이유'였다.

이처럼 정치인은 왜 자신이 정치를 하고자 하는지에 대한 '분명한 이유'가 있어야 한다. 그렇게 분명한 이유가 있어야만 정치를 해가는 과정 중에 겪게 될 온갖 손해와 희생을 감내할 수 있고 고통과 시련을 이겨낼 수가 있다. 그런데 그러한 이유와 목표도 없이 정치판에서 자리를 지키고 있는 사람들을 지금까지 얼마나 많이 보았는지 모른다. 심지어 대통령이 되려는 사람이 "왜 대통령이 되려고 하느냐?"는 가장 기본적인 질문에도 제대로 답하지 못하는 모습까지 보았다.

우리가 바라는 정치가는 '자리'를 탐하는 자가 아니라, '사명'을 탐하는 자여야 한다. 평생 절제하고 손해 보면서 매 순간을 참고 견뎌내야 하는 신성한 직업이라는 사실을 정치에 뜻을 둔 사람들이 제발이지 제대로 알았으면 좋겠다.

• 이야기 다섯, '한결같음'

내 싸이월드 홈피에 보면 '42문답'이란 항목이 있다. 그리고 그 42문답 중 하나에 '가장 좋아하는 사람은 한결같은 사람, 가장 싫어하는 사람은 오락가락하는 사람'이라고 되어 있다.

일에 있어서든, 대인관계에 있어서든 '한결같음'은 정말 중요한 요소인 것 같다. 타인에게 신뢰와 안정감을 주기 위해서는 반드시 이 '한결같음'이 있어야 한다. 특히 남들 앞에서 일하는 리더는 더욱 그래야 한다. 계획에도 없던 회사 생활을 몇 년 해보니, 성격이나 일 처리가 '오락가락'하는 리더가 밑에서 일하는 부하 직원들을 얼마나 힘들게 만드는지 자세히 보고 배울 수 있었다. 작은 조직의 리더도 이러할진대 하물며 국가의 지도자는 더 말할 나위도 없다.

미래의 국가 지도자를 꿈꾸며 오늘을 열심히 살고 있는 젊은 정치인들은 특히나 더 이러한 점을 염두에 두고 '한결같음'을 키워가기 위해 많이 노력해야 할 것이다.

•이야기 여섯, '다 이유가 있었다'

"먼저 자기 마음을 다스릴 줄 알고, 그다음으로 자신과 다른 생각과 행동을 이해하고, 마지막으로 그 다른 것을 설득하고 포용하는 것에 재미를 느낄 수 있어야 비로소 정치를 시작할 수 있는 거야. 난 그게 안 되기에 아직 시작할 엄두조차 안내는 거고. 과연 형이 지금 어느 수준에 이르렀는지를 다시 한 번 더 냉정히 돌아봤으면 좋겠어."

간만에 국회에 들렀는데 한 후배가 진지한 표정으로 내게 이런 말을 했다. 요 며칠 내 마음 하나 다스리지 못해 저지른 어처구니없는 행동들이 떠올라 듣는 내내 얼마나 부끄럽고 가슴이 무거웠는지 모른다. 그리고 자리 욕심에만 눈이 어두워 정작 내 수준과 그릇의 크기를 정확히 읽지 못했다는 사실을 마음으로부터 인정해야만 했다. 자꾸만 뒤로 미뤄지는 내 인생 스케줄에 초조해하며 주어진 여건을 불평하고 짜증 내곤 했는데, 이제 보니 다 그만한 이유가 있었음을 새삼 깨닫게 된다.

권력은 유한하고 진리는 무한하다

내가 처음으로 '오바마Barack Obama'란 이름을 알게 된 것은 2004년

민주당 전당대회DNC: Democratic National Convention에서 연설하는 모습을 유튜브youtube에서 보면서부터였다. 그런데 4년 전의 그 애송이 정치인이 2008년 미국 민주당의 대통령 후보가 되더니, 기어이 세계 최강국의 대통령 자리에 올랐다는 소식을 외신을 통해 접하게 되었다. 범상치 않은 연설 솜씨를 보고 언젠가는 제시 잭슨Jesse Jackson과 같은 큰 인물이 될 것이라고 생각했지만, 내 예상보다 훨씬 빨리, 그리고 훨씬 더 높은 자리까지 가버렸다. 4년 전 오바마가 일개 주 의원a state sena-tor으로서 지원 연설했던 당시의 부통령 후보 존 에드워드John Edwards가 거꾸로 오바마의 옆에 다소곳이 서서 지지 선언을 하는 장면도 퍽이나 인상 깊었다.

'권력은 유한하고 오직 진리만이 무한하다.'
'진리 안에서 다루어지지 않은 권력은 참으로 덧없고 위태하다.'
권력이란 것이 얼마나 쉽게 사람을 변질시켜 가는지 지난 몇 년간의 여의도 생활을 통해 제법 경험할 수 있었다. 2007년 겨울, 이명박 후보의 대통령 당선에 마치 온 세상을 다 가진 것처럼 기세등등하던 측근들의 모습이 지금도 눈에 선하다. 그런데 이제 오바마가 미국 대통령에 당선되자 그와의 작은 끈이 무슨 대단한 권력이라도 되는 양 대접받는 모습을 보게 된다. 어제까지 미국에서 평범하게 공부하고 직장 다니던 사람들이 마치 오바마의 최측근이라도 되는 양 연일 한국 언론에 그 얼굴과 이름이 오르내리고 있는 것을 보고 있자니 그저 쓴웃음만 나왔다. 권력이란 것이 길어봐야 미국은 8년, 한국은 고작 5년이면 끝나는 것이 아니었던가? 그나마 법으로 보장된 대통령의 임기가 그런 것일 뿐, 큰 권력에 빌붙어 위세를 누리는 작은 권력들은 그보다 훨씬 더 수명이 짧은 것을 그간 수없이 목격해오지 않았던가?

짧은 시간 동안 맡겨진 역할을 감당하다가 무대 뒤로 사라지는 것이 권력이다. 높이 올라갈수록 빨리 떨어지듯이 권력의 정점에 설수록 말로末路는 더욱 비참해지는 법이다. 충분한 준비와 자기 수련 없이 권력을 움켜쥔 사람들이 어떠한 결말을 맞았는지 역사를 통해서도 우리는 무수히 지켜보았다.

계유정난癸酉靖難을 통해 수양대군을 권좌權座에 앉힌 한명회가 죽을 때까지 권력의 정점에 머물 수 있었던 것은 바로 '자리'를 탐하지 않았기 때문이다. 칠삭둥이로 태어나 과거에 거푸 낙방하며 주변의 멸시를 한몸에 받았던 한명회는 계유정난의 설계자로 새로운 권력의 핵으로 급부상했다. 하지만 권력의 생리와 본질을 꿰뚫고 있었기에 벼슬자리에 나아갈 때는 늘 동료들보다 한걸음 뒤처졌다. 퇴청 후 자신의 사저私邸에서는 맨 윗자리에 앉아 동료들을 쥐락펴락하면서도 조정에서는 철저하게 허리를 숙이고 머리를 조아렸다. 그만큼 한명회의 처세술은 뛰어났다. 그렇게 권력의 표적이 되지 않음으로써 급변하는 정치적 풍파와 수많은 정적들의 위협 속에서도 끝까지 살아남을 수 있었던 것이다.

정치는 냉엄한 현실이다. '암살'이라는 극단적인 최후를 제외하고,

마지막 순간까지 한결같은 존경과 신뢰를 받은 대통령이 어디 단 한 명이라도 있었던가? 오랜 세월 소수파로 살아오다 절치부심 끝에 마침내 권력을 획득했지만, 이전 정권보다 더한 부패와 분풀이로 더 빨리 몰락한 예를 이미 이 땅에서도 경험해보지 않았던가? 가졌던 자가 부패했을 때보다 가지지 못했던 자가 권력의 달콤함에 취해 변절했을 때 서민 대중은 더 큰 어려움에 직면했고 역사는 더 큰 혼란 속에 빠졌다. 그러고 보면 이 세상의 불완전함을 더 불완전한 인간을 통해 치유하고 메우려는 발상 자체가 잘못된 것인지도 모르겠다.

그럼에도 나는 우리 정치에 대한 기대와 희망을 버리지 않는다. 인간이 만든 제도 중 가장 많은 사람에게, 가장 큰 영향을, 가장 단시간에 줄 수 있는 것이 바로 '정치'이기 때문이다. 욕심보다는 사명에 집중하고, 물질이나 자리보다는 명예와 성취를 더 소중히 여기는 올바른 정치인이 우리에게 꼭 필요한 이유가 바로 이것이다. 유한한 것과 무한한 것을 지혜롭게 구분할 줄 알고, 진리 안에서 권력을 다루어갈 줄 아는 탁월한 지도자의 출현은 우리가 함께 소망하고 합심하여 노력해 갈 때 비로소 이루어질 수가 있다.

정치무대에 올라서기 전, '무엇'을 '어떻게' 할 것인지에 대해 치열하게 고민하고 준비해야 하는 이유가 바로 여기에 있다. 그러나 수많은 역사적 교훈에도 불구하고 권력 앞에 인간의 이성과 양심은 마비되어 버리곤 한다. 어쩌면 그것이 권력의 중독성인지도 모르겠다. 권력에 휘둘리지 않고 그 권력을 다룰 수 있을 만큼의 자질과 역량이 갖취지기 전에는 절대로 그것을 탐하지 말아야 한다. 그것이 권력의 칼에 자신의 몸이 베이지 않는 유일한 길이다.

"자기 머리보다 더 큰 모자를 쓰면 눈을 가리기 때문에 앞을 보려고 자꾸만 고개를 뒤로 젖히게 된다. 또한 자기 힘을 넘어서는 지게를 져도 그 무게를 버티려 자신도 모르게 목과 어깨에 힘이 들어가게 된다."

34살의 나이로 국회의원에 도전했다가 실패하고 큰 실의에 빠져 있을 때 어느 선배님께서 내게 해주셨던 말씀이다. 아직 내가 그 모자와 지게를 감당할 만한 크기와 능력을 갖추지 못했음을 겸허히 받아들이고, 준비에 더욱 힘쓰라는 당부였다. 이 나라의 정치 동량棟梁들이 반드시 새겨들어야 할 경구警句란 생각이 든다.

민주당과 통합진보당

"잘못은 참아줄 수 있어도, 오만은 절대 용서할 수 없다."

지난 총선은 '민심이 참 무섭다'는 것을 더욱 실감하게 해주었다. 나꼼수 회원 6천 명이 거리를 떼 지어 다닐 때는 그들이 주인인 줄 알았는데, 정작 진짜 주인은 따로 있었다. 나서는 게 귀찮고 논쟁하는 게 두려워 대부분 바보처럼 머리 처박고 일만 하며 살았다. 하지만 무엇이 옳고 무엇이 그른지, 누가 더 문제고 누가 그나마 좀 나은지는 분명하게 알고 있었다. 보수진영이 잘못한 것은 한 번 더 참아줄 수 있지만, 진보진영의 오만은 절대 용서할 수 없다는 것이었다. 이것이 바로 소름 돋을 만큼 무섭고 정확한 '민심民心'이란 것이다.

아무리 이상이 높고 자질이 뛰어나도, 나만 바르고 내 말만 옳다고 주장하는 사람을 좋아할 이는 없다. 늘 내 모습만 보이고 내 목소리만 들리는 사람은 결국 주변으로부터 버림받게 되어 있다. 그것이 세상의 이치이고 인지상정人之常情인 것이다. 그럼에도 민주당은 아직까지 무엇이 문제였는지, 왜 자신들이 지난 총선과 대선에서 연달아 패했는지에 대해 제대로 파악조차 하지 못하고 있다. 심지어 일부는 수도권과 지방을 편 갈라서 자신들을 찍어준 수도권은 국제적 수준인데, 그렇지 않은 지방은 후진국 정치수준이라고 힐난하는 한심함의 극치를 보여주었다. 그러니 중심에 서서 세상을 변화시키지 못하고 늘 이류 수준에 머물며 변죽만 울리는 것이다.

'민심이 곧 천심이고, 나를 알아주지 않는 민심 또한 천심'이라는 말이 있다. 진심으로 이 말이 주는 교훈을 가슴에 새기지 못한다면 장담컨대 민주당은 '다음 기회'도 없을 것이다.

"보수는 '부패'해서 망하고, 진보는 '분열'해서 망한다."

"보수는 '나만 잘났다'고 해서 싫고, 진보는 '나만 옳다'고 해서 싫다."

"꼴통 보수는 '무식'해서 싫고, 꼴통 진보는 '무례'해서 싫다."

통합진보당은 민주당보다 한술 더 뜨며 '이렇게 하면 정당이 망한다'는 본보기를 제대로 보여주었다. 과거 60~70년대에서나 있었을 법한 수준의 총체적 부정으로 얼룩진 비례대표 부정선거, 지난해 5월 12일의 중앙위원회 폭력난투극, 부정선거에 연루된 이석기·김재연 의원의 제명처리안 부결, 그리고 뒤이은 분당사태를 국민들은 연달아 지켜보아야 했다. 이 과정에서 일명 '셀프 제명사건'이라는 희대의 사기극까지 벌어졌다. 신당권파로 분류되는 비례대표 4인김제남, 박원석, 서기호, 정진후의 탈당으로 인한 의원직 상실을 막기 위해, 신당권파가 자기편인 이들을 미리 제명 처리하여 당 밖에서 다시 헤쳐 모였던 일이 그것이다.

이념적, 정책적으로 추구하는 바가 전혀 다른 사람들이 오직 선거 결과의 극대화를 위해 만든 정당이 통합진보당이었다. 출발부터 이상과 대의보다는 각각의 정치적 셈법에 따라 급조된 그룹핑grouping이었기에, 선거 결과물을 놓고 그토록 지루하고 신물 나는 밥그릇 싸움을 했던 것이다. 이제 겨우 대중정당으로서 첫 걸음마를 시작해 놓고선 벌써부터 갈가리 찢어지고, 국민 모두가 '틀렸다'고 하는데도 혼자서만 '내가 옳다'고 목에 핏대를 세우며 우겼다. 게다가 그들의 언행은 왜 하나같이 그토록 무례한지 모르겠다.

사실 나는 육사를 나온 덕에 지금껏 NLNational Liberation이 뭔지 PDPeople's Democracy가 뭔지도 정확히 모르고 살았다. 고작해야 영문명을 통해 그 성향을 짐작하는 수준이었다. 그러다가 작년 통합진보당 사태를 지켜보면서 작정하고 시간을 내어 그들 두 집단의 역사에 대해서 공부해 보았다. 두 집단의 출발점과 지금까지의 성장 과정, 그 속에 소속된 인물들의 면면과 각각이 추구하는 정치적 이상 등 참 많은 사실을 새로이 알게 되었다. 그러면서 그간 내 눈에는 초록동색草綠同色으로 보였던 그 사람들이 왜 저리도 서로를 잡아먹지 못해 안달이었는지에 대한 분명한 이유도 알 수가 있었다.

생각과 주장이 파격적이면 품성과 행동이라도 바르고 순수해야 관심을 끌 수 있다. 아직도 이 사회의 많은 사람들은 건전한 진보정당이 출현하여 보수정당에 긴장과 반성의 기회를 주며, 이념적·정책적 균형을 잡아갈 수 있기를 진심으로 바라고 있다. 하지만 근래 일련의 행동을 보노라면, 우리 사회가 기대하고 있는 '대중적 진보정당'의 출현은 아직도 한참 더 먼 미래의 일이란 생각을 지울 수가 없다.

정치의 품격

정당의 '대변인' 자리는 당 지휘부의 의도를 가장 가까이에서 읽고 대중에게 전달하는 참으로 중요한 자리다. 게다가 대중에게 자신의 얼굴을 알릴 수 있고, 많은 기자들과도 친분을 쌓을 수 있어 더욱 매력적으로 비친다. 그런 탓인지 예나 지금이나 초·재선 의원들이 가장 탐내는 자리 중 하나다. 따라서 각 정당에서는 정치 초년병들 중에 가장 우수한 자원으로 대변인으로 삼는다. 대변인 출신들이 소위 말하는 중진이나 거물로 성장하여 우리 정치사에 큰 획을 그은 경우가 참 많았던 이유가 바로 여기에 있다.

하지만 최근 십 년 정도의 시간을 돌아보면 대변인 출신들의 입지와 위상이 과거와 같지 않음을 보게 된다. 거물로 성장하는 것은 고사하고, 그다음 총선에서조차 성공하지 못하는 경우가 늘어가고 있다. 그 배경에는 많은 이유가 있겠지만, 대변인 시절 절제되지 못한 감정과 정제되지 못한 말로 자신의 격을 스스로 떨어뜨린 탓이라고 많은 전문가들은 지적하고 있다.

"내가 하면 로맨스, 남이 하면 스캔들."

지금도 많은 정치부 기자들 사이에서 최고의 논평으로 기억되고 있는 말이다. 대변인 시절 이러한 말을 했던 박희태 전 국회의장을 가까이에서 모셨던 분과 식사를 같이 한 적이 있었다. 그때 그분이 '박 의장이 다음 날 기자회견 때 쓸 적절한 단어 하나를 찾기 위해 꼬박 밤을 새우는 모습을 본 적이 있다'는 얘기를 해주었다. 원래부터 말을 잘해서 그런 대단한 논평을 쉽게 하는 줄 알았는데 그게 아니었다. 까만 밤을 하얗게 지새우는 각고의 노력이 그 뒤에 숨어 있었음을 처음으로 알게 되었다.

말에는, 특히 정치인의 말 한마디에는 세상을 바꾸고 움직일 수 있는 무게와 힘이 있어야 한다. 그러려면 정곡을 찌르는 날카로움으로 내 편에게 통쾌함을 줄 수 있어야 함은 물론이고, 자신을 반대하는 상대방의 마음에까지 울림과 여운을 남길 수가 있어야 한다. 그런데

그 말이 매몰차고 예의가 없다면 아무리 내용이 좋고 옳은 말을 한다
손 치더라도, 다른 입장에 서 있는 사람들은 쉽사리 그것을 받아들
일 수가 없는 법이다. 그것이 인지상정人之常情, 즉 '사람의 보통 마음'이
란 것이다. 그래서 말을 할 때, 특히 그 내용에 날카로움과 냉정함이
담겨 있을 때는 더욱 말을 다듬고 또 다듬어야 한다.

링컨도 청년 시절에는 자신의 분노와 감정을 잘 조절하지 못했다
고 한다. 다른 사람들을 비판하는 말을 곧잘 했을 뿐만 아니라, 그
방식도 아주 서툴렀다. 이를테면 상대를 조롱하는 시나 글을 적어 많
은 사람들이 쉽게 볼 수 있는 자리나 길가에 일부로 흘려두는 식이었
다. 그리고 변호사 시절에는 신문에 투고하는 방식으로 공개적으로
상대방을 공격하곤 했다. 미성숙한 청년 시절의 이 같은 행동이 나중
에 링컨이 대통령이 되고 난 뒤에도 평생토록 그를 미워하고 공격하
는 많은 정적들을 낳는 가장 큰 원인이 되었다는 평가도 있다.

요즘 정치권의 막말 파문을 착잡한 심정으로 지켜보고 있다. 여야
할 것 없이 갈수록 이 나라의 정치와 정치인들의 품격과 자질이 떨어
져 가는 것 같아 참으로 안타까운 마음을 금할 길이 없다. 때론 머리
터지게 싸울 수도 있다. 어차피 정치란 게 자신이 옳다고 믿는 이상과
신념을 현실에서 한번 펼쳐볼 기회를 갖기 위해 자신이 가진 모든 것
을 걸고 경쟁하는 것이니까. 하지만 싸움에도 수준이란 게 있다. 세계
적인 격투기 선수가 규칙을 정해놓고 링 위에서 싸우면 그건 수십만
원을 내고 봐도 아깝지 않은 '빅 매치'가 된다. 하지만 그 선수가 길거

리에서 시비가 붙어 사람들과 뒤엉켜 싸우면 그것은 부끄럽고 추한 '주먹다짐'으로 전락하고 만다.

정확한 근거와 정연한 논리를 바탕으로 기품 있게 던지는 한마디의 촌철살인寸鐵殺人, 정치에는 뭐 이런 게 있어야 한다. 그런데 지금 눈앞에서 펼쳐지고 있는 우리 정치는 철부지 애들 수준의 억지와 저급한 막말이 매일같이 맞교환되는 것이 현실이다. 또한 나와 다른 생각은 철저히 적으로 간주하고 집요하게 공격하는 유치함과 비열함이 판을 치고 있다. 한마디로 이전투구泥田鬪狗 그 이상도 이하도 아니란 생각을 지울 수가 없다.

그럴수록 우리 유권자들이 정신을 바짝 차려야 한다. 진영의 논리를 앞세워 뒷골목 주먹치기들이나 쓰는 폭력적이고 저급한 막말을 해도 박수를 치고 환호해주는 이들이 있는 한 정치인의 막말은 절대 사라지지 않는다. '품격을 잃은 말' '부끄러운 말'을 하는 정치인은 반드시 선거를 통해 심판해야 한다. 그래야 자신의 말이 어떠한 무게와 비중을 갖고 있는지, 정치인의 한마디가 얼마나 무서운 것인지를 깨닫게 된다. 적절한 단어 하나를 찾기 위해 '까만 밤을 하얗게 지새우면서' 노력하는 정치인은 바로 그런 추상秋霜같이 엄격하고 올곧은 유권자들이 만들어 가는 것이다.

선배가 진정으로 찾고 있는 후배

"정치판에서는 실력만큼 자리를 주는 것이 아니라, 믿을 수 있는 만큼 기회와 자리를 준다."

일전에 정치권의 선배 한 분이 내게 해주신 말씀이다. 처음 들었을 때는 선배가 '줄 세우기'를 강요하는 것 같아 많이 언짢았다. 하지만 나이를 한두 살 먹어가다 보니 결코 틀린 말이 아니었음을 깨닫게 된다. 아무리 실력이 출중해도 언젠가 등을 돌려 경쟁자에게 가거나, 혹은 결정적인 실수나 잘못으로 나를 큰 곤궁에 빠뜨릴지도 모르는 사람을 곁에 두고 쓸 수는 없는 노릇이다. 그래서 옛 선현들께서도 '믿기 어려운 사람은 쓰지 말고, 일단 쓴 사람은 의심하지 말라疑人不用 用人不疑'는 말씀을 남기신 것이다.

실제로 내 주위에도 갖춘 실력과 열정에 비해 신의와 충성도가 부족해서 능력만큼 자리를 찾아가지 못하는 후배가 있다. 선거캠프에서 같이 일했을 때 그 탁월한 실력에 감탄할 때가 한두 번이 아니었다. 그렇게 뛰어난 실력의 소유자인 만큼 많은 선배들이 탐낼 만도 한데 어찌 된 일인지 매번 선거가 끝나고 나면 그를 챙기는 선배가 아무도 없었다. 우연한 기회에 이유를 물어봤더니, "잠시 편하자고 계속 불안하게 지낼 수는 없는 노릇 아니냐"고 하는 것이다. '선거'라는 급한 불이 떨어졌을 때는 편리를 위해 그의 재능을 이용하지만, 영광을 보는 자리를 함께 나눌 만큼 믿을 만한 인물이 아니라는, 참으로 무서운 말이었다.

　요즘 젊은 세대들은 '스펙 쌓기'에 자신의 모든 것을 쏟아 붓고 있다. 스펙을 쌓지 않으면 눈길도 주지 않는 잘못된 세상을 탓하면서 말이다. 하지만 그들보다 조금 더 인생을 살아본 내가 보기에는 주객이 바뀌어도 한참 바뀌었다. 물론 이력서를 통해 학벌과 경력을 살펴보고 외국어와 글쓰기 실력을 가늠한다. 하지만 일련의 과정을 거치는 이유는 조직 속에 녹아들어 조직이 필요로 하는 역할을 감당할 수 있는 사람을 찾기 위한 것이다. 제아무리 실력이 뛰어나도 조직에 동화되지 못하고 불화하거나, 얼마 지나지 않아 조직에서 이탈할 사람을 쓸 수는 없는 노릇이다. 실제로도 이탈 인원이 많이 생기면 인사채용 담당자가 큰 문책을 받는다고 한다. 따라서 기업의 채용 담당자가 찾는 사람은 바로 예의, 성실, 원만, 충성도 등 '기본'이 잘 갖춰져서 '믿음'이 가는 사람이라는 것이다. 그렇게 믿음이 가는 사람은 다소 스펙이 떨어져도, 얼마든지 그 부족한 부분을 채워서 쓸 수가 있다고 했다. 과연 이것이 기업에만 국한된 것일까? 사람이 모여 서로 이해관계를 주고받는 이 세상의 모든 조직에서 공히 적용되는 보편적 현상이니 배신과 술수가 난무하는 정치판은 더 말할 나위가 없다.

　지금 이 순간 나 같은 선배와 상사들이 진정으로 찾고 있는 인재가 과연 어떤 사람인지 우리 후배들이 제대로 알았으면 좋겠다. 그리고 우리 선배들이 정말로 찾고 있는 그런 자질과 능력을 갖춘 사람이 되고자 부단히 노력해 줬으면 한다. 아무리 세상이 어려워졌다 해도 그렇게 노력한 사람에게는 반드시 일할 수 있는 '기회'와 '자리'가 주어질 것이다. 나는 우리 후배들이 그런 믿음을 가지고 끝까지 희망과 용기를 잃지 않는 멋진 젊은이가 되어주길 진심으로 기대하며 성원한다.

정치인의 맷집

'뛰어난 사람이 아니라 끝까지 견뎌내는 사람이 이긴다.'
'정치는 잘하는 것보다 잘 참아내는 것이 훨씬 더 중요하다.'

몇 해 전 나는 정치에 대한 꿈을 접으려고 했던 적이 있었다. 지금도 별반 달라진 것은 없지만, 정말이지 그땐 미래에 대한 모든 것이 너무 불투명하게만 보였다. 현실을 직시하고 한 살이라도 더 젊을 때 빨리 다른 길을 찾아보라는 주변의 충고와 냉소도 참 견디기가 힘들었다. 하루는 그런 내 처지와 심정을 잘 알고 있던 한 선배가 밥을 사주며 이런 말을 해줬다.

"지난 97년 대선에서 지고 며칠 뒤, 대선캠프에서 일했던 젊은 사람들이 허름한 선술집에 모였다. 당시 그 자리는 자신의 정치적 미래를 걱정하는 고상한 자리가 아니라, 당장 어떻게 먹고 살지를 고민해야 했던 참담한 자리였다. 그날 이후 전문직을 갖고 있던 똑똑한 몇몇은 결국 밥벌이를 위해 정치권을 떠났고, 그런 여건조차 안 되는 이들은 찬바람 부는 여의도 바닥을 전전하며 소위 말하는 '정치건달'이 되었다. 그게 누군지 아니? 권○○, 김○○, 조○○, 차○○ …."

선배가 나열하는 그 건달이라는 사람들의 이름을 듣고 있자니 갑자기 온몸에 전율이 흘렀다. 하나같이 국회의원이요 당시 정부의 핵심에서 일하고 있던 참 익숙한 이름들이었기 때문이다. 그렇게 놀란 표정으로 토끼 눈을 뜨고 있는 나를 보며 그 선배는, 내 평생 결코 잊을 수 없는 의미심장한 한마디를 던졌다.

"장담컨대 대원이 너 정도면 언젠가는 국회의원이 되고 정권의 핵심에 일할 기회도 반드시 올 거다. 그런데 문제는 네가 그때까지 잘 버텨낼 수 있느냐는 것이다. 방금 말한 그 사람들처럼 말이야."

정치판에 들어와서 내가 가장 많이 지적받고 훈련받은 것은 일을 잘할 수 있는 실력과 리더십, 남의 마음을 움직이는 화술과 처세술이 아니었다. 내게 가장 많이 부족했고 가장 시급했던 것은 바로 잘 견뎌낼 수 있는 '맷집'이었다. 처음엔 이 나라 정치판이 더럽고 수준이 낮아서 그런 줄로만 알았다. 그런데 지금 보니 동서고금을 막론하고 정치판에서 일관되게 적용되어온 사실이며, 정치인에게는 그 어떤 것보다 가장 먼저 요구되는 우선적 자질이자 필수 자질임을 알게 되었다.

단순히 더럽고 험한 정치판에서 살아남기 위해서 그런 것이 아니다. 이것을 취하면 저것을 버려야 하고, 한쪽 손을 들어주면 다른 한쪽에게 상처를 주는 냉혹한 현실을 온몸으로 받아내며 세상의 조화와 균형을 이뤄내야 하는 것이 정치인의 사명이기 때문이다. 딱한 사정에 같이 눈물 흘리고, 어려운 사람들을 위해 내 주머니를 털어 도와주는 '인간적인 배려'의 수준을 넘어 냉정한 분석과 근본적인 해결책을 요구받는 자리이기 때문이다. 바로 이것이 정치를 하는 사람이 요구받는 자질이자 감당해야 할 운명인 것이다. '개인 조대원은 이상주의자idealist지만, 정치인 조대원은 지극히 현실주의자realist가 되어야 한다.', '내가 가고 싶은 길은 세종 이도의 길이지만, 내가 가야만 하는 길은 태종 이방원의 길일지도 모른다'며 늘 스스로를 채찍질하며 살아왔던 이유도 바로 여기에 있다. 정치에 대한 뜻을 세운 이상, 조대원의 개인적인 삶이 정치인 조대원이 이루고자 하는 가치와 사명을 우선할 수는 없는 것이다.

지난 대선 당시 안철수 씨가 대선후보직을 사퇴하는 모습을 지켜보며, 잘 견뎌낼 수 있는 '맷집'이 정치인에게 얼마나 중요한 것인지를 다시금 절감切感할 수가 있었다.

정치인이 감당해야 할 '선택'의 무게

2008년 10월 3일, 미국에서 암 진단을 받았을 때 '내가 죽을지도 모른다'는 생각보다 먼저 떠오른 것은 '무슨 돈으로 수술을 받나'하는 걱정이었다. 그만큼 당시의 내 상황은 단순히 어렵다는 수준을 넘어 정말로 궁핍하고 절박했었다. 그래서 최종 검사를 마친 의사로부터

"Yes, it's a cancer"란 확진 판정을 받고 나서 내가 가장 먼저 했던 일은, 가깝다고 생각되는 7명에게 이메일로 '수술비'에 대한 도움을 청하는 것이었다. 그렇게 이메일을 다 보낸 후에야 비로소 뉴욕에 있는 동생과 통화하며 한참 동안 참고 있던 눈물을 쏟을 수가 있었다.

그 며칠 뒤 비행기와 자동차와 버스를 몇 번씩이나 갈아타기를 반복하며 총 30시간이나 걸려 부모님이 계시는 내 고향에 도착할 수 있었다. 이미 자정을 넘긴 시각이었지만 한 무리의 사람들과 함께 버스에서 내리는 나를 단번에 찾아낸 아버지는 "괜찮을 거야. 수술만 받으면 괜찮을 거야. 아무것도 아닐 거야"를 실성한 듯이 되뇌며 내 목을 감싸 안으셨다. 귀국하는 내내 다시는 울지 않겠노라고 그렇게 다짐을 했건만, 아버지의 떨리는 어깨를 보니 설움이 복받쳐 올라 또다시 눈물을 훔치고야 말았다. 그렇게 잠시 격정을 풀어낸 후 집으로 향하는 차 안에서 아버지로부터 맨 처음 들은 말은 "○○○란 분이 200만 원을 보냈더구나"였다.

'유리하다고 교만하지 말고 불리하다고 비굴하지 말라.'

그 선배의 좌우명이다. 단순히 말뿐이 아니라 실제로 그렇게 살기 위해 무던히도 애쓰는 것을 곁에서 지금까지 지켜봐 왔다. 그리고 그 모습을 보며 '나도 꼭 저렇게 살아야지'를 다짐하곤 했었다. 그랬던 선배가 며칠 동안 정치 뉴스의 중심에 서서, '변절자' '배신자'란 소리를 들으며 이쪽에서도 또 저쪽에서도 욕을 먹었던 적이 있었다.

"사전에 연락도 못 하고 안철수 캠프로 와서 미안하네."

　그 선배에게서 이 짧은 문자 한 통을 받았을 때부터 나는 앞으로 그가 감당해야 할 엄청난 삶의 무게를 예상할 수 있었다. 하지만 막상 시작부터 너무 아프고 힘든 모습을 지켜보고 있자니 내 마음도 덩달아 많이 아팠다.

　정치하는 사람은 늘 선택의 막다른 골목으로 내몰려 좋든 싫든 하나를 택하도록 강요받게 된다. 내키지 않아도 반드시 이쪽이든 저쪽이든 한쪽을 선택해야 한다. 그리고 그 선택에 따라 이쪽에서 버림받든지 아니면 저쪽을 적으로 돌려야 하는 잔인한 운명과 마주하게 된다. 나 역시 대선이 끝나고 난 뒤 적지 않은 수의 사람들이 내 곁을 떠났고, 그중 일부는 나를 적으로까지 여기게 되었다. 정치가 아니었다면 소주잔을 기울이며 덕담이나 주고받았을 참 좋은 사람들이 말이다. 정말이지 이런 과정을 거칠 때마다 너무 괴롭고 힘들어 한동안 멍한 상태로 지내게 된다.

　하지만 이것은 어쩔 수 없는 정치인의 숙명이다. 정치를 꿈꾼다면 당연히 감내해야 하는 내 삶의 무게인 것이다. 지금껏 매섭게 비판해왔지만 한 번도 조롱하지 않았고, 일방적인 지지는 아니었지만 내 삶의 위기 때마다 위로와 용기를 주었던 고마운 사람들을 생각해서라도 이겨낼 것이다. 세월이 지금의 그 고마운 사람들마저 정치적 대척점에 세우게 될까 봐 두렵기도 하지만, 처음의 소신과 원칙만 잘 지켜간다면 그들도 이해할 수 있으리라 믿고 싶다.

　"정치는 성공을 위해 쏟아야 하는 노력과 감수해야 하는 부담을 생각하면 권세와 명성은 실속이 없고 그나마 너무 짧다”는 故 노무현 대통령의 말씀이 새삼 떠오른다. 비록 종지(작은 그릇)만한 작은 역할로 내 정치 인생이 끝난다 하더라도, 최소한 내 주변의 고마운 사람들에게만은 ‘떠날 때 뒷모습이 아름다운 사람’으로 기억되었으면 좋겠다. 비록 이제 선배와 내가 걸어갈 길은 서로 달라졌지만, 여전히 바라보는 곳은 같다고 믿는다. 나도 그리고 그 선배도 스스로의 선택에 책임을 지며 용기를 잃지 않고 최선을 다해 주어진 길을 걸어갔으면 좋겠다.

삶과 죽음

"Yes, It's a cancer"

2008년 10월 3일, 내 인생에서 가장 긴 하루를 보냈다. 설마 설마 했는데 정말로 내가 '암'에 걸렸다는 최종 판정을 받은 것이다. 예전에도 신경을 많이 쓰면 가끔 혈뇨가 생겨 병원에 간 적이 있었지만 모두 정상 소견을 받았기에, 이번에도 대수롭지 않게 여겨왔다. 하긴 미국에서 의료보험 없이 병원에 간다는 것 자체가 내 형편으로는 상상도 할 수 없는 일이었기에 참는 것 말고는 달리 방법이 없기도 했다.

하지만 2008년 9월 초부터 얼핏 보아도 정도가 심한 혈뇨가 일주일 넘게 계속되었고, 결국 동네 보건소community health center를 찾아야 했다. 혈액검사를 포함하여 몇 가지 간단한 검사를 받고 며칠 뒤 다시 갔더니, 의사가 제법 심각한 표정으로 빨리 정밀검사를 받으라고 했다. 하지만 대선 이후 쫓기듯 미국으로 들어와 수입도 없이 지내는 백수 처지에 그런 비싼 검사를 받을 수는 없는 노릇이었다. 설마 그게 암이라고는 꿈에도 생각지 못했기에 의사에게 '돈이 없어서 그러니 검사 대신에 약으로 처방해 주면 안 되느냐'는 어리석은 애원까지 했다. 의사는 '내가 지금 돈 벌자고 이러는 게 아니다. 돈보다 네 생명이 훨씬 더 중요하지 않느냐'고 역정을 내면서도, '환자가 경제적으로 어려우니 검사비를 깎아 주라'는 편지를 써 주었다. 그의 도움으로 찾은 큰 병원에서 CT와 내시경 등 몇 차례의 검사를 더 받은 후 마침내 '방광암' 최종 판정을 받게 된 것이다.

가끔 혈뇨가 비칠 때마다 농담조로 '혹시 암 아닐까?'라고 물으면 '엄살 좀 그만 떨라'며 핀잔을 주곤 했던 아내는 의사로부터 "Yes, it's a cancer"란 말을 듣고는 '미안하다'는 말을 되풀이하며 하염없이 눈물만 흘렸다. 나 역시 정치한답시고 가족들 고생만 시키다가 채 꿈을 펼치기도 전에 험한 꼴을 당한다고 생각하니 너무 서럽고 화가 나서 속으로 피눈물을 삼켰다.

하지만 언제까지 넋 놓고 있을 수만은 없는 일이었다. 짧은 인생이지만 그간 살아오면서 겪은 몇 가지 큰 사건을 통해 배운 것이 있었다. 이미 벌어진 일에 대해 분노하고 후회해 봐야 아무 도움이 되지 않는다는 사실이었다. 그리고 '내가 죽을지도 모른다'는 두려움 앞에

서게 되니 '어떻게든 살아야겠다'는 삶에 대한 애착이 더욱 강해졌다. 본능적으로 '이대로 있어서는 안 된다. 뭔가 살길을 찾아야 한다'는 생각이 내 머릿속을 지배하기 시작했다. 의사는 가능한 한 빨리 수술을 받는 것이 최선의 방법이라고 했지만, 형편상 미국에서는 도저히 수술을 받을 수가 없었다. 방법은 하나, 빨리 한국으로 돌아가는 것뿐이었다.

이런 결론에 이르자 마음이 급해졌다. 그래서 곧장 한국에 있는 지인들 중 나를 도와줄 수 있을 것이라 여겨지는 7명에게 내가 암에 걸렸다는 사실을 알리고 도움을 청하는 이메일을 보냈다. 그리고 뉴욕에 있는 동생에게 전화해서 한국으로 돌아갈 비행기 값과 미국에 남을 가족들의 생활비를 부탁한 뒤, 너무 비싸지 않은 비행기 중 가장 빠른 것으로 예매부터 했다. 한국으로 돌아간다고 해서 무슨 뾰족한 수가 있는 것도 아니지만, '시련이 있는 곳에 반드시 피할 길도 함께 열려있다'는 말을 간절히 붙잡는 수밖에 달리 다른 방도가 없었다. 차후에 내게 펼쳐질 모든 일들이 참 많이 두려웠지만, 나를 위해서 기도하고 계신 그 많은 분들을 생각하면 어떻게든 정신을 차리고 다시금 힘과 용기를 내어야 했다.

불현듯 예전에 배웠던 '나를 죽이지 못하는 것은 나를 강하게 할 뿐이다'란 말이 떠올랐다. 나를 죽이지 못하는 병이라면 결국에는 이 병을 통해 나는 더욱 강한 사람이 되어 있을 것이다. 그런 믿음을 갖고 나는 내 몸속에 들어온 암세포와 싸우기 위해 한국으로 향했다.

삶을 향한 절규

사람이 얼마나 간사한 존재인지 시간이 흐르고 상황이 좋아지면 어려웠을 때의 절박한 심정을 곧잘 잊는다고 한다. 그러고선 쉬이 예전의 생각과 습관으로 다시 돌아가 버린다. 그런 것을 생각하면 얼마나 두려운지 모른다. 믿기지 않겠지만 나는 암세포가 재발하고 전이되었다는 말보다 예전의 그 무절제하고 무례한 생활로 돌아간다는 게 훨씬 더 두렵다. 그래서 한편으론 감사하기도 하다. 내가 이런 것을 깨닫고 변화된 삶에 대한 소망을 품게 되었다는 사실이 얼마나 신기하고 감사한지 모른다.

하지만 이런 생각과는 달리 의사의 말 한마디와 그날의 몸 상태에 따라 수시로 마음이 변하는 연약함을 보았다. '그렇게 혼났으면 됐지 아직도 다 내려놓지 못한 것이 있냐'라고 스스로를 질책해 보지만, 죽음에 대한 공포와 미래에 대한 불안, 그리고 주어진 상황에 대한 불평과 짜증은 생각처럼 그리 쉽게 떨쳐지지가 않았다. 남들 앞에서 늘 의연하고 멋지게 행동하려 노력해왔지만 이러한 못난 모습이 솔직한 나의 본전임을 더 이상 숨길 수가 없었다.

'제발 살려만 주신다면 정말이지 당신이 기뻐하시는 일에 제 삶 전체를 바치겠습니다'라고 매일 기도하며 신께 매달렸다. 하긴 본전이길 것도 없이 이미 부도난 인생이기에 아직 바칠 수 있는 그 무엇이 내게 남아있는지에 대해서도 확신이 서질 않았다. 얼마의 시간이 어떠한 형태로 내게 주어질지 알 수 없지만, 정말이지 가치 있고 보람 있는 일에 내가 갖고 있는 것을 모두 바치고 싶었다.

문득 두 눈이 뽑힌 상태로 연자맷돌에 매여 온갖 조롱과 멸시를 받고 있는 삼손의 애처로운 모습이 떠올랐다. 삼손이 자신의 잘못된 과거를 회개하며 신전의 두 기둥을 붙잡고 마지막으로 절규했던 말은 바로 '블레셋 사람과 함께 죽기를 원하노라'였다. 죽는 것보다 더 두려운 것이 바로 '해야 할 사명을 마치지 못하고 떠나는 것'임을 그때야 깨달았던 것이다. 삼손이 마지막 순간에 하늘을 향해 토해놓았던 그 처절한 절규가 내 심정과 너무 흡사하게 여겨져 가슴이 먹먹해졌다.

내 마음의 상처와 미움

"요즘 암환자 한두 명 없는 집안이 어디 있냐?"

"요즘은 의술이 좋아서 일찍 발견만 하면 모두 고칠 수 있다고 하더라."

암에 걸린 뒤 참 많은 분으로부터 이런 위로의 말씀을 들었다. 한참 젊은 놈이 암에 걸렸다는 사실에 달리 하실 말씀도 없었을 것이다. 하지만 그 뻔한 위로가 실제 내게 얼마나 큰 도움이 되었는지 모른다. 하지만 아무리 암이 흔해지고 의술이 좋아져 생존율이 높아졌다고 하더라도 암은 여전히 무서운 병이다. 우리나라 국민의 사망 원인 중 1위가 바로 '암'이라는 사실도 이를 잘 말해주고 있다. 그렇다면 암은 왜 걸리는 것일까? 방광암은 30대 이하가 걸릴 확률은 겨우 3.7%밖에 안 된다는데, 왜 하필 내가 그 불운한 한 명이 되어야 했던 것일까? 수많은 책과 자료를 뒤지며 스스로 납득할 수 있는 이유를 찾기 위해 무던히 애를 썼다.

내게 피를 나눈 형제와도 같은 한 친구는 내 마음의 상처와 미움이 암세포가 되었다고 말한다. 내가 겉으로는 늘 대범한 척 괜찮은 척했지만, 속으로는 전혀 그렇지 못하다는 점을 그 친구는 정확히 알고 있었다. 귀가 얇아서 쉽게 믿고 쉽게 감동하고, 그렇게 온 마음을 다 줘버린 후에는 작은 상처에도 가슴을 쥐어짜며 아파하고 죽일 듯이 미워한다는 사실까지 정확히 집어냈다. 그런 상처와 미움으로 인한 과도한 스트레스가 암세포를 만들었다는 것이다. 실제 암의 발생 원인은 무척 다양하다. 유전적 요인은 물론이거니와 식습관, 생활습관, 업무환경, 심리상태 등에 이르기까지 어느 하나 딱 떨어지는 것이 없다. 하지만 모든 진리가 한 길로 통하듯 모든 질병의 출발은 마음에서 시작된다. 음식에 대한 과도한 욕심이 신체의 불균형을 초래하고, 성공에 대한 끝없는 욕심은 과로와 스트레스를 만들며, 자신의 건강에 대한 지나친 자신감은 운동 부족과 무절제한 생활 습관의 원인이 된다. 무엇보다 다른 사람에 대한 교만과 우월감은 스스로 깊은 상처를 남기는 자격지심과 열등감이라는 부메랑으로 돌아온다.

사실 '암'이란 병보다 정작 나를 더 아프고 힘들게 했던 것은 바로

‘인간관계’였다. ‘당신들이 나한테 이럴 수는 없다.’, ‘아무리 그래도 지금 이 상황에서는 먼저 전화 한 통 해서 몸 상태라도 물어주는 것이 사람의 도리 아닌가?’, ‘그간 내가 너희한테 어떻게 했는데 이럴 수가 있어?’, ‘집에서 기르는 짐승이 아파도 불쌍히 여기며 한 번쯤 돌아보는 게 인지상정 아닌가?’ 정말이지 그간 가슴 속 깊은 곳에 꾹꾹 눌러놓았던 격정적인 말들이 한꺼번에 터져 나왔다.

하지만 따지고 보면 내 마음속에 자리 잡은 상처는 다름 아닌 내가 만들어낸 것이었다. 그동안 내가 알고 지낸 수많은 사람들, 그리고 그들과 함께한 시간, 쌓아온 관계들이 다분히 이기심과 계산에 의한 것이었음을 내 양심이 가장 잘 알고 있었다. 실제 이번 일을 겪으면서 전혀 생각지도 못한 분들로부터 너무 많은 도움을 받았다. 반면 ‘믿거니’ 했던 사람들로부터는 오히려 서운함을 느끼는 경우가 더 많았다. 내 마음을 서운하게 만든 이들을 미워하다가도, 순수하게 마음을 나눠주신 고마운 분들을 생각하면 지난날의 내 모습이 떠올라 그저 부끄럽고 죄송한 마음만 생겼다. 내가 젊은 날에 방광암이라는 ‘선고’를 받게 된 것도 결국 내 이기적인 삶에 대한 강력한 경고였던 셈이다.

‘절제’된 생활과 ‘겸손’한 마음가짐이야말로 건강의 지름길이다. 다른 사람과 비교하며 분노할 것도 미워할 것도 없다. 이제부터라도 아무 조건 없이 서로의 필요를 채우고 진심을 나누며 살자. 내게 도움을 주신 고마운 분들을 생각하며 베푸는 삶을 살아가자. 육신의 아픔을 통해 삶의 지혜를 깨우치게 된 것에 진심으로 감사한 마음이 든다.

재발에 대한 공포

'재발했다. 교만해지려는 나의 몸에 하나님께서 다시금 작은 가시를 심어 주셨다. 주의 뜻대로 살자. 다시금 경건해지는 계기로⋯. 주여 감사합니다.'

잠시 머리가 멍해졌다. 나보다 1년 정도 일찍 방광암 진단을 받고 동일한 투병 과정을 거치고 있던, 그래서 많이 의지가 되고 위로가 되었던 선배의 홈피에서 이런 글을 읽게 되었다. 글은 저렇게 남겨놓았지만, 당시 선배의 심정이 어떠했는지 직접 듣지 않아도 쉽게 짐작이 되었다. '표재성 방광암은 70%가 다시 재발하고, 그중 15% 정도는 침윤성으로 진행되거나 전이된다'는 통계가 절대로 헛말이 아님을 다시금 절감하는 순간이었다.

당시 나는 한국에서 암 수술을 마치고 미국으로 돌아와 치유의 과정을 거치던 중이었다. 수술 전보다 체중이 무려 10킬로그램 이상 빠져 몸은 훨씬 날렵해졌고, 한때 160-100을 넘어서던 혈압도 이젠 정상수치를 유지하게 되면서 '예전보다 얼굴이 더 좋아졌다'는 얘기를 많이 듣던 때이기도 했다. 하지만 대다수의 암 환자가 그렇듯 나 또한 자그마한 신체의 변화에도 감정의 극과 극을 달렸다. 예전보다 쉬이 피로를 느끼거나 평소보다 화장실을 조금만 더 자주 가도 '다시 재발한 게 아닐까'란 공포를 느끼곤 했다. 그러면서 '재발은 90%가 2년 안에 된다고 하니, 2년만 잘 버티면 된다'고 스스로를 얼마나 많이 위로했는지 모른다. 그렇게 곧 그 2년이 되려는 찰나에 청천벽력과 같은 선배의 재발 소식을 듣게 된 것이다.

두려웠다. 그리고 화가 치밀어 올랐다. '교만하면 얼마나 교만했다고, 막살았으면 또 얼마나 막살았다고 또다시 재발의 고통과 두려움을 겪어야 한단 말인가?' 원망과 분노가 내 온몸을 옥죄었다. 암 진단과 수술, 그리고 치료라는 힘든 시간을 보내고 이제 조금쯤은 암의 공포에서 벗어났다고 여겼는데, 다시 격랑 속에 빠진 느낌이었다. 이런 일을 한 번씩 겪을 때마다 한없이 작아지고 나약해지는 인간존재에 대한 초라함을 느낀다. 동시에 피부로 다가오는 죽음에 대한 두려움을 절절히 느끼고 깨닫게 된다.

문득 예전의 아픈 기억이 떠올랐다. 공식적인 생존율이 2%밖에 되지 않는 폐암 말기의 어느 선배를 살리기 위해, 꼬박 1년간 얼마나 몸부림을 쳤는지 모른다. 사실 그 선배와 나는 미국에서 같은 교회를 다니며 눈인사 정도를 나누는 사이였다. 그런데 내가 암에 걸려 한국으로 급히 귀국하는 날, 선배는 내 손에 돈 300불을 쥐여주며 '꼭 나아서 건강한 모습으로 돌아올 테니 너무 염려 마라'고 격려해 주셨다. 그것이 인연이 되어 그 선배와 가까워졌고, 선배의 암 소식을 접하고선 순전히 예전에 진 빚을 갚기 위해 병수발을 시작했다. 마지막 학위 논문을 쓰면서도 아내는 매일 한 끼씩 금식했고, 나는 암 수술을 한지 얼마 되지 않는 지친 몸을 이끌고 매일같이 새벽기도를 나갔다. 그렇게라도 하늘을 감동시켜 기적을 보고 싶었다. 기도가 끝나면 선배의 집으로 가서 힘든 투병 과정을 지켜보았다. 같이 말동무를 하며 밥을 먹기도 하고, 항암 방사능 치료가 있는 날이면 선배를 태우고 병원에 가서 치료가 끝날 때까지 보호자 대기실에서 자리를 지키기도 했다.

미국으로 건너와 온갖 고생 끝에 박사학위를 받은 선배는 또다시 수년간의 혹독한 포닥post doc 생활 마치고 이제 겨우 교수 자리를 잡아 몇 년을 보냈을 뿐이었다. 이제부터 실력 발휘하면서 한번 폼 나게 살아봐야 하는 40대 말의 인생 황금기에 지랄 같은 병마를 만나 고통 중에 죽어갔던 것이다. 그리고 그렇게 이역만리 타국 땅에 묻힌 선배의 장례식에서 나는 눈물로 형의 이름을 부르짖으며 마지막 기도문을 읽었다.

지금 TV 화면에는 47세 한참 나이에 생떼 같은 아이 셋을 두고 눈을 감는 불쌍한 엄마의 모습이 가득하다. 폐암이 얼마나 무서운 놈인지, 그리고 그놈이 어떻게 사람을 서서히 죽여 가는지는 폐암으로 생을 달리한 선배의 모습을 통해 이미 너무 많이 알아버렸다. 그래선지 마지막 가쁜 숨을 내쉬면서 고통스러워하는 TV 속 환자의 모습에 더욱 가슴이 시리다. 아직도 엄마 손길이 한참은 더 필요한 네 살, 다섯 살짜리 꼬맹이들은 눈앞에서 펼쳐지고 있는 광경을 이해하지 못하고 딴청을 피웠다. 그 안쓰러운 모습을 지켜보며 한 손은 너무 사랑했던 남편의 손을 잡고, 또 다른 한 손은 이제부터 철부지 동생들의 엄마 역할까지 해야 하는 열 살 남짓한 딸의 손을 꼭 쥐고서, 그 가련한 여인은 그렇게 죽음을 맞았다.

주변에서 암 투병을 하는 지인들의 존재는 내게 복합적인 감정을 전해준다. 더할 수 없는 위로인 동시에 두려움과 고통의 대상이다. 병마를 이겨낸 그들을 지켜보며 완치에 대한 기대를 품지만, 더불어 결국 먼저 떠나버린 이들을 보며 죽음에 대한 두려움을 동시에 갖게 된다. 그래서 두 선배의 경우는 물론이거니와 TV로 방영되는 낯선 이의 사례조차도 바로 내 일인 것처럼 엄청난 충격과 고통을 느끼게 된다. 그러면서 '나도 이런 두려움 없이 남들처럼 오래오래 건강하게 살 수 있으면 얼마나 좋을까'란 생각을 수없이 하게 된다.

이래서 아픈 사람의 심정은 아파본 사람만이 알 수 있고, 정말 소중한 것은 잃고 난 후에야 비로소 그 가치를 깨닫게 되는 것 같다. 아프지 않고 건강하다는 사실 하나만으로도 기뻐하고 감사하며 하루를 살아갈 수 있는 충분한 이유가 된다. 이러한 사실을 좀 더 일찍 깨닫게 된다면 그만큼 삶은 더 건강하고 여유로워질 것이란 생각이 든다.

암이 가져다준 깨달음

당시 우리 집엔 딸아이가 이름 붙인 '북이'라는 이름의 거북이 한 마리가 살고 있었다. 집에서 흔히 키우는 애완 거북이가 아니라 미국

텍사스의 육지에 서식하는 야생 거북이었다. 우연히 세차장에 갔다가 탈진하여 죽어가는 것을 발견하고 데려와 키웠는데, 얼마 지나지 않아 완전히 기운을 회복하여 아주 건강히 잘 자랐다.

처음에 이 녀석을 데려왔을 때는 도대체 뭘 먹이로 줘야 할지 몰라 한참을 헤맸다. 애완 거북이가 좋아한다는 새우도 먹질 않고, 다른 사람이 조언해준 대로 멸치를 줘봤지만 거들떠보지도 않았다. 그러다가 우연히 집 앞에 죽어있는 풍뎅이 비슷한 벌레를 넣어줬더니 미친 듯이 먹어치우기에, 그 후로 온 동네를 돌아다니며 닥치는 대로 벌레를 잡아 녀석에게 먹이기 시작했다. 아침 8시면 이미 섭씨 35도가 넘어가는 텍사스의 불볕더위 아래서 벌레를 잡는 것은 결코 쉬운 일이 아니었다. 하지만 '북이'가 맛있게 먹는 모습을 지켜보는 것이 소소한 재미와 보람을 안겨주었기에 그 수고로움을 마다치 않았다. 때론 새벽부터 봉지 하나 들고 도로에 쭈그리고 앉아 벌레를 잡고 있는 모습에 등교하던 아이들이 이상히 여겨 나를 피해 돌아가는 웃지 못할 상황이 벌어지기도 했다. 아마도 내가 조금 정신줄을 놓은 이상한 아저씨로 보였던 모양이다.

'북이'가 기력을 회복한 후 야생으로 돌려보내기 위해 그간 몇 차례 시도를 했지만 매번 딸애 때문에 실패하고 말았다. 한번은 거북이를 감추어 놓고 "북이 놓아 줬다"고 했다가 온 동네가 떠나갈 듯이 울고불고하는 통에 결국 숨겼던 것을 다시 꺼낸 적도 있었다.

그렇게 야생 거북이와의 어색한 동거가 지속되면서 가장 우려되었던 것은 이 녀석이 점차 팻pet이 되어간다는 점이었다. 처음에는 음식을 줘도 사람이 있으면 먹질 않고 머리와 다리를 등껍질 속에 감추기에 바빴던 녀석이 나중에는 먹이 주는 시간을 알고 때에 맞춰 고개를 빼고 기다리기까지 했다. 심지어 머리를 쓰다듬어 줘도 도무지 경계하는 기색을 찾기 힘들었다. 나중에 녀석이 이 험한 세상을 어떻게 살아갈는지 벌써부터 걱정이 되었다.

그렇게 먹이를 먹어치우는 '북이'를 보며 걱정스런 푸념을 하던 도중 문득 나 자신이 우스워졌다. '내가 지금 누구 걱정해 줄 처지인가' 싶었기 때문이다. 한때는 한 나라를 이끌어 보겠다는 큰 뜻을 품고 하루하루를 미친 듯이 살았는데, 이젠 거북이 한 마리 살려보겠다고 새벽같이 일어나 벌레 잡는 데 혈안이 되어 있으니 말이다. 하지만 아무리 벗어나려고 발버둥을 쳐도 뾰족한 해결책이 없을 때는 그냥 있는 자리에서 인내심을 갖고 기다리는 것이 상책이란 생각이 든다. 그리고 그렇게 기약도 없이 기다려야 할 때는, 무언가 몰두할 수 있는 일을 찾는 것이 그 힘든 시간을 이겨내는 데 큰 도움이 된다. 내 뜻대로 되지 않는 상황에 가슴 아파하고 분노하지 말고, '그래, 시간이 이기나 내가 이기나 한번 끝까지 가보자'란 심정으로 느긋하게 기다리다 보면 언젠가는 그 힘든 시간도 끝이 보이는 게 세상사의 이치이다.

내가 백수생활을 이겨내는 데 큰 도움을 받았던 또 다른 방법은 바로 독서와 자기계발이었다. 한국에서 암 수술 후 치료받을 때는 독서에 몰입했고, 다시 미국으로 와서는 영어공부에 상당한 시간과 정성을 쏟았다. 한국에 있을 때도 영어공부를 해보려고 몇 군데 알아본 적이 있지만, 백수 처지에 한 달에 십만 원이 넘는 수강료가 아까워 그만두었다. 하지만 미국에서는 발품을 잘 팔기만 하면 공짜로 영어 공부할 수 있는 곳을 어렵지 않게 찾을 수가 있었다. 주로 유학 온 외국학생들의 가족을 전도하기 위해 미국 교회에서 개설한 프로그램인데, 웬만한 한국의 영어학원보다 훨씬 더 짜임새가 있고 수준도 높았다. 그렇게 교회를 옮겨 다니며 하루에 적게는 1시간 많게는 5시간씩 영어에 몰입하다 보니, 예전에 학위 공부를 하며 주로 교과서 읽기에 치중할 때보다 훨씬 더 빨리 듣기와 말하기 수준이 향상되었다.

가끔 주위에서는 "아줌마들이나 듣는 그 수업이 수준에 맞느냐?"고 묻기도 했다. 그러고 보면 어떤 날은 남자라고는 나밖에 없을 때도 있었다. 하지만 배움 앞에 무슨 체면과 자존심이 필요하단 말인가? 무엇보다 그렇게 시간을 보내는 것이 온종일 집에서 빈둥대는 것보다 훨씬 재미가 있고 마음을 다스리는데도 유익했다. 게다가 영어로 하는 의사소통이 남보다 좀 더 자유로운 탓에 자원봉사 중인 젊은 미국 학생들이 때론 내게 자신의 고민과 진로문제까지 털어놓으며 마음속 깊은 얘기를 청하기도 했다. 그렇게 젊은이들과 개인적으로 어울리다 보면 정말이지 삶의 큰 재미와 보람을 한껏 느낄 수 있었다. 그리고 그 같은 시간은 유배생활과도 같은 당시의 어려움을 이겨내는 데 큰 도움을 주었다. 만약 내가 예전처럼 그 알량한 자존심과 허영심을 버리지 못했다면 결코 그런 소중한 경험을 하지 못했을 것이다.

그 모든 것이 결국 내 인생에 가장 큰 아픔과 시련을 안겨준 '암'으로 말미암았다는 사실이 참 아이러니했다. 그러고 보면 모든 것은 마음먹기에 달렸다. 가장 힘들고 외로운 순간에도 재미와 보람을 찾을 수 있고, 인생의 정체기에 오히려 2보 전진을 위한 튼튼한 기반을 닦아놓을 수도 있다. 끔찍한 '암'이란 놈이 가져다준 귀한 깨달음이다.

장례식에 다녀와서

미국 들어가서 처음으로 장례식에 다녀온 적이 있었다. 당시 수요일 저녁예배 시간에 망자(亡者)의 이름을 처음 들었으니 나와는 일면식도 없던 사람이다. 그런데도 아침 일찍 일어나 샤워를 한 뒤 검은 양복 검은 넥타이를 하고 부조까지 챙겨서 그 사람의 장례식장을 찾았다. 타운으로 온 지 얼마 안 된 신입생이라 지인도 별로 없을 것 같아, 나라도 가서 자리를 채워야겠다는 생각 때문이었다. 1978년생이니 당시 갓 서른을 넘겼을 젊은 친구가 결혼한 지 2년밖에 안 된 어린 신부를 남겨두고 이국땅에서 갑자기 세상을 떠난 것이다. 박사과정에 입학해서 딱 하루 수업을 들은 뒤, 급성 백혈병으로 응급실에 실려와 하루를 앓고 새벽에 숨을 거두었다고 했다. 공교롭게도 그날은 내 생일이기도 했다.

장례식 중간에 고인이 세상을 떠나기 두 달 전 미주지역 한인 기독학생 집회 때 간증했던 동영상이 잠깐 소개되었다. 처음 미국에 와서 자신을 도와준 교수님께 '기독교를 증오한다'고 외쳤던 고인이 어떻게 신앙을 받아들이고 크리스천이 되었는지에 대한 내용이었다. '3년 전 인디애나로 처음 유학 와서 영어 때문에 너무 스트레스를 받아 머리를 빡빡 밀어버리고, 한 달 동안 시리얼만 먹었다'는 대목과 '경제적으로 너무 힘들어 16년 된 중고 자동차를 팔아야겠다는 생각을 했다'는 장면에서는 나도 모르게 눈시울이 붉어졌다.

'그래, 나도 저랬었지. 나도 저 친구처럼 그렇게 힘든 시절이 있었지. 이를 악물고 '조금만 더 힘을 내자, 조금만 더 견디자, 그러면 반드시 좋은 날이 올 거야'라고 수없이 되뇌며 참고 또 참았던 시절이 있었지.'

이런 생각과 함께 힘들었던 나의 유학 시절이 떠올라 점점 더 북받쳐오는 감정을 주체하기 어려웠다. 그렇게 고인에 대한 동영상이 끝나고 이번에는 인디애나에서 고인과 함께 공부했던 한 선배의 조사가 이어졌다. "○○야, 힘들더라도 조금만 더 참고 박사학위를 받아 우리 둘이 꼭 같은 학교에서 교수를 하자고 했잖아"라며 흐느끼는 부분에선, 도저히 더는 참지 못하고 굵은 눈물방울을 쏟아야만 했다. 정말이지 우리네 인생이란 것이 얼마나 덧없고 애처롭고 연약한 것인지를 절절히 느끼면서 말이다.

열심히 사는 것은 중요하다. 하지만 천년만년 살 것처럼 내 주위를 돌아보지 못한 채 그저 앞만 보고 달리는 어리석음을 범하지는 말자. 살다 보면 힘이 들어 잠시 주저앉기도 하고 또 돌아서서 눈물을 흘릴 수도 있다. 하지만 그때도 '죽음'이란 단어를 입에 올리며 삶을 포기해 버리지는 말자. 내게 주어진 힘든 시간마저도 누군가에게는 너무나 소중하고 부러운 시간일 수 있으니까. 그 짧고 귀한 시간을 살아가는 동안 정말이지 주위 사람들을 사랑하고 위로하고 가진 것을 나눠 주면서 그렇게 의미 있고 보람 있게 살아가자. 한 사람의 죽음을 통해 참으로 많은 것을 깨닫게 된 귀한 하루였다. 삼가 고인의 명복을 빌며, 부디 저 천국에서는 더 이상 힘들지 않고 가난하지도 아프지도 않기를 간절히 기도한다.

'병'보다 무서운 '돈'

내가 주위 분들의 도움으로 큰 고비를 넘기고 '암'이라는 놈과의 싸움에 많이 익숙해져 가던 무렵, 이번에는 아내가 암 판정을 받게 된다. 운명의 장난이라고 하기에는 너무 기가 막힌 현실을 원망하는 것도 잠시, 또다시 당장의 병원비를 걱정해야 하는 처지가 되었다. 아내가 암 판정을 받고 수술을 앞둔 상황에서 수술에 대한 걱정보다 병원비를 먼저 걱정하고 있는 내 모습이 얼마나 초라하고 저주스러웠는지 모른다. 지난번 내가 돈 없이 암에 걸려 한번 호되게 당해봤으면 됐지, 그 2년간의 세월 동안 과연 무얼 했기에 또 이런 한심하고 못난 모습을 반복하고 있는지 생각하면 할수록 정말 기가 막혔다.

이번에도 참 많은 우여곡절 끝에 아내의 수술을 마칠 수 있었다. 그리고 그런 아내에게 의사는 다시 네 번의 항암치료를 권했다. 그렇게 첫 항암치료를 받기 위해 입원했는데, 아내의 건강 상태가 좋지 못해 처음 예상했던 것보다 입원 날짜가 자꾸만 늘어갔다. 항암제의 강도 역시 예상보다 훨씬 더 독했던 탓에 아내는 시간이 갈수록 더욱 힘에 겨워했다. 구토가 얼마나 심한지 물만 조금 마셔도 모두 토해내는 탓에 옆에서 지켜보던 나 역시 속이 뒤집어지고 숨이 막혔다. 그 모습을 보다 못해 간호사를 불러 '어떻게 좀 해보라'고 숨넘어가는 소리를 했더니, 구토증상을 완화하는 주사제를 맞으면 한결 편안해질 거라고 했다. 그래서 빨리 처방해 달라고 했더니, 그 주사제는 딱 두 번만 보험처리가 되고 나머지는 환자 본인이 부담해야 한다는 것이었다. 예전에는 총 다섯 번까지 보험 처리가 되었는데, 주사제를 전량 일본에서 수입하다 보니 비용부담 때문에 보험적용 횟수가 줄어든 것 같다고 했다. 아내는 추가비용의 부담을 의식한 듯 고통으로 얼굴이 노랗게 변해가면서도 고집스럽게 버티고 또 버텨냈다.

"여보, 그 주사 한 대만 맞아볼까?"

도서히 너는 못 선디겠는지 마침내 아내는 실눈을 뜨고 나를 올려다보면서 힘겹게 입을 열었다. 그 애처로운 모습에 나는 억장이 무너져 내리는 고통을 맛봐야 했다. 얼마나 힘들었으면 그토록 독하게 참

아내던 사람이 이렇게 매달릴까 싶었다.

'병보다 무서운 게 돈'이라는 냉혹한 현실을 이때처럼 처절하게 느낀 적도 없었다. 지금까지 나는 결단코 세상이 말하는 화려한 삶을 꿈꾸어 오지 않았다. 단 한 번도 많이 가진 사람, 화려하게 사는 사람들을 부러워하지 않았고, 그런 사람들에게 기가 죽지도 않았다. 돈이 주는 안락함과 화려함 대신 권력이라는 칼을 쥐고 좋은 세상을 한번 만들어 보고자 하는 나 같은 사람은 마땅히 그래야만 한다고 믿어왔기 때문이다. 하지만 경제적 궁핍함이 얼마나 쉽게 사람의 꿈과 의지를 꺾어버릴 수 있는지를 그때 절실히 깨달았다.

가난한 삶은 참을 수 있어도, 가난한 죽음은 견디기 어렵다. 그런 가난한 죽음이 나와 내 가족들에게 일어날까 봐 정말 많이 두려웠다. 그때 입술을 깨물며 결심했다. '가난한 삶은 있을 수 있어도, 가난한 죽음만은 절대로 만들지 말자. 내 가족뿐만이 아니라, 주변 모든 사람들에게도 절대 그런 일만은 생기지 않도록 만들자.' 그 이후로 이 결심은 내가 정치를 통해 꼭 이루어야 할 또 하나의 사명이 되었다.

서로의 필요를 채워주는 기쁨

오늘도 늦은 밤 TV를 통해 말기 암 환자의 이야기를 본다. 이미 이 세상 사람이 아닌 이들의 똑같은 이야기인데도 내겐 죽음 하나하나가 늘 새로운 의미로 다가온다. 그러면서 한 가지 깨닫게 되는 것이 있다. 똑같은 죽음인데도 가난한 사람들의 죽음은 가진 사람들의 그 것보다 훨씬 더 서럽고 아프고 처절하며, 남겨진 가족들의 삶은 더욱 힘겨워진다는 사실이다. 죽음에 무슨 등급이 있을까 싶지만, 현실에 서 맞닥뜨린 죽음에는 그 아픔과 슬픔의 차이가 분명히 존재한다.

사실 나는 그간 돈의 중요성을 크게 느끼지 못하며 지냈다. 물론 삶의 어느 순간에 돈이 꼭 필요했던 적도 있고, 그 때문에 가슴 졸인 경험도 있지만, 큰 불편은 느끼지 못했다. 넉넉한 형편은 아니었지만 부족하면 부족한 대로 없으면 없는 대로 맞춰 살면 그뿐이었다. 그래 서 돈 때문에 열등감을 느끼거나 남을 부러워 해본 적은 없었다. 그렇 게 자유로웠던 내가 암을 겪으면서 마침내 돈의 굴레에 제대로 씌게 된다.

먼저 이런 메일을 보내게 되어 너무너무 죄송합니다. 오늘 저는 방 광암 최종 판정을 받았습니다. 아내는 옆에서 하염없이 울고 있고, 저도 지금 모든 게 멍하지만 애써 아내에게 괜찮을 테니 염려 말라 며 억지웃음을 짓고 있습니다. 암 판정을 받았지만, 다행히 전이되 지 않아서 하루빨리 이를 제거하면 살 수 있다고 합니다. 물론 재발 위험이 커 앞으로 평생을 주기적으로 진단받고 조심하며 살아야 합 니다.

보험혜택을 받을 수 없는 저는 그동안의 진료만으로 이미 파산 지경에 이르렀고, 더 이상 미국에 머물 수 없는 상태가 되었습니다. 그래서 주변의 도움으로 비행기 표를 구해 다음 주 중으로 귀국하여 한국에서 수술을 받을 계획입니다. 이곳에 비하면 수술비 부담이 훨씬 덜하겠지만, 한국에 돌아간다 해도 통장에 잔고 하나 없는 실정이라 모든 게 막막하기만 합니다. 경제적 능력이 전혀 없으신 부모님께 의지할 수도 없는 상황이고요.

그래서 이렇게 이곳저곳 십시일반으로 도움을 청하는 것 외에는 달리 방법이 없습니다. 차마 입을 떼기 어렵지만, 염치불구하고 도움을 좀 청해야 할 것 같습니다. 이런 부탁을 드릴 수밖에 없는 지금의 제 처지를 부디 너그러이 이해해 주셨으면 합니다.

그럼, 한국 도착해서 다시 연락드리겠습니다.

– 조대원 올림 –

계좌번호: 국민은행 조대원 307-21-○○○○-○○○

내가 처음 방광암 진단을 받고 큰 충격과 절망 속에 온몸을 떨었을 때, 그때 우리를 정말 아프고 서럽게 만들었던 것은 정작 '암'이 아니라 '돈'이었다. '가난한 사람에겐 병원 문턱이 아직도 얼마나 높은지,' '없는 사람에게는 암보다 더 무섭고 더 아픈 게 돈'이라는 사실을 그때 처음으로 알았다. 당시 수많은 분들이 우리 가정에 도움의 손길을 보냈다. 그렇게 백 명이 넘는 사람들의 사랑과 헌신으로 큰 시련을 이겨내고 오늘에 이를 수가 있었다. 그때 우리를 도와준 분 중에는 사고로 남편을 잃고 젊은 나이에 어린아이들을 키우며 어렵게 살고 계신 분도 있었다. 그 '과부'에게서 받은 30만 원이 당시 우리 부부에게 얼마나 귀했는지, 또 얼마나 큰 위로와 용기를 주었는지 모른다. 지금 돌이켜보면 그같이 깊고 다양한 사연이 담긴 돈들이 모이고 모여 절망에 빠진 우리 가정을 살려냈다.

그 후 몇 년의 시간이 흘렀다. 그리고 어느 날 밤, 아내가 요즘 그분이 경제적으로 많이 힘든 것 같다는 얘기를 꺼내며 몇 년 전에 진 빚을 갚고 싶다고 했다. 그래서 당시의 우리 형편에서 감당할 수 있었던 최선의 금액을 그분께 보내드렸다. 워낙 가진 것 없이 시작한 한국 생활이라 늘 마이너스 통장의 대출 한도가 간당간당하지만, 그 어려웠던 시절에 받은 감격과 위로를 생각하면 그것은 참으로 행복한 부담이었다. 결국 그분과 우리는 서로 주고받았지만, 각자가 자신의 필요를 채워갈 때보다 서로의 필요를 채워주며 더 큰 기쁨과 행복을 느낄 수가 있었다. 이웃의 필요를 채워주며 더 큰 풍요와 행복을 누리고, 이것이 모여 더 살 만한 세상이 만들어지는 것, 나눔의 진정한 의미와 축복이 바로 이런 것이 아닐까 싶다.

'암환자 딱지'를 떼다

10월 20일은 내게 참 특별한 날이다. 2008년 10월 20일에 발급받

은 중증환자등록증이 이날 자정부로 그 효력을 상실했다. '중증환자
등록'이란 암, 중증심장질환, 뇌혈관질환과 같은 중증질환자에게 치
료비의 95%를 국가에서 지원해주는 제도를 말한다. 다시 말하면 내
가 암에 걸린 뒤 줄곧 진료비와 치료비의 5%만 내던 혜택이 이제 사
라졌다는 것을 의미한다. 그간 대학병원의 특진비를 포함하더라도 몇
만 원밖에 되지 않던 병원비가 이후로는 수십만 원이 될 수도 있음을
뜻하는 것이다. 동시에 내가 의학적으로는 완치 판정을 받아 '암환자
딱지'를 떼게 되는 가슴 벅찬 일이기도 하다.

문득 잊고 지내던 지난 기억 하나가 떠올랐다. 암 수술 후 정신이
하나도 없는 상태에서 부모님께 '중증환자등록' 신청하셨냐고 몇 번
이나 다시 확인을 했었다. 내가 암에 걸렸다는 소식을 접한 누군가가
'중증환자등록'을 하면 병원비를 거의 내지 않는다는 말을 해주었기
때문이다. 당시 암보다 돈이 더 아프고 서러웠던 내겐 그 '중증환자등
록'이란 제도가 얼마나 고맙고 큰 힘이 되었는지 모른다. 그렇게 중증
환자등록을 하고 얼마 뒤, 냈던 병원비가 대부분 환급되어 내 통장에
들어온 것을 보고 뛸 듯이 기뻐했던 기억이 마치 어제 일처럼 떠올라
또다시 가슴이 먹먹해진다.

그런 서럽고 고통스러운 경험을 통해 내가 한 가지 깨닫고 결심한
것이 있었다. '최소한 돈 때문에 제대로 된 치료도 못 받고 사람이 죽
어서는 안 된다'는 것이었다. 돈이 없어 치료를 못 받고, 돈이 없어 공
부를 못 하고, 돈이 없어 배를 곯는 일은 반드시 내 손으로 없애고야

말겠다는 결심이었다. 아무리 국민소득 몇만 불의 부자 나라가 된다 할지라도 자기 백성에게 이런 기본적인 것조차 해줄 수 없는 나라를 '좋은 나라' '살 만한 사회'라고 부를 수는 없는 것이다. 세계 최고의 부자 나라라는 미국에서 건강보험이 없어 동네 보건소와 자선 의료단체를 전전하며, 암인 줄도 모른 채 공짜 항생제를 받아들고 기뻐했던 그 피눈물 나는 경험이 이러한 결심을 더욱 단단하게 만들었다.

그간 석 달마다 돌아오는 내시경 검사^{추적검사}가 넉 달에 한 번으로 미뤄지고, 다시 6개월에서 1년으로 미뤄지며 지난 5년을 지냈다. 아직도 여전히 검사 때가 되면 불안과 초조, 통증과 재발의 공포에 떨게 되지만, 평소에는 전혀 의식하지 못할 정도로 많이 편안해진 것이 사실이다. 암에 걸리고 처음 얼마 동안은 암에 관련된 사소한 얘기나 정보에도 민감하게 반응하며 감정이 극과 극을 오갔던 적도 있었다. 그때에 비하면 이젠 암이 그냥 내 삶의 일부분이고, 남은 삶 동안 어르고 다독이면서 함께 살아가야 할 조금 '못된 친구' 정도로 여길 만큼 마음이 담담해졌다. 아울러 원래부터 가지지 못한 것에 분노하지 않고, 이미 잃어버린 부분에 대해서 더 이상 집착하지 않으며, 현재 주어진 것에 감사하며 살아갈 수 있을 만큼 마음의 여유도 생겼다. 이 모든 것이 그간 끊임없이 격려하고 위로하고 기도해주신 주위의 참 고마운 분들 때문이었음을 고백하게 된다. 언젠가는 이 세상을 위해 훌륭한 일들을 해낼 것이라며 지금도 내게 기대와 희망의 끈을 놓지 않으시는 그분들을 위해서라도 나는 더 치열하게 노력하며 주어진 삶을 살아갈 것이다.

오늘 서울대 병원에서 최종 진단을 받았다. 일단 미국에서 판정받은 것처럼 '방광암이 맞다'고 확인해 주셨다. CT 상으로 봐서는 조직에까지 전이된 '침윤성'은 아닌 것 같지만, 정확한 것은 수술을 통해 암세포를 깎아내면서 지켜봐야 할 것 같다고 하셨다.

그러면서 다음 주 월요일인 27일에 입원해서 28일에 수술하자고 바로 스케줄을 잡아주셨다. 특별한 상황이 발생치 않으면 수술 후 하루나 이틀 내로 퇴원할 수 있다고도 하셨다. 그리고 1주일 후에 정확한 조직검사 결과가 나오면 그때 차후 치료 방법과 기간을 결정하자는 말씀을 덧붙이셨다.

"뭐 하는 분인데 이렇게 젊은 나이에 스트레스를 많이 받아서 암까지 만드셨소?"

미국서 찍어온 내 CT를 확인하시던 의사 선생님께서 갑자기 이렇게 물으셨다. 새파랗게 젊은 친구가 암에 걸려 미국에서 급히 들어온 모습이 조금은 안 되어 보였던 것 같다.

"지금은 백순데 예전에는 정치권에서 일했습니다."

이것저것 다 설명하자면 말이 더 길어질 것 같아 그렇게 말씀드렸다.

"아직 나이도 젊은데 벌써 그쪽으로 가셨네요?"

내 눈도 마주치지 않은 채 컴퓨터 모니터를 바라보시며 선생님께서 또 이렇게 내 말을 받으셨다.

"열세 살 때부터 대통령 되려고 뜻을 세우고 줄곧 그렇게 살았습니
다."

이왕 내친김에 말이라도 한번 속 시원히 하고 싶었다. 아니, 더 솔
직히 말하면 암환자가 되어 의사의 말 한 마디 한 마디에 주눅 들고
가슴 졸이는 초라한 내 모습이 싫어 그렇게라도 자존심을 지키고
싶었다. 너무 황당한 대답이어선지 아니면 그런 내 마음을 알아주
셨기 때문인지는 몰라도, 의사 선생님도 더는 질문을 이어가지 않으
셨다.

이번 고난을 통해 내가 더욱 강해지고 삶이 더욱 성숙해지는 계기
가 되었으면 좋겠다. 그래서 열세 살 때의 그 꿈이 단순한 '내 욕심'
이 아닌 '세상과 타인을 위한 사명'으로 승화될 수 있었으면 좋겠다.
꼭 그렇게 되었으면 하고 간절히 기도해 본다.

– 2008년 10월 20일 병상 일기 –

일상에서 배우다

정치 한다메!

아내가 근처에 사는 대학 동창과 차 한잔한다며 밤늦게 외출을 한 날이었다. 딸애랑 둘이서 TV를 보며 시간을 보냈는데, 마침 청춘남녀들의 '짝 찾기' 프로그램이 방송되고 있었다. 그런데 이번 주는 처녀총각이 아니라 제법 나이가 든 '돌싱'이 그 대상이었다. 십수 년 전 미국으로 공부하러 갔을 때 내가 가장 먼저 겪은 문화적 충격은 대로상에서도 거리낌이 없는 젊은 여성들의 흡연과 함께, 이혼-동거에 대해 매우 관대한 사회적 분위기였다. 그런데 이제 어느덧 우리 사회도 이러한 현상들을 너무나 자연스럽게 받아들이고 있는 모습을 보면 격

세지감을 느끼게 된다. TV를 보다가 문득 장난기가 발동했다. 그래서 "아빠도 한 인물 하잖아. 저기 나가면 여자들에게 인기 짱이겠지"라며 딸애에게 농담을 던졌다. "아빠는 뚱뚱하고 못생겨서 인기 없거든.", 혹은 "아빠는 머리가 빠져서 안 돼"란 놀림의 말을 기대하면서 말이다. 그런데 딸애에게서 돌아온 대답은 전혀 예상 밖의 것이었다.

"정치 한다메!"

평소에는 '노력해서' 서울말을 쓰지만 화가 나거나 흥분을 하면 자신도 모르게 사투리가 튀어나오는 딸아이였다. 뉴욕과 텍사스에서 따로 떨어져 공부하던 우리 부부의 처지 때문에 미국에서 태어난 지 6개월 만에 경상도 시골의 할머니 댁에 보내져 10년 가까이 사투리가 훨씬 더 입에 익은 탓이다. 제법 눈까지 흘기며 매섭게 쏘아붙이는 모습이 여간 당황스럽지 않았다. 그래서 잠시 숨소리까지 죽여 가며 '정치 한다메!'란 그 한마디를 통해 딸아이가 전하고자 했던 의미를 되짚어 보았다. 아무리 세상이 편하고 자유롭게 변했어도 '정치하는 사람은 좀 달라야 한다'는 기대를 이 어린아이도 갖고 있는 듯이 보였다. 비록 한번 웃자고 해본 소리라 하더라도 정치하는 사람은 늘 말을 조심하고 그것에 대해 책임을 져야 한다는 뜻도 함께 담긴 듯했다. 열한 살짜리 꼬맹이의 생각이 이러할진대, 정치인에 대한 일반 국민들의 기대 수준은 더 말할 나위조차 없을 것이다. 하여튼 말 한마디 잘못 꺼내서 본전도 못 찾았던 하루였다.

수학 100점 소동

국정감사로 정신없이 바쁜 어느 날 딸애에게서 전화가 왔다.

"아빠, 오늘 몇 시에 들어와?"

국감도 국감이지만, 계약직 신분이다 보니 매년 그맘때면 겪게 되는 회사 재계약 문제로 신경이 매우 날카로워 있었다.

"아빠 많이 늦을 거야. 왜?"

"그냥~"

'그냥'이라는 아이의 말에 '별것도 아닌 일로 전화해서 귀찮게 한다'는 생각이 들었다.

"아빠 많이 바쁘니까 이 시각에 전화하지 마. 급한 일 있으면 엄마한테 전화하고…."

그렇게 전화를 끊고 나는 다시 바쁜 일상으로 돌아갔다. 그리고 그날 저녁에도 두 군데나 술자리를 옮겨가며 자정이 훨씬 지나서야 집에 들어갈 수 있었다.

이른 시각에 출근 등교하는 가족들에게 방해받지 않고 조금이라도 더 자려고 일부러 서재에 이불을 깔고 자고 있는데, 아내가 '어젯밤에 왜 전화 안 받았냐'며 질책을 했다. 밤 11시를 넘긴 시각에 딸아이에게서 2통의 부재중 전화가 와있는 것을 확인했지만, 귀찮아서 그냥 무시했던 기억이 문득 떠올랐다. 잠시 불편한 마음이 들었지만 전날의 숙취로 너무 피곤했기에 빨리 아내와의 대화를 끊고 10분 만이라도 더 자고 싶다는 생각밖에 없었다.

"왜, 무슨 중요한 일이라도 있어?"

귀찮음 반 짜증 반이 섞인 목소리로 '용건만 간단히 하라'는 내 뜻을 전했다.

갈라지는 내 목소리에서 이미 그런 내 마음을 읽은 아내도 더는 뜸을 들이지 않았다.

"민영이가 중간고사에서 수학을 만점 받았대. 그래서 어젯밤 12시 가까이 아빠를 기다렸어. 그것 자랑하려고."

지난 학기말 고사에서 수학 55점을 받아온 아이가 불과 한 학기 만에 100점을 받았다는 사실은 분명 눈이 번쩍 뜨일 소식이었다. 하지만 지난 학기 때도 '시험 잘 본 것 같다'는 말에 잔뜩 기대만 높였다가 55점이 찍힌 최악의 성적표를 가져온 기억이 선명하기에, 아이의 그 놀라운 점수가 잘 믿기지가 않았다.

'어떻게 시험 친 당일에 바로 성적이 나올 수 있냐'라는 내 말에 아내는 '이번 중간고사 수학은 반별로 담임선생님 재량 평가를 치렀는데, 시험 후 몇 시간 만에 바로 채점을 끝냈다'고 했다. 그러면서 '아이 스스로도 믿기지가 않아서인지 두 번이나 선생님을 찾아가서 다시 확인을 했다'는 말도 덧붙였다. 이 정도 들었으면 아이를 불러 '참 질했다'고 칭찬을 해주는 것이 보통 아빠의 정상적인 반응일 것이다. 그런데 이 의심 많은 아빠는 그 놀라운 소식을 듣고도 참 못된 반응을 하고 말았다.

“성적표를 받아봐야 알지, 그걸 어떻게 믿어. 지난번에도 엉뚱한 점수를 받아온 거 기억 안 나? 그리고 이번에는 문제가 아주 쉬웠던 모양이지. 반 평균이 얼마래?”

이런 말도 모자라 “다희랑 유진이는 몇 점 받았데?”라며 우리 집에 자주 놀러 오는 딸애의 친구들 성적까지 들먹이고 말았다. 한꺼번에 너무 많이 오른 점수가 미덥지 않은 면도 있었지만, 그것보다는 빨리 말을 끊고 쉬고 싶다는 생각이 더 간절했다.

그런데….

아빠에게서 칭찬을 듣기 위해 열린 문틈으로 부모의 대화를 듣고 있던 아이가 그 독하고 잔인한 말들을 모두 듣고 말았다. 실망 가득한 눈빛으로 얼굴까지 새빨갛게 변한 아이의 모습을 보고 있으니 그제야 정신이 확 돌아왔다.

같은 반에 있는 아이들 모두가 100점을 받았다고 해서 우리 아이의 100점이 그 가치를 잃게 되는 것일까? 95점을 받고도 100점을 받은 아이를 보며 패배감에 고개를 숙이고, 80점을 받고도 옆 친구보다 잘했다는 말에 뿌듯함을 느껴야 하는 것일까? 돌이켜보면 학창시절의 내 관심사가 ‘학업성취’가 아니라 ‘경쟁상대’였던 경우가 얼마나 많았는지 모른다. 내 때의 그 못난 모습을 지금의 내 아이에게도 물려줘야만 한단 말인가? 내 딸아이가 그렇게 끊임없이 경쟁하고 비교하면서 힘들게 살아가는 모습이 정녕 내가 원하는 내 아이의 삶이란 말인가? 지금 이렇게 제정신을 차리고 그때의 장면을 떠올려보니, 내가 얼마나 큰 잘못을 했고 아이에게 큰 상처를 주었는지 절절히 깨닫게 된다. 95점을 받고도 기뻐하지 못하고 스스로를 자책하는 모습보다, 수학 55점을 받은 날도 위축되지 않고 밝게 뛰어노는 내 아이의 모습이 나를 훨씬 더 행복하게 만들지 않았던가. 그 모습을 보며 '행복은 그리고 건강한 자존감은 결코 드러난 숫자나 남과의 비교를 통해 얻어지는 것이 아님'도 배웠지 않은가.

세상은 1등만이 잘 사는 곳이 되어서는 안 된다. '천재 한 명이 십만 명을 먹여 살린다'는 말이 더 이상 이 사회의 정답이 되어서는 안 된다. 우리가 꿈꾸어야 하는 세상은 십만 명이 각자의 노력으로 스스로의 삶을 책임질 수 있는 것이지, 천재 한 명을 바라보며 사는 것이 되어서는 안 된다.

이제 학교에서부터 단 한 명을 돋보이게 하기 위해 나머지 모두를 패배자나 실패자로 만드는 옛 방식을 버려야 한다. 형광펜으로 열심히 교과서에 줄을 치는 아이는 공부에서 1등을 하고, 그 형광펜으로 예쁘게 손톱을 치장하는 아이는 예능에서 1등을 할 수도 있는 것이다. 그렇게 모두가 인정받고 존경받을 수 있는 세상을 만들어야 한다. 언제까지 단 한 명의 아이를 돋보이게 하려고 백 명의 아이들을 한 줄로 세워 시열을 매길 것인가? 백 명의 아이 모두를 각자가 가진 재능으로 돋보일 수 있도록 사방으로 흩어놓는 다양하고 창의적인 교육을 할 수는 없단 말인가? 나는 이런 교육이 '좋은 교육'이고, 이런 세상이 '좋은 세상'이라고 믿는다.

지금까지 너무 많은 것을 내게 베풀어 주면서도 티 한번 제대로 내지 않은 참 착하고 고마운 아이였다. 복에 겨운 이 못난 아빠가 자기 마음이 강퍅하여 미처 그것을 깨닫지 못했을 뿐이다. 늘 '유쾌 상쾌한' 우리 딸아이는 오늘도 친구들과 '방방 뛰기'를 하러 점심을 먹는 둥 마는 둥하고 바람같이 사라져버렸다. 좀 있다 땀을 뻘뻘 흘리며 돌아오면 진심으로 아이에게 아빠의 못난 행동을 사과해야겠다. 그리고 "정말 잘했구나. 아빠는 네가 너무 자랑스럽다"고 칭찬하며 크게 한번 안아줘야겠다.

이름 걸고 못할 말이면 아예 꺼내지도 마라

1993년 10월 10일 일요일 아침 10시경, 한순간에 292명의 목숨을 삼켜버린 '서해 페리호 사건'이 발생했다. 서해 페리호는 위도와 격포를 오가는 110톤급의 작은 여객선인데, 낚시꾼과 방문객이 몰리는 주말에는 정원을 초과하기 일쑤였다고 한다. 사고 당일 페리호에는 정원을 무려 141명 초과한 362명이 타고 있었고, 화물까지 과적한 상태에서 파고 5m, 초속 10m 이상의 강풍을 뚫고 무리하게 운항하였다. 그런 상태에서 돌풍이 배의 선수를 때리자 중심을 잡지 못하고 기울면서 그대로 침몰해 버렸던 것이다.

그런데 사건 원인을 규명하는 과정에서 논란이 되었던 것은 당시

서해 페리호의 선장이었던 백운두사고 당시 56세 씨를 비롯한 승무원들의
행방이었다. 300명 가까운 희생자의 시신을 수습하는 과정에서도 마
지막까지 선장과 주요 승무원의 행방이 밝혀지지 않자 온갖 추측이
쏟아져 나왔다. 급기야 일부 언론에서 선장 백씨가 혼자 탈출하여 일
본으로 도피했다는 기사가 실렸고, 검찰은 백 선장을 비롯한 선원 7
명을 전국에 지명수배하기에 이른다. 결국 10월 15일 근무현장인 조
타실과 통신실에서 백운두 선장을 비롯한 갑판장, 기관장 등 주요 책
임자의 주검이 발견되면서, 그 모든 이야기가 사실 확인도 제대로 하
지 않은 일부 언론의 거짓 소설이었음이 밝혀졌다. 승객과 배를 살리
고자 마지막까지 책임을 다하며 자신의 근무지에서 최후를 마친 분
들을 언론이 욕보이며 두 번 죽인 것이다. 유족들은 하루아침에 남편
과 아버지를 잃은 것도 모자라, 승객들을 버리고 도망간 파렴치범의
아내와 자식으로 손가락질까지 받아야 했다. 그 모든 정황이 드러난
후 일부 언론사들이 짧은 사과문을 올렸지만, 거짓 보도로 유족들이
받았던 심대한 고통과 상처에 대해서는 어떠한 법적 책임이나 피해
보상을 지지는 않았다.

예전에 아내가 아직 미국에서 공부 중이고, 나는 국회에서 잠시 일
하고 있을 때었다. 형편상 시골 부모님께 딸아이를 맡겨두었고, 어린
이집에 다닐 때부터 우리 부부 대신 늘 할머니 할아버지가 자리를 대
신하다 보니 우리 가정에 대한 온갖 소문이 나돌았다. 어느 날 동네

아주머니들이 "엄마 아빠는 어디 계시느냐"고 물었고, 딸애는 "엄마는 미국에서 공부하고 있고 아빠는 서울에서 국회의원과 일한다"고 대답했다. 그러자 무리 중 한 엄마가 "그럴 수도 있지"라고 말하며 이상야릇한 표정으로 웃었는데, 마침 손녀를 데리러 놀이터를 찾은 부친이 그 광경을 보시게 되었다. 아마도 동네 아주머니들에겐 미국이니, 국회의원이니 하는 말들이 황당무계하게 들렸던 모양이다. 때문에 부모가 이혼을 했거나, 아니면 떳떳지 못한 일이 있어 아이 앞에 나타나지 못하는 걸로 넘겨짚었으리라. 다행히 아이가 어려서 그 말의 뉘앙스와 표정을 읽지 못해 그다지 상처를 받지는 않았다. 하지만 놀란 우리 부친은 그 뒤로 절대 손녀딸을 혼자 놀이터에 내보내지 않으셨다고 한다.

"자신의 이름을 걸고 하지 못할 말이면 아예 입 밖으로 내지 마라."

자신이 던진 말로 상대방이 당할 고통과 피해는 나 몰라라 하면서, 혹 자기 이름이 밝혀질 경우 감당해야 할 책임만 머릿속에 넣고 '표현의 자유' '언론 간섭' 운운하는 사람들을 보면 비겁해 보이다 못해 가소롭기까지 하다. 제발, 무슨 일이든 그 내막을 제대로 알게 되기까지는 침묵하자. 정확한 진실을 알기 전에는 남의 얘기를 함부로 전하지 말자. 설령 잘못이 발견되어 지적을 하게 되더라도, 품위 있게 말하자. 창문이 더러우면 창문 너머의 새하얀 빨래도 더럽게 보이는 법이다. 나의 잘못보다 남의 허물이 먼저 보이고, 칭찬보다 비난하는 말이 더 많아지는 것은 내 수양이 부족하기 때문이다. 늘 내 마음의 창이 얼룩지지는 않았는지 먼저 살피는 자기반성과 성찰로 사람다운 사람이 되자. 그리고 그런 사람들이 모여 이 땅을 정녕 사람 살 만한 곳으로 다 함께 만들어보자.

나도 훌륭한 선배가 되고 싶다

2011년 가을, 나는 다음 해 봄에 실시될 국회의원 총선거를 생각하며 실의에 빠져 있었다. 마음은 당장에라도 회사에 사표를 내고 고향에 내려가 출마 준비를 하고 싶었지만, 가족의 생계를 책임져야 한다는 현실의 높은 벽에 가로막혀 하루하루 마음만 졸이고 있었다. 그런 내 심정을 누구보다 잘 알고 있던 선배가 하루는 밥이나 한 끼 하자며 연락을 해왔다. 늘 내 편이 되어준 좋은 선배였기에 자리에 앉자마자 가슴 속에 쌓여있던 원망과 울분을 한꺼번에 쏟아내었다.

"나보다 못한 놈들도 잘난 부모 둔 덕에 지금 예비후보 명함 돌리며 폼 잡고 있는데, 난 부모 생활비에 아파트 월세까지 대느라 아무것도 할 수가 없어. 잘못 산 건 우리 아버진데 왜 내가 뒷감당을 하며 이렇게 고통을 당해야 하는 거야?"

진날 부모님 때문에 한바탕 전쟁을 치르며 힘들었던 감정의 여운이 채 가시지 않았던 모양이다. 부모님 전셋집을 구하기 위해 하루 종일 은행에 가서 대출서류를 작성하고, 그것으로도 모자라 선배와 친구를 찾아가 기어들어가는 목소리로 돈 부탁을 해야 했기 때문이다. 비록 가진 것은 없어도 세상과 사람들 앞에서 늘 당당하게 살아왔고, 그것을 내 마지막 자존심이자 자부심으로 여겨왔다. 그런데 그 마지막 자존심까지 여지없이 뭉개졌다고 생각하니 마음속의 괴로움을 견딜 수가 없었다. 뜻대로 되지 않는 현실에 원망이 가득했던 터라 응어리진 속이라도 좀 풀자는 심정으로 입에서 나오는 대로 뱉어버렸다. 늘 내 편이 되어준 따뜻하고 참 좋은 선배에게서 위로나 동조의 몇 마디를 기대하면서 말이다. 하지만 돌아온 것은 한 번도 본 적 없는 선배의 무서운 얼굴과 노기 띤 목소리였다.

"너 이 자식, 안 되겠네. 네가 비록 나이는 어려도 장차 이 나라를 위해 큰일을 할 그릇이라 여겨 왔는데, 오늘 보니 그럴 만한 놈이 아닌 것 같다. 못난 제 부모도 품지 못하는 놈이 피 한 방울 안 섞인 못난 백성은 어떻게 품을 건데?"

망치로 한 방 맞은 것처럼 정신을 차릴 수가 없었다. 평소 점잖고 사람 좋기로 소문난 선배였기에 그렇게 불같이 화내는 모습이 너무 낯설고 당황스러웠다.

"형, 내가 잘못했어요. 사는 게 너무 힘들어 그만 나오는 대로 지껄였어요. 앞으로 다신 안 그럴 테니 한 번만 용서해주세요."

나는 곧장 자세를 고쳐 앉으며 선배 앞에 머리를 숙였다. 그런 진심 어린 뉘우침에 선배는 이내 온화한 모습으로 돌아와 힘내라며 그 식당에서 제일 비싼 장뇌삼이 든 삼계탕을 사주셨다. 정작 본인은 체

질상 장뇌삼이 안 맞는다며 일반 삼계탕을 주문하면서 말이다. 가르침과 도움을 받을 수 있는 소중한 선배들이 있다는 것, 그리고 궁핍한 가운데서도 아들의 공부 뒷바라지를 해주시고 무한한 신뢰와 지지를 보내주신 부모님이 계시다는 것이 얼마나 큰 자산인가. 나처럼 부족하고 나밖에 몰랐던 놈이 이나마 사람 구실을 하게 된 것은 모두 그런 훌륭한 분들의 가르침과 도움이 있었기 때문이다. 선배들의 그 넉넉한 인품과 언행을 지켜보며 부족함을 채울 수 있었던 때문이다. 진심으로 바라건대 부디 나도 앞으로 살아가며 내 후배들에게 나의 선배들처럼 '훌륭한 선배'가 될 수 있었으면 좋겠다.

나이가 들수록 더 멋진 게 인생

모처럼 반가운 친구들과 저녁을 함께했다. 선짓국에 떡갈비, 묵사발을 시켜놓고 기분 좋게 소주잔을 기울였다. 종로 골목의 맛집들은 대부분 비슷한 분위기이지만, 연탄불에 구워진 떡갈비 맛이 운치 있는 한옥과 어우러져서 가히 일품이었다. 1차에서 꽤 여러 병을 비웠기에 입가심으로 맥주나 한잔하자며 거리로 나섰는데 마침 바로 앞에 야구오락장이 보였다. 어릴 때는 꽤 잘한다는 소리를 들었고, 한때는 야구오락장에서 한 번에 200개 이상씩 배트를 휘둘렀던 적도 있었기에 호기롭게 '한판 하자'며 친구들을 이끌었다.

　요즘은 야구오락장도 많이 발전해서 타자뿐 아니라 투수의 기분까지 내볼 수 있었다. 일단 멋지게 공을 쳐 내는 모습부터 보여주리란 생각에 자신만만하게 타석에 들어섰다. 그런데 웬걸, 날아오는 15개의 야구공 중 절반도 맞히지 못했다. 그나마 대부분은 잘못 맞은 땅볼이거나 파울볼이었고 제대로 맞아 나간 것은 한두 개가 고작이었다. 친구들 보기에 너무 쑥스러워 "어, 이상하네. 오랜만에 해서 그런가?"라고 멋쩍게 얘기하며 다시 동전을 넣었지만 결과는 마찬가지였다. "마지막으로 한 판만 더"를 외치며 거푸 세 번을 타석에 들어섰지만, 이번에는 아예 힘이 빠져 배트를 휘두르기도 힘들었다. 도저히 안 되겠다 싶어 투구로라도 만회해 보려고 기계 앞에 섰지만, 결과는 더 참혹했다. 죽을힘을 다해 던져 봐도 시속 90킬로미터를 넘길 수 없었다. 류현진 선수처럼 150킬로미터까지는 아니어도 최소한 100킬로미터 정도는 가볍게 던질 수 있으리라 생각했는데 말이다. 밖으로 나와 거리를 걸으며 "예전에는 이러지 않았는데, 정말 나이를 먹나 보다"며 아쉬워하는 내게 한 친구가 "체력이 떨어져 운동은 예전만 못해도, 그때보다 글도 잘 쓰고 말도 더 잘하잖아. 마음도 훨씬 너그러워졌고"라며 위로해주었다.

　'그렇구나. 지금 내가 당연하다고 느끼는 것들이 원래부터 그랬던 것은 아니었구나. 말과 글로써 사람들의 공감과 감동을 이끌어내고, 주변 사람들의 마음을 읽어 그들에게 용기와 위로를 줄 수 있게 된 것이 정말 얼마 되지 않은 최근의 일이었구나. 정말로 그랬구나.'

인생이란 것이 일방적으로 얻기만 하거나 잃기만 하는 것은 아니다. 하나를 얻으면 하나를 잃게 되고, 또 하나를 잃게 되면 전혀 생각지도 못했던 소중한 다른 것을 얻게 되니 말이다.

실수와 상처투성이였던 20~30대와 비교해보면 지금의 나도 제법 멋있어졌다는 생각이 든다. 비록 거울 속에 비친 내 모습은, '머리카락이 조금만 더 있었으면' '똥배가 조금만 덜 나왔으면'하고 아쉬워하는 '아저씨'에 불과하지만, 신체적 약점을 거뜬히 메우고도 남을 새로운 매력이 생겼기 때문이다. 조금 더 참을 줄 알고, 조금 더 배려할 줄 알며, 조금 더 지혜로워졌다. 이 모든 것이 연륜이 주는 멋과 향이 아닌가 하는 생각이 든다. 아직 연륜을 논하기에는 너무 이른 나이지만, 20대의 철없던 시절과 비교하면 스스로도 대견함을 느낀다.

이미 잃어버린 하나를 아쉬워하며 주저앉기보다, 그러한 상실과 아픔을 통해 얻게 된 또 다른 하나를 소중히 여기며 살아가야겠다. 언젠가는 중년인 지금의 내 모습마저 그리워할 노년의 때가 오겠지만, 결코 서글프거나 아쉽지는 않을 것이다. 지금과는 비교할 수 없는 더 깊은 멋과 향을 갖추고, 사랑과 존경을 받으며 살고 있을 테니 말이다. 나이가 들어간다는 것은 참 멋진 일인 것 같다.

그래도 감사할 수 있는 마음

새벽기도를 다녀와서 라면으로 대충 아침을 때우고 세 시간째 컴퓨터 앞에 앉아있다. 얼마 전, 내년 학부 진학 예정자의 원서지원 과정을 돕는 아르바이트 하나를 따내서 어제부터 본격적인 작업에 들어갔기 때문이다. 한 학교에 에세이 두 편, 입학지원서 작성, 그리고 추천서 번역 및 교정까지 할 일이 한둘이 아닌 퍽 귀찮고 힘든 일이다. 하지만 다른 아르바이트에 비해 짧은 시간에 제법 큰돈을 벌 수 있는 꽤 괜찮은 일이기도 하다. 룸메이트 6명이 함께 쓰는 집에 컴퓨터는 단 한 대밖에 없기 때문에 나 혼자 독차지하기가 미안했다. 그래서 오늘은 우리 과 컴퓨터 랩에 가서 작업을 했다. 마지막 학위 페이퍼를 제출하면서 앞으로 다시는 오지 않으리라 다짐한 곳을 또 그렇게 찾게 된 것이다.

랩에 들어서니 제출할 페이퍼를 손보고 있는 몇 명의 미국 학생들 사이에, 반가운 후배의 얼굴이 눈에 들어왔다. 매사에 늘 열심인 그 후배는 나를 보자 반갑게 인사를 하면서 박사과정 지원 서류를 준비하느라 크리스마스 때도 랩에서 밤을 새웠다고 툴툴거렸다. 꼬박 6시간을 컴퓨터와 씨름하여 겨우 에세이 하나를 끝냈을 때쯤 후배가 "뭘 그렇게 열심히 하세요?"라고 물어왔다. 자세히 설명하기도 뭣해서 "그냥, 아는 학생 원서 좀 검토해주고 있다"고 얼버무렸지만, 후배는 아르바이트를 해야 하는 내 처지를 단숨에 알아챘다. "오빠, 또 알바 하시는구나"라는 후배의 말에 "아니, 알바랄 것까진 없고 그냥 좀 도와주는 거야"라고 얼버무린 뒤 무안한 마음에 이내 자리를 정리하곤 랩을 나와 버렸다.

돌이켜보니, 뉴욕에서 공부했던 지난 시간은 늘 공부보다 생활비 충당을 위한 아르바이트에 더욱 치여 살았던 것 같다. 남들은 공부만 해도 힘들다는 유학 생활을 난 일주일에 평균 20시간, 그리고 지난 학기에는 무려 40시간을 일하며 학업을 해왔다. 견디기 힘들 정도의 고달픈 시간이었지만, 일이 없어 돈 걱정하며 사는 것보단 훨씬 나았다. 매번 일이 있는 것도 아니기에, 일할 기회가 주어지면 진심으로 감사하며 일을 했다. 그러고 보면 내 인생에서 안락하고 행복했던 시간은 손가락으로 꼽을 수 있을 만큼 적은 듯싶다. 하지만 그런 아프고 힘든 상황 속에서도 늘 감사할 수 있는 것 한두 가지는 꼭 있었다. 절망에 지쳐갈 때쯤 기회가 생기고, 절벽 앞에 섰다고 생각했을 때 늘 새로운 길이 열렸다. 힘들지만 '그래도 감사하는 마음'을 잊지 않고 노력해 간다면, 이 험난한 세상도 결코 넘지 못할 산은 아니란 생각이 든다.

— 2004년 12월 29일 유학 일기 —

2만 권의 독서와 독서질

요양 당시 나는 '독서질'을 즐겨했다. 백수 주제에 새 책은 언감생심이라 몇 시간 동안 인터넷을 뒤져 헌책 12권을 4만 5천 원에 구입했다. 남들에게 '독서'는 가치 있고 유익한 일이지만, 암 투병 중인 아내가 아픈 몸을 이끌고 나가서 벌어온 돈과 또 주위의 맘 좋은 사람들이 치료비에 보태라며 보내준 돈으로 책을 사서 읽는 나 같은 사람에게는 '독서질'이란 표현이 더 적합할지 모른다. 그러고 보니 몇 해 전 내가 암 수술을 받고 투병 중일 때도 지인들이 보내준 돈으로 한꺼번에 100권이 넘는 책을 구입해서 방 한구석에 쌓아놓고는 가슴 뿌듯해 한 적도 있었다.

내가 독서에 관심을 두기 시작한 것은 육사에 다니던 20대 초반 무렵부터다. 당시 야당 총재였던 김대중 전 대통령이 그때까지 약 2만 권의 책을 읽었다는 얘기를 듣고 자극을 받아 책 읽기를 시작했다. '2만 권을 읽으려면 도대체 하루에 몇 시간씩 몇 권의 책을 독파해야 한단 말인가?' 이런 의문을 가지고 2만 권을 그분이 살아오신 햇수에 날짜와 시간을 넣어서 나누어 보기까지 했다. 당시에 60대 중반이었으니 본격적으로는 50년 정도 책을 읽었다손 치면 1년에 얼추 400권 정도를 읽었다는 계산이 나왔다. '일을 하는 보통 사람이 어떻게 하루에 한 권 이상의 책을 읽어?' 이런 생각이 들었던 나는 '아마도 2만 권을 읽었다는 말은 좀 부풀려졌을 것'이라고 혼자만의 결론을 내리기도 했다. 그때는 독서의 양이 늘어남에 따라 독서의 수준이 높아지게 되고, 책의 주제와 핵심을 빨리 파악할 수 있는 능력이 생겨 책 읽기의 속도 역시 빨라진다는 것을 미처 깨닫지 못했던 시절이었다.

그렇게 '2만 권 독서'라는 큰 목표가 생긴 뒤의 내 노력은 참으로 가상했다. 육사 생도 시절부터 봉급의 10퍼센트는 꼭 책을 사는 데 썼다. 아무리 야근을 하거나 과음을 해도 숙소로 돌아오면 반드시 한 시간씩 책상에 앉아 책을 펴들었다. 머릿속에 남는 내용이 있건 없건, 책 읽는 습관을 들이기 위해서였다. 심지어는 야외 훈련을 나가서도 침낭을 뒤집어쓰고 손전등을 비추어가며 책을 읽었다. 몇 달에 한 번씩 휴가를 받아 고향 집으로 갈 때는 그렇게 읽은 수십 권의 책을 짊어지고 가서 내 방 책꽂이에 차곡차곡 꽂았다. 그때의 기분은 세상 모든 것을 얻은 것 같은 짜릿함과 곧 내가 뭐라도 될 수 있을 듯한 뿌듯함을 동시에 느꼈다. 그런 가상한 노력 덕분에 20대를 다 보내기 전에 나는 최초 목표로 했던 천 권의 책을 독파할 수 있었다.

일상에 쫓기며 힘들게 사는 보통 사람들이 한 달에 수십 권의 책을 읽는다는 것은 결코 쉬운 일이 아니다. 그래서인지 엄청난 양의 독서를 자랑하는 사람들 중 상당수는 일정 기간 고립된 생활을 했던 분들이다. 김대중 전 대통령도 그랬고, 민주화 운동을 했던 정치권의 선배들도 그랬다. 외롭고 답답한 '수감생활'은 역설적으로 책을 읽을 수 있는 최상의 여건이 되어 주었던 것이다. 또한 그 같은 독서와 사색의 시간은 성장의 귀한 밑거름이 되어 훗날 큰일을 감당할 수 있는 토대가 되어 주었다.

비록 감옥생활은 아니었지만, 직장이 없거나 몸이 아파 본의 아니게 오랜 시간을 갇혀 지내야 했던 내가 가장 많이 했던 것도 독서였다. 처음 독서를 본격적으로 시작할 때는 원대한 꿈을 가슴에 품고 그 꿈을 이루기 위해 했지만, 30대 이후로는 독서밖에 할 게 없어서 독서를 했던 경우가 많았다. 책이라도 읽지 않으면 백수의 하루는 너무 길었고, 미쳐버릴 것 같은 암울한 현실을 잊기 위해서라도 내겐 도피처가 필요했다. 덕분에 나는 지금까지 수천 권의 책을 읽으며 식견과 사색의 폭을 크게 넓혀갈 수 있었다. 책을 읽으며 동시에 글쓰기도 해왔기에 이제는 제법 글재주가 있다는 소리도 듣게 되었다. 그렇다고 그 같은 독서의 유익이 당장 내게 현실적인 도움을 준 것은 아니다. 여전히 나는 넉넉함과는 거리가 있는 삶을 살고 있고, 미래도 불투명하기만 하다. 하지만 한 가지 분명한 것은 혹시 내가 쓰임을 받게 되는 날이 온다면 지금의 이 '독서질' 역시 귀히 쓰일 것이라는 점이다. 힘들고 어려웠던 시간, 책을 손에서 놓지 못했던 것도 바로 이런 믿음 때문이었다. 그래서 나는 오늘도 늘 해오던 대로 짬을 내어 책을 읽는다.

택시에서 한 수 배운 교훈

어느 날 참석했던 모임이 길어져서 자정이 훨씬 넘어서야 집으로 돌아올 수 있었다. 이미 대중교통이 끊긴 시각이라 거리에 줄지어 서 있는 택시들 가운데 제일 앞에 있는 차에 올랐다. 막상 차를 타고 보니 좀 미안한 마음이 들었다. 손님을 태우기 위해 꽤 오랜 시간 동안 길가에서 기다린 것 같았는데, 우리 집까지는 기본요금을 조금 웃도는 거리였기 때문이다. 한때 기울어진 가세 탓에 아르바이트로 택시 기사를 했던 동생으로부터 '늦은 시각에 짧은 거리를 갈 때는 가급적 줄지어 대기하는 택시는 타지 말라'던 이야기가 떠올랐다. 그래서 기사님께 '급한 마음에 탔는데 죄송하다'고 했더니 오히려 덤덤한 말투로 이런 이야기를 해주셨다.

"이것도 하나의 직업이라고 오래 하다 보면 배우는 게 많습니다. 그 중 하나가 오래 기다렸다고 해서 꼭 먼 거리를 가는 건 아니란 거죠. 어떤 날은 멀리 가기도 하고 어떤 날은 기본요금이 나오는 거리를 가기도 합니다. 멀리 가느냐, 짧게 가느냐보다 더 중요한 것은 그곳에서 어떻게 연결이 되느냐입니다. 비록 짧은 거리를 가는 손님을 태운다 하더라도 그 손님이 내리는 곳에서 곧바로 장거리 손님을 태울 수도 있는 것이지요. 그래서 짧은 거리를 가신다 하시는 손님께도 전혀 섭섭한 마음이 생기지 않으니 미안해하지 마세요."

순간 눈앞이 번쩍하는 것 같았다. 상식적으로 생각해도 오랜 대기 시간만큼 장거리에 대한 기대가 있었을 테고, 당연히 섭섭한 마음이 컸으리라 여겼기 때문이다.

세 명의 석공이 성당을 짓는 곳에서 대리석을 깎고 있었다. 무엇을 하고 있느냐는 물음에 첫 번째 사람은 불평불만 가득 찬 얼굴로 "죽지 못해 이놈의 일을 하오"라고 했고, 두 번째 사람은 담담한 어조로 "돈을 벌려고 이 일을 하오"라고 했다. 세 번째 사람은 평화롭고 만족스러운 표정으로 "신의 영광을 드러내기 위해 대리석을 조각하오"라고 했다.

— 국민일보 김상일 칼럼 중에서 —

직업職業이란 '생계를 세워가기 위해 일상적으로 종사하는 일'이다. 결국 먹고 살기 위해서 매일 하는 일이란 뜻이다. 하지만 주변을 돌아보면 똑같이 '먹고 살기 위해 하는 일'이라 하더라도 직職에 더 치중하는 삶과 업業에 더 치중하는 삶, 이 두 가지 서로 다른 모습이 있음을 보게 된다. 직職, 즉 '자리' '결과' '돈'을 위해 사는 사람은 업을 이루지 못함은 물론이고, 그 삶도 여유가 없이 늘 빡빡한 것을 본다. 또한 직職에만 모든 시선이 꽂혀 주변을 놓치는 바람에 사람들과의 관계도 상처투성이인 경우가 참 많은 것 같다. 반면 업業, 즉 '사명' '과정' '보람'을 위해 사는 사람은 주변의 지지를 받으며 풍성하고 여유로운 삶을 누리는 모습을 자주 보아왔다. 그리고 그렇게 사는 사람들은 직을 위해 살지 않았음에도 불구하고 결국에는 직職도 함께 얻게 되는 것을 얼마나 많이 보았는지 모른다.

들고 보면 참 평범한 말이고 누구나가 금방 실천할 수 있을 것 같지만, 결코 말처럼 쉽지가 않다. 정치권에 들어와서 '이번에 직職을 버리면 크고 의미 있는 업業을 이룰 수 있다'라고 모두가 조언했지만, 결국 직職을 붙잡고 있다가 모든 것을 잃게 되는 모습을 적지 않게 보아왔다. 매일매일 똑같이 일을 해서 밥을 먹지만, 어떠한 마음가짐으로 일하고 밥을 먹느냐에 따라 전혀 다른 삶이 만들어지게 된다. 그래서 나는 '성공하는 기질'이란 게 있다고 믿는 사람이다. 그 '성공하는 기질'을 가진 사람은 무슨 일을 하든 직職보다 업業에 치중하는 삶을 살기 때문에 결국 직職과 업業을 동시에 성취하게 되는 것이다.

'인생은 한 번에 얼마나 멀리 가느냐는 것보다, 어떻게 잘 연결이 되어 꾸준히 오래갈 수 있느냐가 훨씬 더 중요하다.' 그날 내게 인생의 교훈 한 수를 제대로 가르쳐주신 그 기사 분은 분명 '성공하는 기질'을 가진 멋진 인생의 소유자일 것이다.

스승의 날 보낸 선물

스승의 날에 어떤 종류의 선물도 일절 보내지 말라는 가정통신문을 진즉 받았지만 도저히 그럴 수가 없었다. 그래서 카드 한 장 적어서 작은 선물 하나를 학교로 보냈다.

"선생님, 민영이 아빠입니다. 작년 한 해 동안 부족한 아이 맡아서 참 고생 많으셨죠? 저희 민영이는 선생님께서 잘 지도해주신 덕분에 올해는 더욱 밝고 건강하게 공부도 잘하고 있습니다. 이 모든 것이 선생님의 가르침과 사랑 덕분이라고 저희 부부는 믿고 있습니다. 그 은혜에 작으나마 저희 마음을 담은 감사를 전해드리오니 기쁘게 받아주셨으면 합니다."

미국서 학업 중에 얻은 딸애를 불과 생후 6개월에 시골 조부모께 보냈다가 초등학교 4학년이 되어서야 데려와 함께 살게 되었다. 한 번도 표현은 안 했지만 그렇게 바뀐 환경에 아이를 데려와 놓고는 얼마나 많이 가슴을 졸였는지 모른다. 부모와 떨어져 사는 손녀가 늘 안쓰러웠던 할머니 할아버지는 넘치는 사랑으로 거의 방목하며 키우셨기에, 그런 아이가 교육열 높기로 유명한 수도권에서 과연 어떻게 버텨낼지가 정말 큰 걱정이었다. 초등학교 여학생치고는 너무 건장한 체격인데다 진한 사투리까지 썼던 탓에 혹 따돌림을 당하지는 않을지, 등하교 때마다 항상 할머니 할아버지와 함께했던 아이가, 부모가 돌아오는 어두컴컴해지는 저녁 시간까지 과연 혼자서 지낼 수 있을지 별별 걱정이 다 들었다.

그런 아이가 새로운 환경에 잘 적응하고 구김살 없이 생활하도록 도와주신 분이 바로 4학년 담임선생님이셨다. 예전에는 "공부 못하는 놈은 자식도 아니다.", "일주일 정도 밤새운다고 안 죽는다"며 내게 참 가혹했던 우리 부친이, "공부 잘한다고 꼭 인생 성공하더냐.", "건강하기만 하면 공부는 나중에 따라가면 된다"고 손녀딸을 감싸는 통에 그야말로 공부와는 담을 쌓고 튼튼하게만 자랐던 우리 딸애였다. 상황이 이러다 보니 시험을 치면 60점 이하의 과목이 60점 넘는 과목보다 더 많을 때도 있었다. 그런데도 아이의 담임선생님은 "민영이가 공부는 좀 뒤져도 성격이 참 쿨한 데다 아이들 사이에서 리더십이 있습니다. 저런 아이는 마음만 먹으면 공부는 금방 따라갈 수 있습니다"라며 불안한 부모의 마음을 안심시켜 주시곤 했다. 자식 키우는 부모들은 잘 알겠지만, 그때 담임선생님의 말씀이 우리 부부에게 얼마나 큰 위안과 힘이 되었는지 모른다.

교사생활을 하셨던 어머니께 배운 게 있어서 공식적인 학부모 면담 외에는 학기 중에 일절 학교에 찾아가거나 선생님께 개인적인 연락을 드리지 않는다. 혹 내 아이를 더 잘 봐달라는 청탁으로 오해될 수 있기 때문이다. 그래서 아이가 학년을 모두 마친 직후 봄방학 때 담임선생님께 연락을 드려 식사라도 한번 대접하고 싶다는 말씀을 드렸다. 불안정했던 시기를 잘 넘길 수 있도록 도와주신 선생님이 진심으로 감사했고, 작으나마 감사의 마음을 꼭 전하고 싶었기 때문이다. 하지만 그때도 "민영이가 저랑 성격이 비슷해서 저도 한 해 동안 참 즐거웠습니다. 정말이지 아버님의 마음만 감사히 잘 받겠습니다"라며 사양하시는 통에 결국 아무것도 해드리지 못하고 학년을 마쳐야만 했다. 그래서 '이번에 딱 한 번만 학교에서 보낸 공문과 지금까지의 원칙을 모두 무시하자'고 마음을 먹었다. 그리고선 꽃집 하는 후배의 조언에 따라 작은 화분에 담긴 예쁜 난을 하나 보내드렸다. 작은 화분에 걸맞지 않은 커다란 리본에 우리의 진심이 담긴 글 한 줄을 적어서 말이다.

"선생님 작년 한 해 정말 감사했습니다."

좀 편히 살자

처음 페이스북을 할 때와 달리 요즘은 남의 글을 읽고 '좋아요'나 댓글 한 줄 남기기가 점점 더 어려워진다. 생활이 바빠지기도 했지만, 지난 3년간 친구의 숫자가 너무 많아져 버린 탓이다. 처음 시작했을 때는 '좋아요' 한번을 눌러주신 분께도 일일이 담벼락을 찾아가 감사의 댓글을 남기곤 했다. 그러다가 어느 정도 친구 숫자가 늘어난 뒤에는 댓글을 달아주신 분께만 피드백하는 것으로 나름의 원칙을 수정했다. 그마저도 평일은 거의 매일을 늦은 밤에 피곤과 술에 절어 귀가하는 탓에, 주말에 몰아서 하는 수밖에 없었다. 그러다 보니 밀린 댓글을 달고 건성으로나마 남의 글을 읽고 '좋아요'를 누르느라 주말마다 꽤 오랜 시간을 컴퓨터 앞에 앉아있어야 했다.

어느 날 문득 '이건 진심이 아니라 의무감 때문'이라는 자괴감이 들기 시작했다. 말로는 사람을 속일 수 있어도 글로는 속일 수 없는 법인데, 진심이 담기지 않은 내 글이 사람의 마음을 움직일 수는 없는 노릇이었다. 글이란 것이 가슴 속 사무침 때문에 생각이 흘러넘칠 때는 단번에 수십 장을 쓸 수도 있지만, 억지로 짜내려고 하면 종일 책상에 앉아서도 한 문장 제대로 쓰기가 힘든 것이다.

'그래, 이렇게 인간관계 유지를 위해 형식적인 글을 짜내며 허비하는 시간에 좀 더 다양한 목소리를 듣고 열심히 공부해서 더 좋은 글을 쓰도록 하자. 단 한 명이 내 글을 읽는다 해도 그 사람에게만은 울림과 여운을 남길 수 있는 그런 좋은 글을 말이다.'

이런 내 생각이 옳은 것인지 아닌지에 대해서는 아직도 확신이 잘 서질 않는다. 직업상 많은 사람들과 관계를 유지할 수밖에 없는 처지를 내세워 내 게으름과 부족한 역량에 대한 면피를 해보지만, 그래도 여전히 마음이 편치가 않다. 가끔씩 주위에서 시의적절한 댓글을 정성껏 달아주시는 분들을 보게 될 때면 더욱 그렇다.

하지만 '댓글' 한 줄 남기고 '좋아요' 한번 누르기가 어려워진 것이 전적으로 늘어난 친구의 숫자 때문만은 아니다. 어쩌면 '내 신분에 대한 자각'이라는 내적 요인이 더 큰 영향을 주었을지도 모른다. 앞으로 많은 사람들의 삶에 큰 영향을 주게 될 공직의 길을 걷는다고 생각하니, 좋은 사람들과의 친분유지라는 최초의 목석에서 한 걸음 더 나아갈 수밖에 없있기 때문이다. 내가 정확히 알지 못하거나 확신이 없는 사안에 대해 섣불리 판단을 내릴 수 없었고, 예전처럼 순간적인 감정에 따라 정제되지 않은 글을 휘갈길 수도 없었다. 앞뒤 정황을 살피고 근본 원인과 비판의 근거를 알아본 뒤에 의견을 표하다 보니 예전의 그 화끈함이 사라졌다. 무엇보다 '인간 조대원'의 말이 아니라 '(예비)정치인 조대원'의 말, 즉 책임질 수 있는 의견을 제기하다 보니 인간미와 진솔함이 반감되는 경우도 있었다. 과거의 언행으로 곤욕을 치르는 유명인들의 사례가 보도될 때마다 마냥 남의 일은 아니라는 경계심이 든 것도 사실이다. 순간적인 감정이나 잘못된 판단에 의해 남긴 글 한 줄이 훗날 내게 어떤 부메랑이 되어 돌아올지도 모른다는 현실적인 계산과 두려움이 그것이다. 과연 모두가 볼 수 있는 오픈된 공간에 개인적인 글을 올리는 것이 옳은 것인지 회의감마저 들었다.

'자유롭게 살자.'

내가 가진 능력과 주어진 상황을 겸허히 받아들이고, 주변의 평으로부터도 좀 더 자유로워지자는 것이 내가 내린 결론이다. 어차피 사람은 각자의 능력과 처한 환경이 다른 것이고, 나의 잣대로 남을 판단하는 것도, 또 남과 비교하며 스스로를 자학하는 것도 자신을 불행에 빠뜨리는 일이다. 자신이 처한 상황에서 게으름 피우지 않고 진실한 마음으로 최선을 다한다면 그것으로 이미 충분한 것이다. 남에게 피해를 주지 않는 범위 내에서 최대한 재밌고 여유롭고 자유롭게 살아가는 그런 멋진 삶을 정말이지 나도 한번 살아보고 싶다.

'마음의 빚'을 많이 남기는 삶

연이어 전해진 부음訃音으로 경상도와 전라도를 오가며 주말 내내 정신없이 시간을 보낸 적이 있다. 그렇게 장거리 문상을 다녀온 다음 날은 평소 신세를 많이 진 선배님의 퇴임식과 또 다른 행사가 겹쳐 또다시 고민에 빠져야 했다. 결국 고향에서 열린 선배님의 퇴임식에는 모친이 대신 참석하여 부조를 전하고, 나는 서울에서 있었던 다른 행사에 참석하는 것으로 상황을 정리했다. 이처럼 평일에는 시간 단위로 꽉 짜인 일정에 치여 살기에 주말만은 꼭 가족과 함께 있겠노라고 약속을 했지만, 그 약속조차 지키지 못하는 경우가 점점 더 늘어가고 있다. 언젠가 한번은 금요일 오후에 가족 여행을 떠나려고 휴가까지 냈지만 점심 무렵 전해진 부음 탓에 급히 전라도 광주까지 다녀오느라 자정을 넘겨서야 강원도로 출발했던 적도 있다. 마음이 상할 대로 상해 짐을 다 풀고 잠들어버린 가족들을 깨워서 말이다.

"인생 성공하려면 주위에 마음의 빚을 많이 남겨라.

그게 잘 안되면 남에게 진 마음의 빚이라도 잘 갚고 살아라.

그래야 본전은 하며 산다."

참 멋진 말이다. 하지만 남에게 '마음의 빚'을 남긴다는 게 말처럼 그리 쉬운 일은 아니있다. 그래서 '내 능력으로는 본전 인생이 딱이다' 싶어 남에게 진 빚이라도 잘 갚으며 살고자 무진 애를 써왔지만, 시간이 갈수록 그마저도 힘에 부친다. 하긴 나와 아내가 연달아 암 수술

을 하고 투병생활을 할 때 금전적 도움을 준 사람만도 100명이 넘으
니, 마음과 정성으로 도움을 주신 분들까지 더하면 정말 수많은 분들
께 마음의 빚을 지면서 살아온 셈이다. 어쩌면 내가 매일 시간 단위로
움직이는 것도 그 빚을 갚느라 시간과 거리를 가리지 않기 때문일 것
이다. 하지만 그럼에도 제대로 도리를 다하지 못해 마음이 무거울 때
가 적지 않다.

게다가 불가피하게 또 다른 마음의 빚을 지게 되는 경우도 종종 생
기곤 한다. 그래서인지 요즘은 '선택과 집중'이란 말을 자주 머릿속에
떠올리게 된다. 한정된 시간과 노력으로 모든 사람을 다 챙길 수 없
는 것이 현실이라면, 사람과 상황을 선택해서 나의 한정된 시간과 물
질을 집중하자는 것이다. 선택의 원칙은 더 절박한 상황에서 내 손을
잡아준 사람, 그리고 더 오랜 시간 동안 한결같이 내 곁을 지켜준 사
람이다. 다시 말해 '더 고마운 사람' '더 큰 빚이 있는 사람'부터 챙기
자는 것이다.

매일 많은 사람을 만나 미소를 나누고 덕담을 주고받지만, 내 마
음이 항상 모두에게 똑같지는 않다. 내가 잘 나갈 때 만나서 '웃음을
나눴던 사람'과 내가 바닥으로 추락했을 때 함께 '눈물을 나누었던 사
람'이 내게 똑같은 의미일 수는 없는 법이다. 조금 더 손해 보고 조금
더 고생하면서 타인의 아픔을 위로하고 필요를 채워주며 살아온 사
람은 언젠가 그 '마음의 빚'을 돌려받게 되는 것이 세상의 이치인 것
같다. 결국 이렇게 머리로 알고 있는 것을 얼마나 가슴으로 실천하며

살아가느냐에 따라 인생의 방향과 결과가 달라지는 것이다.

인생을 바꾼 위대한 말

어느 시골 마을에 공부, 외모, 운동, 어느 것 하나 특출한 것 없는 평범한 여자아이가 있었다. 그럼에도 불구하고 아이는 늘 밝고 당당했으며, 자신의 미래에 대해서도 확신과 자신감에 차있었다. 여자에 대한 차별과 편견이 심하던 시절이라 주위 사람들은 '계집애가 뭘 먹고 저런 배짱이 생기지'라며 의아해했고 심지어 비웃기까지 했다. 아직 어린 나이였기에 주위의 놀림과 부정적인 눈길에 위축될 법도 했지만, 아이는 전혀 흔들림이 없었다. 왜냐하면 그 모든 것을 거뜬히 이겨낼 만큼 충분히 사랑받았고 또한 넘치게 인정받으며 자랐기 때문이다. 아이의 어머니는 늘 "우리 ○○는 뭐든 된다. 우리 ○○는 뭐든 할 수가 있다"는 말을 입에 달고 사셨고, 아이는 엄마의 이 말을 통째로 믿으며 자랐다.

어린 시절 내 부친은 종종 이 이야기를 해주셨다. 그리고 그때 그 '여자애'가 지금은 고시에 합격해 고위 공무원이 되어 있다고 하셨다. 얼마 후 공무원을 그만둔 그 아이가 이번에는 어느 도시의 민선 시장 자리에 도전하여 시장이 되었고, 그렇게 또 몇 년의 시간이 흐른 뒤에는 굳이 부친의 설명이 아니어도 충분히 알아볼 수 있을 만큼 유명한 사람이 되었다. 국회의원이 되어 내리 몇 선을 하고 당내에서 중진들도 탐내는 요직을 거치더니 마침내 장관의 자리에까지 오르는 모습을 지켜볼 수 있었다.

또 다른 아이는 축구를 좋아하는 평범한 아이였다. 체격 조건이 좋은 것도, 그렇다고 기술력이 뛰어난 것도 아니었다. 잘 생긴 것과는 거리가 먼 외모에 깡마르고 내성적인 성격이라 애초부터 스타성이라고는 찾아볼 수가 없는 그런 아이였다. 게다가 '평발'이라는 치명적인 결함까지 있었으니, 이런 아이가 축구를 선택했다는 것 자체가 어쩌면 인생의 결정적 실수인 것처럼 보였다. 고등학교를 졸업했지만 공격이건 수비건 딱히 눈에 띄는 것이 없던 그 아이에게 프로팀은 고사하고 대학팀에서도 제의가 없었다. 그렇게 연달아 퇴짜를 맞던 중, 경기 내내 죽기 살기로 뛰어다니는 아이의 성실성을 눈여겨본 어느 감독의 눈에 들어 천신만고 끝에 대학에 들어가게 되었다.

재능은 없었지만 가난한 집안을 생각하면 어떻게든 축구 선수로 밥을 먹어야 했던 아이는 남이 보든 안 보든 늘 주어진 위치에서 최선을 다했다. 그렇게 열심히 노력한 때문인지 아이가 대학을 졸업할 때 즈음에는 프로팀으로부터 스카우트 제의도 받게 되었다. 그리고 마침내 아이에게 믿기지 않는 일이 벌어졌다. 꿈속에서나 그려보던 국가대표팀에 선발되었던 것이다. 이미 모든 포지션이 쟁쟁한 선수들로 가득 차있어서 사실상 후보에 불과했지만, 애당초 큰 욕심을 가지지 않았기에 아이는 모든 것이 감사하고 행복하기만 했다. 하지만 천신만고 끝에 들어간 대표팀에서 뜻하지 않은 부상을 입었고, 교체선수로라도 뛰고 싶다는 그 작은 희망마저 접은 채 우울한 나날을 보내야만 했다. 그러던 어느 날, 당시 대표팀의 감독을 맡고 있던 외국인 감독이 통역관을 대동하고 나타나 그에게 한마디를 던졌다.

"너는 정신력이 참 훌륭하다. 그런 정신력이라면 반드시 훌륭한 선수가 될 거다."

그간 체격, 체력, 기술, 뭐 하나 특별난 게 없다고 남들로부터 모두 외면당해왔던 그였다. 스스로도 그렇게 생각하면서 이미 오래전에 자기의 한계를 그어놓은 상태였다. 그런데 파란 눈의 외국인 감독이 그때까지 아무도 알아주지 않았던 그의 'Fighting Spirit'을 발견하고선 그것을 칭찬해준 것이다. 이 말을 듣는 순간 아이는 마치 심장에 수만 볼트의 전기가 흐르는 것과 같은 전율을 경험하였다. 그리고 그때까지 늘 이류 축구인생을 살아오던 아이는 그 후 경기장에 들어서면 죽는 한이 있어도 끝까지 물러서지 않는 불굴의 정신력을 가진 최고의 축구전사로 다시 태어났다. 그런 그를 사람들은 '두 개의 심장을 가진 사나이' '산소탱크'라 불렀다. 그 아이가 바로 한국인 최초로 프리미어리그에 진출하여 최고 명문구단인 맨체스터 유나이티드에서 아시아인 최초로 주장까지 역임한 박지성 선수이다. 그리고 아무도 주목하지 않던 박지성의 'Fighting Spirit'을 알아봐 준 이가 바로 '월드컵 4강 신화'를 통해 한국 축구사에 큰 획을 그은 거스 히딩크_{Guus Hiddink}

감독이다.

소대장 시절 때 만났던 한 병사가 있다. 그는 개성이 너무 뚜렷해서 지휘통솔이 쉽지가 않았다. 평정심을 유지하자고 늘 마음을 다잡아도 어느 순간 속에서 그를 미워하는 마음이 불일 듯 일어나곤 했다. 그렇게 우리 둘의 긴장관계는 시간이 갈수록 점점 더 악화 일로를 걸었다. 그러던 중 우연히 일찍 아버지를 여의고 홀어머니 밑에서 어렵게 살아온 그 병사의 가족사를 듣게 되었고, 그전까지는 잘 납득이 되지 않던 그의 행동들도 점차 이해되기 시작했다. 병사의 휴가 전날 나는 그 어머님께 마음을 담은 편지를 썼고, 평소 관절염으로 고생하신다는 소리에 약 한 통을 사서 함께 보냈다.

어머님, 저는 ○○○의 소대장입니다. 어머님의 훌륭한 아들 ○○는 지금 여기서도 아주 모범적으로 잘 생활하고 있습니다. 그간 어머님이 귀하게 키워 오신 아들을 저 역시 아끼고 잘 보살펴 조만간 건강한 모습으로 어머니께 보내드리겠습니다. 제 사무실 전화는 02-○○○-○○○○이오니 혹 제게 연락하실 일이 있으면 언제든 이 번호로 전화 주십시오.

- 소대장 중위 조대원 올림 -

며칠 뒤 휴가에서 복귀하는 날 그는 내 앞에서 울먹이며 그동안 나를 힘들게 했던 일들에 대해 진심으로 용서를 구했다. 훗날 그 병사는 내가 썼던 편지의 내용처럼 아주 훌륭하게 군 생활을 마친 뒤 건강한 모습으로 다시 어머니의 품으로 돌아갔다.

어린 시절부터 내 어머니는 늘 '착하고 좋은 말만 해라' '인생은 말하는 대로 되는 법이다'라고 말씀하시곤 했다. 그때는 들어도 그저 귀찮은 '잔소리' 정도로 여겨졌는데, 나이를 먹어갈수록 구구절절 내 가슴에 와서 닿는다. 지적과 비판의 말도 사람을 발전시키지만 정작 사람의 인생을 바꾸는 것은 칭찬과 격려의 말이다. 아직 아무도 발견하지 못한 장점을 찾아내어 나의 말 한마디로 그 사람의 인생을 통째로 바꾸어 놓을 수 있다는 사실이 내 심장을 요동치게 한다. 비록 나 자신이 장관이 되지 못하고 맨유의 주장이 되지 못한다 하더라도, 내 말 한마디로 누군가를 그렇게 만들 수 있다면 그것이 훨씬 더 가치 있고 멋진 일이란 생각이 든다. 진정으로 성공한 삶이란 바로 이런 것이 아닐까 싶다.

"우리나라는 지난 60여 년간 세계에서 가장 성공적으로 산업화와 민주화를 동시에 발전시킨 '위대한 나라'로 인정받고 있다. 매번 '실패한 정부'가 반복하여 출현했는데도 어느 날 문득 돌아보니 '위대한 나라'가 되어 있다는 주장이 논리적으로 가능한 것일까? 역대 모든 정부는 그 시대에 걸맞은 나름의 역할을 했고, 공(功)과 과(過)를 동시에 남겼다. 상대적으로 잘한 일과 잘못한 일에 대한 비율이 다를 뿐이다."

2부
이상(理想)으로의 길을 찾아가다

대한민국 생존법

북한이 두렵지 않은 이유

북한 관련 소식이 연일 뉴스의 앞머리를 장식하던 어느 주말이었다. 딸아이의 등쌀에 못 이겨 집 근처로 나들이를 나갔다. 자유로를 달려 임진각을 찍고선 다시 내려와 헤이리 예술마을로 내려오며 '저기 강 건너가 북한이다'라고 얘기하니, '북한이 이렇게 가까운 줄 몰랐다'며 놀라는 눈치였다. 분기에 한 번 정도는 늘 이런 코스로 가족 나들이를 해왔으면서도 강 넘어 지척에 있는 북한의 존재를 느끼지 못했다니, 분단 현실과 안보에 대한 일반인들의 인식수준을 내 가족을 통해 새삼 깨달을 수 있었다.

"곧 전쟁이 일어날지도 모른다는데 괜찮겠어? 우리 집과 북한이 이렇게 가까운데?" 북한이 우리 집과 지척이란 내 말에 최근 뉴스의 앞머리를 장식했던 북한 관련 내용이 떠올랐는지, 갑자기 아내가 심각한 표정으로 이런 말을 던졌다. "안 그래도 지난 금요일 군에 있는 동기생 몇몇과 통화를 했는데, 우린 이미 준비가 다 끝났대. 그리고 붙으면 우리가 무조건 이긴대." 이 말을 듣고서야 아내는 조금 안심하는 눈치였다.

나같이 북한의 국력과 군사력 수준을 잘 알고 있는 사람이야 가당치도 않은 공갈·협박에 눈 하나 깜짝하지 않지만, 도를 넘어선 저들의 언어폭력에 내 가족들이 공포심을 느끼고 있다고 생각하니 갑자기 부아가 치밀어 올랐다. 그간 살아오면서 겪어보니 싸움할 때 큰소리치는 사람, 말 험하게 하는 사람, 웃통 먼저 벗어 던지는 사람치고 제대로 된 싸움꾼을 보지 못했다. 어린 시절 철없이 주먹다짐하던 시기를 지나고 사회에 나오면, 철저히 실력과 명분에 의해 승부가 갈리는 것이 세상의 이치임을 곧 배우게 된다. 개인 간에도 이러한데 국가 간에는 더 말할 나위가 없다. 더 강한 나라가 완전히 방심하다가 허를 찔리지 않는 한, 국력이 50배 이상 차이 나는 강국을 약소국이 당해낼 수는 없는 노릇이다.

어린 시절 온몸에 문신을 두른 아저씨를 목욕탕에서 처음 봤을 때 얼마나 무서움에 떨었는지 모른다. 그래서 그 아저씨 근처에는 얼씬도 못하고 줄곧 아버지 꽁무니만 졸졸 따라다닌 기억이 지금도 선명하다. 그때의 기억 때문인지 문신 새긴 사람에 대한 공포심은 그 이후로도 한동안 나를 따라다녔다. 하지만 이제 나는 문신 새긴 사람들에 대해 조금의 두려움도 가지고 있지 않다. 특히 몸에 있는 문신을 보여주며 타인을 협박하는 '깡패'들을 보면 코웃음마저 나온다. 어린 시절 문신을 보며 무서워 숨던 내가 이렇게 변하게 된 가장 큰 이유는, 이제는 내가 그런 사람들보다 더 힘이 세다는 것을 잘 알고 있기 때문이다. 내가 주먹질을 더 잘한다는 뜻이 아니라, 내가 그들의 망나니 행동을 충분히 제어하고 응징할 수 있는 사회적 지위와 역량이 있음을 의미하는 것이다. 아무리 육체적으로 왜소해 보이는 경찰관이라 할지라도 거구의 상대깡패를 두려워하지 않는 이유가 바로 여기에 있다.

내가 사관학교 출신이라서 그런지, 최근 들어 주위로부터 이런 질문을 많이 받는다. "전쟁 납니까? 10일 날 전쟁 난다던데요?" "북한이 4월 10일 이후에는 외국 공관에 안전을 보장할 수 없으니 철수하라고 권고했다던데요?" 이런 질문에 대한 내 대답은 언제나 간단명료하다. "전쟁 안 납니다. 특히나 10일 날은요. 그리고 10일 이후에도 전쟁 안 나니 염려하지 마세요."

세계 전쟁사를 읽다 보면 한 가지 법칙 같은 것을 발견하게 된다. 그것은 바로 '기동전'과 '화력전'이 번갈아가며 세계 전쟁을 지배해 왔다는 사실이다. 칭기즈칸의 기마 부대처럼 엄청난 속도로 종심縱深을 돌파하여 적의 심장부를 무력화시키던지, 아니면 나폴레옹의 포병부대처럼 압도적인 화력으로 보병전투가 시작되기도 전에 상대의 저항

의지를 철저히 꺾어버리는 양상으로 전쟁은 반복되어 왔다. 최근에는 미국과 이라크 간의 제1차 걸프전1990년이 '화력전', 제2차 걸프전2003년이 '기동전'의 백미를 보여주었다. 그리고 이처럼 화력과 속도의 압도적 우위를 갖추지 못한 상태에서 상대를 이길 수 있는 유일한 방법이 있다면 그것은 바로 '기습raid surprise'이다. 그리고 그 '기습'이란 "적이 방심하고 있을 때 또는 예기치 않은 시간이나 장소에서 갑자기 공격하는 것"을 의미한다.

현재 북한은 화력과 속도 그 어느 것에서도 한미 양국 군에 비교 자체가 되지 않는 초라한 전력을 보유하고 있다. 그런데도 북한이 자신의 유일한 전쟁수단인 '기습'마저도 포기하는 언행을 연일 취하고 있다는 사실은, 바로 북한이 전쟁을 일으킬 의사가 '전혀 없음'을 분명히 밝히고 있는 것이다.

그렇다면 최근 북한이 보인 광기 서린 언행은 무엇을 의미하고 있는 것일까? 그것은 바로 '문신 보여주는 깡패'들의 졸렬하고 유치한 행동과 한 치도 다름이 없다. 하물며 깡패들도 동네 양아치 수준을 벗어나면 함부로 칼질을 해대지 않는다. 깡패들이 칼 한번 휘두를 때도 계획 단계에서부터 '얻을 것'과 '잃을 것'을 철저히 계산한 후 조금이라도 이득이 있다는 판단이 서야 그때 비로소 실행에 옮긴다. 지난 60여 년간 이 지구상의 어느 집권층보다 더 큰 절대 권력을 유지해온 북한 집권층은 우리 주변의 여느 깡패조직과는 차원이 다른 집단이다. 그들은 훨씬 더 똑똑하고 교활하고 현실적이다. 어느 선까지 치고 어느 선에서 빠져야 하는지를 동물적으로 알아내는 그 분야의 '최고 베테랑'들이다.

일례로 지난 1968년 푸에블로호 납치사건 때와 1976년 판문점 도끼 만행사건 때 북한이 취한 이중적 행동을 비교해 보면 그들의 교활함을 잘 간파할 수가 있다.

푸에블로호 납치사건 때 북한은 온갖 협박과 생떼를 통해 미국 정부로부터 북한 영해 침입 및 첩보 행위에 대한 인정, 재발 방지 및 사과의 내용을 담은 문서에 기어이 서명을 받아내고야 말았다. 그렇게 사건 발생 11개월이 지나 자신들의 정치적 목적을 달성한 뒤에야 승무원 82명과 유해 1구를 판문점을 통해 보내주었다.

이토록 당당했던 북한은 1976년 도끼 만행사건 때도 최초에는 사건 발생 3시간 만에 김정일이 미리 준비한 성명서를 통해 미군이 먼저 도발을 했다며 날조된 주장을 폈다. 하지만 주한미군과 한국군이 '데프콘 3'를 발령하고, 미국이 항공모함 미드웨이 호와 B−52 폭격기 등을 급파하여 전면전의 상황에 직면하자, 그제야 김일성이 유감의 뜻을 표명하는 사과문을 국제연합군 측에 전달함으로써 사건이 일단락되었다. 북한이 1953년 7월 정전 협정 후 처음으로 미국에 서면으로 사과한 사상 초유의 사건이었다.

북한 집권층은 그간 자신들이 누려온 안락함과 풍요함을 절대로 단 한 번의 도박에 모두 걸지 않는다. 지금 이 순간에도 그들은 지난 수개월간 지속시켜온 이번 전쟁위기 국면을 어느 선까지 몰고 갔다가 언제쯤 빠질지 치밀하게 계산하고 있을 것이다. 우리 사회 일각에는 한반도에서 전쟁이 발발하면 북한의 핵과 비대칭 무기로 수많은 인명이 손실되고 전 국토가 초토화될 것을 우려하는 시각이 존재하고 그 때문에 두려움에 떨고 있는 사람들도 있다. 그동안 그 많은 국제사회의 비난과 혹독한 제재를 감수하고서도 북한이 핵무기를 개발하려 했던 이유가 바로 여기에 있다. 북한 수뇌부는 핵이라는 폭력수단을 통해 우리의 두려움과 분열을 극대화해 자신의 이득과 기득권을 지키려는 것이다. 현재와 같은 상황 속에서 우리가 두려워하면 할수록, 그리고 전쟁 불사와 전쟁 반대로 분열되면 될수록, 저들은 이러한 '남쪽 정부'의 상황을 즐기며 주판알을 튕길 것이다.

일부에서는 김정은이 철부지라서 혹시 객기나 부리지나 않을까 불안에 떨기도 한다. 하지만 이 역시 북한체제를 잘 모르고 하는 소리다. 비록 김정은이 어리고 북한이 1인 독재에 길들여진 체제라지만, 그를 둘러싸고 있는 집권세력은 지난 60여 년간 도저히 불가능할 것 같은 독재 권력을 지탱하고 유지해온 고수들이다. 이들은 자신이 가진 카드를 손에 꽉 쥐고서 적절히 흔들었을 때 가장 큰 이득을 볼 수 있다는 사실을 잘 알고 있다. 역으로 그 무력수단을 손에서 놓아버리는 순간 어떠한 결과가 자신에게 도래할 것인지 어느 누구보다도 저들이 더 잘 알고 있다. 최악의 상황에서 우리는 참 '많은 것'을 잃게 되겠지만, 저들은 '모든 것'을 잃게 된다는 사실을 분명히 인식하고 있다는 말이다. 저들이 가장 두려워하는 것이 바로 이 같은 상황임을 우리는 늘 머릿속에 넣고 저들과의 관계를 설정해가야 한다.

전쟁은 입으로 하는 것이 아니라 총체적 국력으로 하는 것이다. 우리 국민이 우리 정부가 그리고 우리 군이 정신 바짝 차리고 대비만 철저히 한다면, 제 백성 밥 못 먹여 굶겨 죽이고 마약과 위조달러를 불법 거래하여 정권을 유지하는 무능하고 못난 나라에 의한 전쟁은 절대 일어나지 않는다. 전쟁은 곧 북한 정권의 종말이란 사실을 어느 누구보다 김정은을 위시한 북한 수뇌부가 잘 알고 있다. 세계 최강국 미국에 맞서려 했던 절대 권력자 후세인과 카다피의 최후를 지켜보며 누구보다 더 두려움에 떨었을 사람들도 바로 저들이다. 따라서 우리는 저들의 노림수에 빠져들지 말고, 이럴 때일수록 더욱 냉정하고 담대하게 저들의 치기稚氣를 다루어가면 되는 것이다. 먼저 불의한 행동을 하여 명분을 잃지 않는 한 강자가 약자를 두려워해야 할 이유는 없다. 이것이 동서고금의 변치 않는 진리이다.

'양치기 소년'의 말이라 할지라도

명明나라가 청淸에 의해 멸망한 뒤 왕실 계통의 일족이 명조明朝의 부흥을 꾀하며 세운 정권이 바로 남명南明; 1644~62이다. 남명은 18년간 화중華中·화남華南에 근거를 두고 청조淸朝에 저항하며 한족의 부흥운동에 전력했다. 이러한 명明 말기의 유신遺臣들 중 가장 두드러졌던 인물이 바로 '정성공鄭成功'이었다.

금문金門과 하문廈門 두 섬을 근거지로 무역을 하며 군비를 충당하던 정성공은 자신의 활동 지역인 하문 가까이에 있던 청의 전략적 요충지인 동안同安 지역을 공격하기로 마음먹었다. 하지만 동안 지역의 청나라 주둔군 역시 이러한 정성공의 의도를 이미 간파하고 있었기에 철통 같은 대비태세를 유지하고 있었다. 당시 수신水神이라 불릴 정도로 해전海戰에서 뛰어났던 정성공의 실력을 잘 알고 있었기에 대부분의 병력을 바다 쪽으로의 공격에 대비시켰다. 그리고 수년간에 걸쳐 성곽城郭을 요새화하여 그야말로 '철옹성'을 구축해 놓았다. 이처럼 청은 육지와 바다, 어느 쪽으로 공격해 오더라도 모두 물리칠 수 있도록 만반의 준비를 갖추고 있었다.

하지만 승부는 의외의 곳에서 갈렸다. 이미 오래전부터 정성공이 심어놓은 첩자들이 성 안에 잠복하여 기회를 엿보고 있었던 것이다. 이 첩자들이 떠돌이 승려, 거지 등으로 위장하고 작전 시간을 기다리고 있다가 정성공의 함대가 화공선을 앞세우며 나타나자 초병들을 죽이고 성문을 열어 버렸다. 수년간 수많은 사람들의 피땀으로 쌓아놓은 난공불락의 철옹성이 한순간에 무용지물로 전락해버리는 순간이었다. 그리고 그것으로 이미 전쟁의 승패는 결정되어 버렸다. 이처럼 손쉽게 성안으로 진입한 정성공의 군대는 성 안에 있던 만주족과 한족 변절자들을 닥치는 대로 살육하여 성 전체를 피바다와 시체의 산으로 만들었다.

첩자, 간첩, 스파이 등이 무서운 이유가 바로 여기에 있다. 아무리 압도적인 화력으로 무장하고 대비태세를 철통같이 하고 있어도 내부에서 성문을 열어버리면 그 순간으로 상황은 종료되어 버린다. 고대와 중세의 전쟁사를 읽다 보면 견고한 성이 허무하게 무너질 때는 반드시 내부에 '첩자'가 있어 적에게 성문을 열어주었다는 사실을 반복적으로 접하게 된다. 강력한 힘을 가진 다수의 적보다 내부에서 이간질, 분열책동, 반역행위를 하는 소수의 간첩이 이래서 더욱 무섭고 치명적인 것이다.

진흥왕 사후인 6세기 후반부터 7세기 초반까지 고구려와 백제의 협공으로 국운이 풍전등화風前燈火와도 같았던 약소국 신라가 채 백 년이 지나지 않아 삼국을 통일할 수 있었던 배경에도 신라의 뛰어난 '첩보전' 능력이 숨어있었다. 특히 첩보술과 계략의 달인이라 불렸던 김유신은 백제와의 도살성道薩城 전투에서 적의 첩자를 이용한 반간계反間計를 사용하여 대승을 거두었다. 백제의 첩자가 엿듣고 있는 것을 역이용하여 '구원군이 올 때까지 밖으로 나가 싸우지 말고 성만 굳게 지켜라'라는 지시를 내렸다가 곧바로 다음날 공격 명령을 내렸던 것이다. 신라군의 공격이 시작되자 구원군이 왔기 때문이라고 믿은 백제군의 사기가 떨어져 결국 방어선은 무너지고 말았다. 김유신은 이렇듯 주요 전쟁마다 간계와 반간계, 첩자와 첩보전을 이용하여 승리를 일궈내 삼국통일의 토대를 닦았다.

이 때문에 외세를 끌어들여 동족을 멸했다고 여긴 단재 신채호는 김유신을 반민족주의자로 낙인찍고선 "김유신은 지용智勇이 있는 명장이 아니요, 음험하기가 사나운 독수리 같았던 정치가이며, 그 평생의 공은 전장에 있지 않고 음모로 이웃 나라를 어지럽힌 자"라는 평가를 '조선상고사'에 남기기도 했다.

전 세계 모든 국가의 국방비 총액보다 더 많은 돈을 써서 감히 범접할 수 없는 최강의 군사력을 유지하고 있는 나라가 미국이다. 그런 미국이 제2차 세계대전 이후 참전한 수많았던 전쟁 중 승리하지 못한 전쟁이 딱 두 개 있는데, 바로 한국전쟁과 베트남전쟁이다. 한국전에서는 이기지 못했고, 베트남전에서는 남베트남의 패망에 의해 결과적으로 패하고 말았다. 그런데 미국이 이기지 못한 이 두 전쟁의 공통점이 있다. 서로 다른 국가, 다른 민족 간에 일어난 '전쟁'이 아니라, 한 나라 안에서 같은 민족끼리 싸운 '내란內亂'이었다는 점이다. 예전에 미군 장교들과 대화를 해보니 미군에게 가장 힘든 전쟁이 바로 이 같은 'Civil War', 즉 '내전'이라고 했다. 과거의 소련이 그리고 현재의 중국이 미국과 군비 경쟁을 하고 있지만, 이렇게 힘과 힘이 맞부딪치는 양상은 차라리 편하다고 했다. 하지만 내전은 피아彼我: 적과 아군 식별이 어려워 첩보, 기습, 이간책 등에 아주 취약하다는 것이다. 전쟁의 승패를 결정하는 '화력'과 '속도'에서 압도적 우위를 점하고 있는 미국의 입장으로서는 이러한 비정규전Unconventional Warfare적 요소가 여간 신경 쓰이고 괴로운 것이 아닐 것이다.

압도적인 정규 군사력을 가지고 있던 남베트남이 샌들을 신고 AK

소총과 수류탄, 기껏 해봐야 박격포 정도로 무장한 북베트남에 힘 한 번 제대로 못써보고 패망했던 것도 결국 이러한 '비정규전적 요소' 때문이었다. 야당 당수, 언론사 사주, 군부 핵심 지휘관, 심지어 종교인에 이르기까지 북베트남의 간첩이 침투하지 않은 곳이 없었다. 사이공의 대통령 궁에서 세운 전쟁 계획이 불과 30분 만에 하노이의 공산군 지휘부에 그대로 전달되는 상황에서는 세계 4~5위를 다투던 남베트남의 그 막강한 군사력도 무용지물에 불과했다.

국가안보安保는 경제 불평등, 사회갈등, 정치비리 등과는 차원이 다른 문제이다. 비록 과거 권위주의 시대의 독재정부에서 기득권 세력들이 안보 문제를 정략적으로 이용하여 자신의 이익을 추구했다손 치더라도, 그것 때문에 국가안보에 관련된 문제를 불신하고 무시하고 공격해서는 안 된다. 왜냐하면 국가안보는 '재기再起'와 '복구復舊'가 불가능하기 때문이다. 경제 왜곡, 반민주, 부정부패 등은 더디더라도 끊임없이 문제를 제기하고 싸워서 바꿀 수가 있지만, 안보는 한번 잃으면 그걸로 '영원히 끝'이기 때문이다.

나 역시 현재의 국정원을, 더 나아가서 군의 기무사를 포함하여 주어진 본연의 임무와 권한을 벗어난 행태를 보인 각종 정보기관을 국민의 눈높이와 시대의 잣대에 맞게 고치고 바꿔야 한다고 믿고 있다. 하지만 정보기관에 대한 이 같은 비판적 시각과 개인적 선입견이 현재 국정원에서 행하고 있는 '국가전복 세력'에 대한 수사, 색출, 체포 등 일체의 활동에 대해 어떠한 편견이나 부정적 영향을 주어서는 안 된다. 이번 '이석기 일당의 내란음모 사태'와 관련하여 "왜 하필 이 시기냐?" "고작 백여 명의 사람들이 모여 장난감 총 운운했다고 나라가 넘어갈 정도로 이 나라가 그렇게 호락호락하냐?" "그냥 좀 심한 농담 한번 한 것을 가지고 왜 그리 호들갑이냐?" 등 참으로 별별 소리가 다 나오고 있지만, 내게는 그 '시기'도 '인원'도 '수단'도 모두 중요치가 않다. 어차피 그런 세세한 문제들에 대해서는 이쪽저쪽 모두 각자의 논리와 이유가 있을 테니 말이다. 그러한 논쟁과 논리 다툼보다 내게 훨씬 더 중요한 것은 내 목숨을 걸고서라도 반드시 지켜내야 하는 내 나라의 안보를 위협하는 적군敵軍의 색출과 항구적恒久的인 제거이다.

국가안보에 있어서는 비록 그것이 '양치기 소년'의 말이라 할지라도 믿어줘야 한다. "늑대가 나타났다!"란 뻔한 거짓말이라고 해도, 설령 그것이 수십 년 동안 반복적으로 행해졌다고 해도 일단은 그것에 대해 '믿고' '반응'을 해야 한다. '이번에도 또 거짓말이었느냐? 아니냐?'에 대한 것은 그다음에 생각할 문제이다. 차후에 진실 여부를 밝혀 확실히 책임을 물으면 되지, 의심부터 해서 미적댈 수 있는 성질의 것이 아니다. 왜냐하면 동화책에서는 비록 양들만 죽임을 당했지만 현실에서는 국민 모두의 재산과 생명이 박탈당하는 것은 물론 최악의 경우 대한민국이 지구상에서 영원히 사라져버릴 수도 있다. 일단 뺏기고 나면 다시는 회복이 불가능하기 때문이다. 이런 점을 분명히 인식하고 최소한 '국가안보 문제'에 있어서만은 국민 모두가 자신의 정치적 지향점을 잠시 뒤로하고 일치된 의견과 단결된 힘을 보여줘야 한다. 그래야만 지난 1953년 정전 이후로 단 한 순간도 '대남적화야욕'을 버리지 않은 북한 공산독재정권의 지휘부에게 우리의 강력한 힘과 분명한 의지를 보여주어 오판을 막을 수가 있게 된다. 또한 현재 국내에서 활동하며 대한민국 체제의 전복을 꿈꾸고 있는 4만 명인지 5만 명인지 모른다는 그 '정신 나간' 사람들에게도 '새로운 삶에 대한 기회'를 줄 수가 있기 때문이다.

나라를 빼앗기고 나면 나도 그들도 모두가 함께 '죽은 목숨'이 된다는 사실을 그들만 모르는 것 같다.

나라의 존망을 걸고 붙어야 한다

2011년 1월, 소말리아 해적소탕작전의 성공으로 온 나라가 크게 들떴다. 늘 당하고 깨지기만 하던 작은 나라가 어디서 이런 능력을 갖고 있었는지에 대해 우리 스스로가 더 많이 놀라기도 했다. 하지만 무슨 일이든 늘 그렇지만, 모든 사람들이 다 같은 생각을 할 수는 없는 모양이다. 일각에서는 그 같은 군사작전의 성공이 가져다줄 수도 있는 왜곡된 자신감에 대한 경계의 목소리도 나왔다. 또한 소규모 해적을 상대로 한 군사작전의 성공이 대북관계 전반에 대한 오판을 불러올 수도 있다는 우려도 제기되었다. 하지만 작은 것을 지키지 못하면 큰 것도 지키지 못하는 법이다. 당시 진압작전이 성공하기 전까지만 해도

'과연 군사작전을 통한 인질구출의 경험이 전혀 없는 우리가 해낼 수 있을까'란 강한 의구심이 있었다. 또한 작전 실패에 따른 엄청난 인명 손실의 가능성을 염두에 두고 두려움에 떨기도 했다. 그간 해적들이 노렸던 것이 바로 이 점이었다. 이미 수차례 우리 상선을 납치하여 엄청난 액수의 배상금을 가져갔으면서도, 또다시 한국 배만 보면 눈에 불을 켜고 달려든 이유가 바로 여기에 있었던 것이다.

미국 유학시절 국외 위탁교육을 나온 한 해군 장교에게 '만약 일본이 독도를 공격한다면 막아낼 능력이 있느냐'는 질문을 던진 적이 있었다. 그런데 그 해군 장교로부터 '현재의 우리 해군력으로는 솔직히 일본을 막아내기가 어렵다'는 실망스런 대답을 들어야 했다. 그래서 '만약 그런 사태가 발생하면 독도는 포기해야 하는가? 결과가 뻔한 싸움에 애꿎은 희생만 키울 수는 없지 않은가?'라고 다시 그에게 물었다. 그러자 그 해군 장교는 내게 이런 말을 해주었다.

"나라의 존망을 걸고 일본과 붙어야 합니다. 작은 섬 독도에서부터 밀리기 시작하면 다음에는 우리나라 전체를 내놓으라고 할 것입니다. 비록 무기는 우리가 떨어지지만, 싸움은 무기만 가지고 하는 것이 아닙니다. 우리 국민 전체가 죽기를 각오하고 싸운다면 우리보다 더 강한 적도 반드시 물리칠 수 있을 것입니다."

꽤 오랜 시간이 흘렀지만 나는 지금도 그때의 감동을 잊을 수가 없다. 그때 알았다. 비록 영토의 크기는 작지만 대한민국의 국력과 정신력은 결코 주변 강대국들의 불의와 침략을 묵과하고 좌시할 만큼 작지 않다는 것을 말이다.

북한 문제도 마찬가지다. 북한 수뇌부는 우리가 생각하는 것보다 훨씬 더 영리한 집단이다. 아니 교활하다는 표현이 더 정확할 것이다. 지금까지 북한이 해온 행보를 잘 분석해보면, 절대로 정권 전체의 존망을 걸고 도박하지 않는다는 사실을 금방 깨닫게 된다. 대한민국의 총체적 국력이 북한보다 최소 50배 이상이라는 사실을, 그리고 남북 간의 전면전이 어떤 결과를 초래할 것인지를 어쩌면 저들이 우리보다 훨씬 더 잘 알고 있을 것이다. 루마니아의 차우셰스쿠, 이라크의 후세인 등이 비참한 최후를 맞는 모습을 저들은 우리가 상상하는 것 이상의 엄청난 충격 속에서 낱낱이 지켜보았을 것이다. 따라서 불을 보듯 뻔한 결과가 예상되는 도박에 교활한 저들이 자신이 가진 모든 것을 올인하는 일 따위는 절대 일어나지 않는다.

2011년의 소말리아 해적소탕작전은 단순히 해적 몇 명을 해치운 것 이상의 큰 의미를 가지고 있다. 그것은 바로 그 작전이 우리 국민에게 우리나라의 현재 위상에 걸맞은 '국가적 자신감'을 심어주었다는 것이다.

경제도 그렇고 국방도 그렇고, 우리는 세계가 우리를 바라보는 수준보다 늘 우리 스스로에 대해 과소평가하는 경향이 있었다. 아마도 그것은 세계 최강국으로 둘러싸인 우리의 지정학적 위치에서 기인하는 바가 컸을 것이다. '만약 지금의 대한민국이 아프리카나 남미 대륙쯤에 위치했다면 어떠했을까?'란 상상을 해보면 쉽게 그 답을 얻을 수 있다. 그런 의미에서 2011년 해적소탕작전은 우리 국민에게 스스로에 대한 신뢰와 건강한 자신감을 가져다준 참으로 소중한 계기가 되었다. 죽기를 각오하고 전장에 나서는 군인들이 있고, 그 군인들을 믿고 아끼며 전폭적으로 지원하는 국민들이 있는 한 그 어떤 외적도 이 나라를 넘보지는 못할 것이다. 나는 작지만 강한 나라 '대한민국'의 저력이 바로 여기에서부터 시작된다고 믿는다.

우리가 스스로의 능력을 신뢰하고 우리의 역량을 모아 일치단결한다면 북한은 말할 것도 없고, 우리보다 국력이 큰 나라들과의 관계에 있어서도 과거와 같이 일방적으로 끌려가지는 않을 것이다. 국익을 위해 참고 숙여야 할 때가 있지만, 때론 더 큰 국익을 위해 모든 것을 걸고서 강대국과 맞설 수 있는 배포와 자신감도 있어야 한다. "우리가 두려워할 것은 두려움 그 자체"라고 말한 루스벨트Franklin Roosevelt의 말이 앞으로 이 나라의 국가경영에 있어서도 꼭 필요한 교훈이란 생각이 든다.

한미 FTA – 새로운 도전과 경쟁

세상에는 반드시 성공하는 투사도 반드시 실패하는 투자도 없다. 동전의 양면처럼 늘 성공과 실패는 함께 가는 것이다. 오히려 위험부담이 클수록 돌아오는 이익도 큰 법이다. "high risk, high return.", 미국에서 경영학 수업을 들을 때 수없이 듣던 말이다. 만약 누군가가 '무조건 성공한다.', 혹은 '무조건 실패한다'는 식으로 얘기한다면 일단 그 사람을 의심부터 해보는 것이 더 큰 손해를 줄일 수 있는 길이다.

협상도 마찬가지다. 지금이 무법천지 약육강식의 제국주의 시대도 아닌데 강대국이라고 해서 마냥 자신에게만 유리한대로 협상을 끌고 갈 수는 없는 노릇이다. 마찬가지로 약소국이라고 해서 일방적으로 불리한 협상안을 강압에 의해 받아들이지도 않는다. 물론 사람이 하는 일이니 정확히 50대 50으로 유불리가 나뉘지는 않겠지만, 그래도 엇비슷한 선에서 접점을 찾아가는 것이 세상의 이치이다. 좀 손해다 싶은 부분이 있으면 반드시 그 손해를 만회하는 다른 부분이 있게 마련이다. 머리 좋기로는 세계에서 첫째 둘째를 다투는 우리 민족이 상대에게 유리한 것을 모두 내어주고 혼자서 모든 손해를 받아들일 만큼 그리 호락호락하지도 않다.

결국 중요한 것은 다소간의 유불리가 아니라 그 이후에 벌어질 과정과 결과이다. 치열하게 준비하고 노력해서 우리가 더 많은 이득을 차지하면 우리가 이기는 것이다. 막연한 장밋빛 환상을 조장하는 세력과 최악의 시나리오를 들이대며 국민을 불안 속으로 밀어 넣는 두 세력 모두를 경계하고 의심해야 한다. 앞에서 예를 든 '무조건 성공한다.' 혹은 '무조건 실패한다'는 식으로 말하는 사람들을 대하는 것처럼 말이다. 미국에서 공부할 때 자신이 원하는 결론을 얻기 위해 샘플을 조작하거나, 자신에게 유리한 샘플만 취하는 것은 심각한 범죄행위라고 귀에 못이 박이도록 들었다. 어찌 이것이 경제학이나 정치학에만 적용되는 원칙이겠는가?

지금 이 땅에서 자신의 유불리에 따라 여론을 극단으로 몰아온 세력들은 늘 이런 범죄를 일말의 양심의 가책도 없이 버젓이 저질러 왔다. 무식하다고 해야 할지 아니면 교활하다고 해야 할지, 그들의 진짜 수준이 헷갈릴 때가 많다. 하지만 좀 더 깊이 들어가 보면 결국 이런 자들이 이 땅에서 목소리를 높일 수 있는 이유는, 바로 깊은 고민과 공부는 하지 않고 얇은 귀로 쉽게 흥분했던 우리들 때문이었음을 깨닫게 된다. '민심은 천심'이라고 했는데 지금 그 천심을 '이성적이지 못하다,' '게으르다'며 탓하고 있는 것이다. 아마도 내가 국회의원쯤 되어 이런 발언을 했다면 분명 '낙선·낙천 리스트'의 맨 윗줄을 차지할 만큼, 쉽게 꺼내기 어려운 주제와 주장을 지금 이 순간 용기를 내어 논하고 있는 것이다.

초등학교 시절부터 30년 넘게 품어온 내 오랜 꿈은 통일된 내 조국이 '강대국의 반열'에 오르는 영광된 순간을 목격하는 것이다. 그래서 우리나라의 풍요가, 그리고 그로 인해 자유롭고 넉넉해진 국민의 삶이 내 당대를 넘어 우리 아이들과 그 아이들의 아이들에게까지 오랫동안 전해지는 것이다. 그 목표를 이루기 위해서 안타깝지만 지금 우리는 끊임없이 도전과 경생의 선생터로 스스로를 내던질 수밖에 없다. 고속도로를 스무 시간 동안 달려도 또다시 새로운 길이 이어지는 미국과 같은 대국도 아니고, 뒷마당 어디에 석유가 묻혀 있을지 알 수 없는 중동의 자원 부국도 아닌, 땅 좁고 자원 없는 작은 나라가 바로 우리나라이기 때문이다.

돌이켜 생각하면 이처럼 불리한 여건이 어쩌면 우리의 가장 큰 무기일지도 모른다. 한쪽 길이 막히면 반드시 다른 쪽 길은 열려 있는 것이 세상의 이치이기 때문이다. 그래서인지 신은 세계 최고의 두뇌와 근성을 우리 민족에게 주셨다. 분명 우리는 미국과의 FTA에서 별 재미를 못 본 남미국가들과는 다른 길을 걷게 될 것이다. 미국에서 십 년 가까이 살면서 느낀 것이지만, 우리가 정신 똑바로 차리고 한번 제대로 붙어보면 충분히 승산이 있는 곳이 바로 미국 시장이다. 우리에게 없는 것을 탓하지 않고 우리가 가진 것을 들고 용감하게 밖으로 나간 우리 선대들처럼 겁먹지 말고 열심히 노력해가면 된다. 우리 앞에 놓인 한미 FTA라는 새로운 도전과 경쟁을 두려워하지 않고 온 국민이 똘똘 뭉쳐 싸워간다면, 분명 우리의 선대가 이룩한 그 놀라운 '한강의 기적'을 뛰어넘는 위대한 '한반도의 비상'을 우리 세대가 이룩해 낼 수 있을 것이다.

G2시대, 미국과 중국 사이

수년 전 진보진영에서 대통령 후보군에 이름을 올렸던 한 중진 정치인이 국회의원 선거에 떨어진 뒤 미국으로 건너가 일 년 정도 머문

적이 있었다. 그는 "미국에 와보니 기존에 가졌던 미국에 대한 생각이 많이 바뀌었다"며 소회를 피력했는데, 이 말이 내게는 꽤 충격적으로 들렸다. '대통령을 꿈꾸는 유력 정치인이 어떻게 미국의 잠재력과 위상에 대해 몰라도 저렇게 몰랐을까' 하는 점도 그렇지만, 겨우 일 년, 그것도 어학연수 수준의 미국 생활을 통해 보고 들은 것으로도 저렇게 쉽게 생각이 바뀔 수 있다는 사실이 더욱 놀라웠다. 그가 한국에서 가졌던 기존의 정치적 외교적 입장이란 것이 그만큼 주관적, 피상적, 감정적이었다는 사실을 스스로가 입증한 셈이었기 때문이다.

지금 세계는 '동서냉전 시대' '팍스아메리카나 Pax Americana'를 거쳐 'G2시대'라고 불리고 있다. 그만큼 하루가 다르게 국력이 커지고 있는 중국의 기세와 파워를 국제사회도 크게 인식하고 있다는 것을 의미한다. 하지만 내가 단언할 수 있는 것은, '앞으로 백 년 내에는 결코 1등의 자리가 미국에서 중국으로 바뀌지는 않을 것'이란 사실이다. 단순히 경제력·국방력 등의 단편적인 요소가 아니라, 국가 시스템의 수준과 그것을 운영하는 사회의 성숙도, 구성원의 수준을 냉정하게 비교해서 내린 결론이다. 비록 이것이 내 개인적인 의견이기는 하지만, 유학시절 나와 같은 교실에서 공부했던 북경대, 청화대 출신 중국 엘리트들의 생각도 크게 다르지는 않았다.

세계에서 가장 먼저 우주시대를 열었던 뛰어난 과학 기술력과 이를 토대로 세계 최강의 국방력을 가졌던 나라. 세계에서 가장 넓은 광대한 영토와 엄청난 천연자원, 그리고 세계에서 가장 많은 위성국가를 거느렸던 막강한 경제력과 외교력을 모두 갖춘 나라. 하지만 한순간에 무너져버려 모두를 놀라게 했던 나라. 바로 구소련이다. 과연 몇 년의 시간이 더 흘러야 중국은 과거 소련이 가졌던 그 압도적인 국력과 독보적인 지위를 넘어설 수 있을까? 아마도 쉽지는 않을 것이다. 그처럼 강대했던 소련이 급작스럽게 붕괴된 가장 큰 이유 중 하나가 미국과의 과도한 경쟁이었다는 사실은 지금의 중국에도 많은 것을 시사하고 있다는 생각이 든다.

미국이 소련이나 중국과 같은 경쟁국을 압도할 수 있는 가장 큰 무기는 바로 공산주의 국가 혹은 일당독재국가가 도저히 따라올 수 없는 '국가운영 시스템' 때문이다. 인간의 창의력과 잠재력을 최대한 끌어내는 튼튼한 '자유시장경제체제', 그리고 개인의 자유와 인권을 최대한 보장하여 출신과 배경에 관계없이 자신이 속한 조직에 대한 자발적 충성심을 이끌어내는 '자유민주주의체제'가 오늘날의 초강대국 미국을 만들었다. 비록 자본주의체제를 흉내는 내고 있지만, 트위터나 페이스북마저 차단하고 있는 중국의 폐쇄정책이 자유와 인권, 그리고 이를 바탕으로 뿜어져 나오는 미국사회의 창의력과 역동성에 맞설 수는 없는 노릇이다. 자신이 가진 문제점을 끊임없이 고민하고 용기 있게 밖으로 드러내며 치열하게 싸워나가는 나라는 시대에 따라 굴곡은 있을지언정 한순간에 몰락하지는 않는 법이다. 인구와 영토의 크기가 우리보다도 작은 유럽의 일부 선진국을 제외하면, 현재 미국과 비슷한 규모를 가진 대국 중 미국을 능가하는 국가 시스템을 가진 나라는 단 한 곳도 없다. 바로 이 점이 앞으로도 상당기간 동안 미국이 1위의 자리를 지켜낼 수 있는 강력한 토대가 되어줄 것이다.

현재 우리 사회에서 목소리 큰 사람들의 주장 중 상당수는 정확한 정보에 의한 '객관적 상황인식'이나 국익에 근거한 냉철한 '전략적 판단'에 따른 것이 아니다. 다분히 개인적인 경험과 감정에서 나오는 주관적 시각, 혹은 편향된 샘플이나 단편적 정보에 의한 부정확한 판단에 근거한 것이 많다. 특히 미국이 밉다고 중국 쪽에서 뭔가 돌파구를 찾으려고 하는 사람들은 지금까지 중국이 걸어온 정치적·외교적 행보를 잘 살펴볼 필요가 있다. 그냥 단순하게 생각해봐도, 한반도를 둘러싸고 있는 열강 중 우리의 통일과 그 이후의 과정에서 우리 역사와 영토를 놓고 갈등과 충돌을 일으키지 않을 나라는 미국밖에 없다. 물론 우리가 미국으로부터 받았던 불평등과 차별은 부인할 수 없는 명백한 사실이다. 하지만 향후 중국이 미국의 자리를 대신하게 될 경우, 우리는 과거와 비교조차 할 수 없는 더 큰 설움과 간섭과 손해를 경험하게 될지도 모른다.

아테네, 스파르타, 마케도니아, 카르타고, 이집트 등 '한 시대'를 주도했던 세계적 강자는 많았지만, '천년의 세월'을 지배했던 제국은 로마밖에 없었다. 과연 지금의 미국이 그리고 앞으로의 중국이 아테네, 스파르타, 마케도니아의 길을 걸어갈 것인지, 아니면 로마의 길을 걸을 것인지는 정확히 알 수 없다. 하지만 우리는 냉정한 분석과 판단을 바탕으로 미래를 예측해야만 한다. 이는 강대국에 둘러싸인 대한민

국이 강소국强小國으로 살아남는 길, 더 나아가 진정한 '선진통일 강대
국强大國'으로 커가기 위해 반드시 감당해야 하는 엄연한 현실이기 때
문이다.

저절로 배우게 되는 '반일(反日)'

　어느 휴일 오후, 몇 가지 생활용품을 사기 위해 집 근처 마트에 들
렀다. 평소처럼 간단한 공산품을 천 원이나 이천 원의 저렴한 가격으
로 판매하는 코너에 들렀는데, 갑자기 우리 딸아이가 인상이 굳어지
더니 '여기서 사지 말고 빨리 나가자'고 손을 잡아끌었다. 이유를 물었
더니 그 코너를 운영하는 회사가 '일본회사'라서 그렇다는 것이다.
　"세계가 모두 한 이웃처럼 가까워졌는데 그러면 안 돼. 우리나라
회사도 다른 나라에 가서 물건 많이 팔잖아? 일본회사 거라도 싸고
좋은 물건은 사도 되는 거야."
　요즘 일본 총리를 비롯한 일부 극우파 정치인들의 역사 왜곡, 독도
침탈 야욕, 과거사 발언 등 실로 가소롭고 파렴치한 언행을 보면서 나
역시도 심기가 아주 불편하다. 그렇다고 해서 모두가 감정을 앞세워
무조건 일본을 배척할 수는 없는 노릇이다. 양심과 정신이 온전치 않
은 일부 일본인의 문제를 선량한 다수로 확대하여 모두에게 상처를
주는 것은 결코 옳지 않기 때문이다. 무엇보다도 요즘 같은 글로벌 시

대에 우리 아이가 편협한 국수주의자로 자랄까 봐 가장 염려가 되었다. 하지만 이런 내 설명에도 불구하고 딸애는 불편한 기색을 풀지 않았다. 그리고 내 말이 끝나기가 무섭게 돌직구를 날렸다.

"그냥 일본회사가 아니니까 그렇지. 저 회사는 다케시마 후원 회사란 말이야."

아이가 얼굴까지 붉히며 싫어하는 통에 결국 다른 코너로 옮겨 좀 더 비싼 값을 치르고 비슷한 물건을 사야 했다. 집으로 돌아와 아이의 말이 맞는지 인터넷으로 알아보니, 그 회사가 일본 극우파를 지원했다는 소문은 사실과 다름을 알 수 있었다. 하지만 다케시마 후원 회사가 아니라는 공식 입장을 수차례 밝혔음에도 인터넷상에 유포된 괴소문 때문에 생긴 피해는 쉬이 줄어들지 않고 있었다. 이성을 잃은 일본 내 일부 극단주의자들의 행동 때문에 다수의 선량한 사람들이 함께 피해를 본다고 생각하니 마음이 무거워졌다.

일본이 요즘과 같이 비이성적·비양심적인 행동을 계속한다면, 이를 통해 얻는 것보다 잃는 것이 훨씬 더 많다는 사실을 알아야 한다. 손바닥으로 하늘을 가릴 수 없듯이 과거에 분명히 있었던 역사적 사실을 억지 부린다고 없애거나 감출 수는 없는 법이다. 잘못을 인정하고 사과를 해도 시원찮을 판국에 한일기본조약을 들먹이고 피해보상 완료 운운하며 오히려 당당하기까지 한 일본의 망언과 망동에 피가 역류하는 분노를 느끼지 않는 우리 국민은 아무도 없을 것이다. 과연 일본인들은 과거에 우리가 당했던 모든 험한 꼴을 똑같이 당하고도 돈만 받으면 용서가 되고 모두 없던 일이 될 수 있는 것일까? 부당하게 생명과 명예를 빼앗긴 사람에게 필요한 것은 억만금의 보상이 아니다. 할 수만 있다면 가해자에게 내가 당한 대로 똑같이 되갚아 주고 싶은 것이 인간의 솔직한 마음일 것이다.

그런데도 일본은 지난 1965년 국교정상화 당시 체결된 한일 청구권 협정으로 피해자 개개인에 대한 모든 사죄와 피해보상까지 끝났다고 주장하며 책임을 회피하고 있다. 참으로 부끄러움을 모르는 뻔뻔한 작태이고, 우리 민족을 두 번 죽이는 만행이다. 우리의 말과 글을 금지하고 이름까지 바꿔치기했던 자들이 과연 누구였던가? 우리의 민족정기를 끊기 위해 우리 궁궐의 90%를 파괴하고 전국 방방곡곡의 혈穴 자리에 쇠말뚝을 박아 넣는 치졸稚拙한 짓을 했던 자들이 누구였던가? 조선왕조실록을 비롯하여 지금까지 우리 문화재를 가장 많이 강탈해간 자들은 또 누구였던가? 사기, 회유, 협박을 통해 이제 겨우 열 살 갓 넘은 어린애들까지도 무차별로 잡아가 침략 군대의 성 노리개로 사용한 자들이 누구였는지 정말로 모른단 말인가? 그럼에도 아직까지 우리의 소중한 문화재는 돌아오지 않았고, 억울하게 죽임을 당하고 학대받았던 사람들의 명예도 회복되지 않았다. 수십 년간 수천억 원의 돈을 쏟아 부으며 애를 써도 결국 우리 궁궐은 원상태로 돌아오지 않고, 전국의 명산 곳곳에 박혀있는 쇠말뚝은 뽑아도 뽑아도 그 끝이 보이지가 않는다.

지금까지 미국 의회를 비롯하여 네덜란드, 캐나다, 필리핀, 유럽의회 등 세계 각국이 위안부 문제에 대한 일본의 책임 인정, 공식 사과와 배상을 촉구하고 있는데도 저들은 꿈쩍도 하지 않고 여전히 우리의 심장에 비수를 꽂는 언행을 되풀이하고 있다. 세계사에서도 유례를 찾아보기 힘든 악행을 저질렀으면서도 아직도 망언과 망동을 멈추지 않는다는 것은, 일본이 자신의 잘못을 단 한 번도 진심으로 뉘우치지 않았다고밖에 달리 설명할 길이 없다. 지금 지독하게 꼬여있는 한일관계는 바로 여기에서 비롯되고 있는 것이다.

용서를 비는 것에도 타이밍이 있는 법이다. 시기를 놓치게 되면 아무리 억만금을 들여도 근본적인 용서와 치유는 불가능해진다. 일본군 성 노예로 끌려가 심신은 물론 그 영혼까지 만신창이가 되어 한평생을 극심한 수치와 고통 속에서 살아야 했던 할머니들은 이제 얼마 남지 않은 생의 끝자락에 서 있다. 그 위안부 할머니들은 지금 일본이 주는 돈 몇 푼을 바라는 것이 아니다. 오랜 세월 모진 목숨을 이어가며 할머니들이 기다려온 것은 바로 일본이 스스로가 저지른 천인공노할 만행을 진심으로 부끄러워하고 뉘우치는 모습이다. 그래서 지금 이 순간에도 할머니들은 "일본의 감언이설에 속고 힘이 없어 끌려갔을 뿐, 결코 돈을 위해 내 몸뚱이를 함부로 굴린 '몸 파는 여자'가 아니었다"라고 피를 토하며 울부짖고 계신 것이다.

일본 극우파의 주장처럼 백 년 전 그때는 서로 부끄러움도 모르고 남의 것을 뺏고 뺏는 야만의 세상이었다. 그리고 우리는 그런 세상을 제대로 예측하고 대비하지 못해 제 나라조차 지키지 못한 못난 백성이었다는 주장도 굳이 부정치 않겠다. 그렇기에 우리보다 역사와 문화가 한참 뒤떨어졌다 여긴 섬나라에 국권을 통째로 빼앗기고 노예로 살아야 했던 그 부끄럽고 원통한 기억들을 또다시 떠올리는 게 여간 불편하지 않다. 한시라도 빨리 그런 못난 과거를 털어버리고 미래를 논하는 자리로 나아가게 되기를 어쩌면 우리가 더 간절히 바라고 있는지도 모르겠다. 하지만 조금 앞으로 나아갔다 싶으면 또다시 백 년 전의 과거로 후퇴하기를 반복하는 한일 관계를 볼 때마다 참으로 답답하고 안타까운 마음을 금할 길이 없다.

한일관계를 가로막고 있는 그 과거사라는 장벽은 일본이 극악무도한 죄악을 진심으로 반성하고 사죄하면 충분히 털고 갈 수 있는 일이다. 청산과 단절 없이 아무리 정치인들끼리 웃는 얼굴로 손을 맞잡아도 양국 간의 진정한 용서와 화해, 그리고 미래로의 전진은 결코 이루어지지 않는다. 단 한 번도 일본을 미워하라고 가르치지 않았음에도 철이 들어가면서 자연스레 '반일反日'을 배워가고 있는 우리 딸아이의 모습을 보면 더욱 그러한 생각이 든다. 지금대로라면 내 딸아이가 그러하듯, 딸애의 아이도 또 그 아이의 아이들도 일본을 미워하고 경계하는 마음을 멈추지는 않을 듯하다. 과연 이것이 한일 두 나라의 미래가 되어야 하는 것인지, 진정 일본이 원하는 미래의 한일관계가 이런 것인지를 일본 지도층과 양심적인 일본인들이 냉정히 생각해줬으면 좋겠다.

국가가 지켜주지 못하는 국민은 없어야 한다

헌법 제3조

대한민국의 영토는 한반도와 그 부속도서로 한다.

헌법 제10조

모든 국민은 인간으로서의 존엄과 가치를 가지며, 행복을 추구할 권리를 가진다. 국가는 개인이 가지는 불가침의 기본적 인권을 확인하고 이를 보장할 의무를 진다.

대한민국 헌법은 북한지역 역시 대한민국의 영토임을 분명히 규정하고 있다. 이는 대법원의 판례를 통해서도 확인할 수가 있으며, 헌법재판소 역시 "비록 북한이 국제사회에서 하나의 주권국가로 존속하고 있고, 우리 정부가 북한 당국자의 명칭을 쓰면서 정상회담 등을 제의하였다 하여 북한이 대한민국의 영토고권을 침해하는 반국가단체가 아니라고 단정할 수 없다"고 명확히 밝히고 있다. 비록 현재 대한민국의 주권이 실효적으로 미치지는 못한다 하더라도 한반도의 북한지역은 엄연히 대한민국의 영토이며, 또한 그곳에 거주하는 주민 역시 포괄적 의미에서 대한민국 국민임을 분명히 히고 있는 것이다. 따라서 대한민국 정부는 한반도 북쪽에 거주하는 우리 국민에 대해서도 그 책임과 의무에서 절대 자유로울 수가 없다. 특히나 북한 정권의 반인륜적, 반인권적, 반민주적 독재체제를 벗어나 우리 대한민국의 품에 안기기 위해 목숨을 걸었던 사람들에 대해서는 더더욱 그 책임과 의무를 다해야만 하는 것이다.

라오스로 탈출했던 북한 청소년 9명이 결국 중국으로 추방되고, 2013년 5월 28일 다시 북한으로 끌려가고야 말았다는 소식을 들었다. 15살에서 23살 사이의 아이들이 그 악독한 땅에서 어떤 최후를 맞게 될지를 생각하면 참으로 가슴이 저며 온다. 인간답게 한번 살아보겠다고 수없이 죽을 고비를 넘기며 이역만리까지 걸어갔던 아이들이다. 북한대사관 직원을 라오스 정부에서 보낸 사람으로 착각하고 그 앞에서 "한국으로 가겠다"고 했다는 뒷애기를 전해 들을 때는 비통함과 참담함을 이기지 못해 절로 입술이 깨물어졌다. 이 아이들이 라오스에 도착할 때부터 북한대사관에서 적극 개입하여 결국 다시 북한으로 끌고 갔다고 하는데, 그 시간 동안 과연 우리 정부는 무엇을 하고 있었는지 개탄스럽기만 하다.

어쩌면 북한 아이들을 우리와 같은 대한민국 국민으로 여기지 않았기 때문일지도 모른다. 설사 그렇다 하더라도 그들은 분명 국제법상 정치적 난민이었다. 1951년에 채택된 '난민 지위에 관한 협약'과 1967년에 선포된 '난민 지위에 관한 의정서'에 따르면, '난민'이란 "인종·종교·국적·특정 사회집단에의 소속 또는 정치적 견해를 이유로 박해를 받게 될 것이라는 충분한 이유가 있는 공포 때문에 자국 국적 밖에 있는 자 및 자국의 보호를 받을 수 없거나 또는 그러한 공포 때문에 자국의 보호를 받기를 원하지 않는 자"라고 규정하고 있다. 9명의 아이들이 왜 목숨을 걸고 북한을 탈출했는지, 그리고 다시 북한으로 끌려가 어떤 최후를 맞게 될지를 생각해보면, 왜 그들이 국제법상의 '난민'이었는지 너무도 명확해진다. 그런데도 우리 정부는 그토록 우리나라로 오기를 희망했던 '난민'에 대해서 법적·도의적 책임을 다하지 않았던 것이다. 그들을 다시 북한 땅으로 보내버린 라오스와 중국 정부 역시 비난과 책임에서 결코 자유로울 수 없다.

특히 중국은 지난 1982년 9월에 '난민 지위에 관한 협약'에 가입한 만큼 이에 대한 준수 의무가 있음에도, 1990년대 후반부터 지금까지 10만 명이 훨씬 넘는 탈북자를 강제 북송하는 만행을 저질렀다. 이는 중국 정부가 탈북자를 '난민'이 아닌 '불법이민자'로 규정하고 있기 때문이다. 아직도 중국 정부는 탈북자를 정치적 목적이 아닌 경제적 목적으로 자신들의 국경을 불법적으로 넘은 외국인 범법자로 간주하고 있다. 하지만 이번 라오스 탈북자들의 사례에서 보듯이 많은 탈북자들이 중국 땅에 안주하지 않고 다시 목숨을 걸고 제3국으로 넘어가는 것은, 그들의 최종 목표가 중국 체류가 아닌 북한 독재체제의 억압과 공포에서 완전히, 그리고 영구적으로 벗어나기 위한 정치적 목적에 있다는 사실을 보여준다. 따라서 제3국으로 탈출하여 한국행에 대한 분명한 의사를 밝힌 탈북자들에 대해서라도, 중국 정부가 최소한 북한 땅으로 강제 송환하는 반인륜적, 반인권적 결정은 하지 않았어야 했다. 최소한 이번 사건은 중국 정부가 말해온 '조선 불법 입경

자入境者', 즉 '경제문제를 해결하기 위해 불법적으로 또 반복적으로 중국 국경을 넘은 사람들'이 아니었기 때문이다.

국제사회가 함께 힘을 모아 지키고자 하는 보편적 가치를 존중하지 않는 나라는 아무리 돈이 많고 군사력이 강해도 이웃 나라들로부터 존경과 신뢰를 받는 선진국이 될 수 없다. 비록 중국이 G2라 불리는 강대국이지만 결코 선진국이라 불리지 않는 이유가 바로 여기에 있는 것이다.

"국가가 지켜주지 못하는 국민이 단 한 사람도 없어야 한다."

이번에 국가가 지켜주지 못한 우리 국민 9명의 가슴 아픈 비극을 지켜보면서 다시 한 번 국가의 역량과 역할에 대해서 깊이 생각해 보았다. 국민들이 열심히 일해서 부강한 나라를 만들려는 것은 자랑스럽고 든든한 나라에서 자신의 생명과 재산을 확실히 보호받으며 자유롭고 행복하게 살아가고 싶기 때문이다. 오랜 세월 동안 국가가 무능하여 큰 아픔과 고통을 감내하며 살아야 했던 우리 국민들에게 부강한 국가의 존재는 그래서 다른 어느 나라 국민들보다 더욱 간절하고 절박했다. 이제 세계 10위권의 부국이자 강국이라고 자랑할 만한 나라를 만들어 놓았는데, 국가의 태만 때문에 또다시 어처구니없는 일이 발생했으니 그 안타까움과 실망을 어떻게 말로 다할 수가 있을까? 살려달라고 마지막까지 발버둥치며 울부짖었던 9명의 아이들에게 참 부질없고 염치없지만, 나 같은 사람이라도 우리 정부를 대신해서 "정말로, 정말로 미안하다"는 사죄의 말을 전하고 싶다.

나라 없는 고통, 힘없는 나라의 설움

얼마 전 TV에서 이제 얼마 남지 않은 생의 마지막 시간을 병상에서 담담히 맞고 있는 91세 노인의 모습을 보았다. 그는 징용으로 끌려온 아버지를 따라 세 살 때 일본으로 왔기에 한국말을 못했음은 물론이고 한국에 대한 별다른 기억도 없었다. 그런데도 1950년 6월에 한국전쟁이 발발했다는 소식이 전해지자 주저 없이 한국행 배에 몸을 실었다. 당시 28세의 재일동포였던 그는 이미 결혼한 지 9년이 되어 아내와 아이가 있는 상태였는데도 말이다. 이처럼 한국전쟁 당시 일본 각지에서 조국의 전쟁터로 자원하여 달려온 청년들은 모두 642명이나 되었다. 그렇게 한 번도 가본 적이 없었던 아버지의 나라를 구하기 위해 현해탄을 건넜던 그들은 훗날 겨우 ⅓만이 다시 일본으로 돌아갈 수 있었다. ⅓은 전쟁터에서 죽고, 나머지 ⅓은 가족들이 일본 땅에 살고 있었음에도 불구하고 다시는 일본으로 돌아가지 못했다. 동서냉전 때문에 미국이 서둘러 체결한 샌프란시스코 강화조약이 1952년 4월 28일에 발효되어 주권을 회복한 일본이 한국전에 참전한 재일 한국인들의 재입국을 막았기 때문이다. 자신들의 허락도 없이 한국 땅으로 갔다는 것이 이유였다. 그렇게 일본으로 돌아가지 못한 242명의 청년들은 그 후 30년 넘게 일본 땅을 밟지 못했다. 그리고 그 세월 동안 부모 형제를 먼저 떠나보내고 남겨진 처자식과도 생이별하여, 지금까지도 많은 수가 생사조차 확인하지 못하는 비극과 고통 속에 살아가고 있다.

다행히 TV에 소개된 그 청년은 한국으로 간 지 2년 만에 아내와 아이가 있는 일본으로 돌아올 수 있었다. 하지만 혼자서 살아 돌아왔다는 죄책감으로 여생을 고통 속에서 보내야 했다. 이제 세월이 흘러 가난했던 조국이 어느 정도 살 만한 수준이 되자 대한민국 정부에서 보훈연금이라며 매달 88만 원의 돈을 보내주기 시작했다. 하지만 그는 그 돈을 한 푼도 쓰지 못했다. 내 조국의 국민들이 피땀 흘려 일하고 허리띠를 졸라매서 내는 세금으로 보내주는 돈을 차마 일본 땅에서 쓸 수는 없었기 때문이다. 그래서 그는 매달 그 돈을 통영에 있는 고아원으로 보냈다. 전쟁 통에 부모를 잃고 배고픔에 지쳐 울 힘도 없이 쓰러져 있던 수많은 전쟁고아들이 잊히지가 않았기 때문이다. 그런 그가 이제 생의 끝자락에 서서 마지막 사명이라도 되는 듯 한국 땅에서 묏자리를 찾고 있다. 처자식, 손주 할 것 없이 모두가 일본 땅에서 나고 자랐음에도 홀로 한국 땅에 묻히기를 희망하고 있는 것이다. '내 시신으로나마 조국 땅에 한 줌 거름으로 보태고 싶다'면서 말이다.

이 세상에는 여러 가지 고통의 유형이 존재하지만, '나라 없는 고통'만한 것은 없다고 나는 믿는다. 배고픈 설움, 부모 없는 설움이 아무리 크다고 해도 '나라 없는 설움' '힘없는 나라의 설움'에 견줄 수는 없으리라 생각한다.

불과 한 세기 전만 하더라도 우리는 나라 없는 백성이었다. 항일운동, 강제징용, 미주지역으로의 노동이민, 나라가 무능하고 힘이 없어 눈물을 머금고 조국을 등졌던 사람들이 얼마나 많았는지 모른다. 그리고 반세기가 흐르는 사이 비록 나라를 되찾았지만 우리는 국민소득 70불의 세계 최빈국이었다. 버려진 우리 아이들을 우리 힘으로 키우기가 힘들어 해외로 입양을 보내야 했던, 부끄러운 고아수출대국이었다. 1977년까지도 수만 명의 우리 아들과 딸들을 광부와 간호사로 담보 잡혀놓고 빌린 상업차관으로 도로를 닦고 공장을 세웠던 못난 나라의 백성이 바로 우리였다. 나라 잃은 백성은 살아도 산 것이 아니란 것을, 또 가난하고 힘없는 나라의 국민으로 산다는 것이 얼마나 서럽고 아픈 것인지 우리만큼 잘 알고 있던 사람들도 흔치 않을 것이다.

가끔 주위 사람들이 '정치적 목표가 뭐냐?'고 물어오면 나는 주저 없이 '부국강병富國强兵'이라고 대답한다. 어떤 이는 "너무 고리타분하니 시대에 맞게 좀 더 세련된 것을 찾아보라"고 하고, 또 어떤 이는 "안 그래도 사관학교 출신인데 너무 군대적인 발상이라 안 좋다"는 충고를 곁들이기도 한다. 나를 많이 아끼고 기대하기에 진심으로 걱정하는 것임을 나도 잘 알고 있다. 하지만 아무리 몇 날 며칠을 다시 고민하면서 더 세련되고 더 멋져 보이는 것을 찾아봐도 '부국강병'만큼 내 가슴을 뛰게 하는 표현을 찾을 수가 없었다. 나라가 잘 살아서 국민들이 넉넉하고 안전하게 살고, 또 나라의 힘이 강해서 더 이상 외세의 간섭을 받지 않고 국가생존의 문제를 우리의 힘으로 감당할 수 있는 그런 나라가 내가 꼭 이루고 싶은 나라이기 때문이다.

"이게 무슨 꼴입니까? 지금 내 가슴에서 피눈물이 납니다. 광부 여러분, 가족이나 고향 생각에 괴로움이 많을 줄 알지만…비록 우리 생전에는 이룩하지 못하더라도 후손들에게만큼은 잘사는 나라를…물려줍시다. 열심히 합시다. 나도 열심히…."

故 박정희 대통령이 독일에서 광부들을 만나 눈물을 흘리며 했다는 이야기다. 대통령이 국빈초청을 받고도 타고 갈 비행기가 없었던 나라, 그래서 초청국에 "비행기가 없다. 서독은 잘사는 나라이니 비행기 좀 제공해 주면 안 되겠느냐"라는 기도 안 찬 소리를 했던 참으로 형편없던 나라. 너무 힘들고 위험해서 파키스탄, 터키 노동자들도 도망간 광산에서 일하기 위해 대졸자들이 뇌물을 주어 가짜 증명서까지 만들고, 정부에서는 광부 합격자를 마치 고시합격자 발표하듯이 각 신문에 명단까지 실었던 정말로 가난하고 부끄러웠던 나라. 도무지 희망이라고는 보이지 않아 세상 모든 사람들이 포기했던 그 나라가 올림픽, 월드컵, 세계 엑스포를 차례로 개최하고 G20 의장국의 반열에 오르는 부강한 나라가 되었다. 이제는 생존을 위해서가 아니라 학위를 받고, 여행을 하고, 더 큰 풍요를 만들기 위해 세계 곳곳으로 진출하는 나라가 되었다. 식민주의를 경험하고 독립한 백여 개의 신생국가들 중 유일하게 채 50년도 안 걸려 선진화와 민주화를 동시에 이룩해낸 위대한 나라가 된 것이다. 바로 1964년 서독의 루르 탄광에서 '우리 후손들에게만큼은 잘사는 나라를 물려주자'고 우리의 윗세대들이 눈물로 다짐하고 피땀으로 노력한 덕분에 말이다.

선대들이 닦아놓은 그 건실한 토대 위에 이제 부강하고 자유로운 나라, 나눔과 섬김이 넘쳐나는 사회를 만들어 내는 것이 우리 세대에게 주어진 역사적 사명이라고 나는 믿는다. 우리 윗세대들처럼 '비록 우리 생전에는 그것을 다 이루지 못하더라도 우리 후손들에게만큼은 그런 살 만하고 자랑스러운 나라를 꼭 만들어주자'는 그 간절한 마음을 갖고서 말이다. 그러한 꿈과 희망을 위해서라도 나는 매일매일 주어진 자리에서 최선을 다하며 살아갈 것이다.

신뢰의 리더십, 감동의 정치

두 정적(政敵) 이야기

조선 시대에 두 정치가가 있었다. 유년 시절 동문수학同門修學했던 친구 사이로 함께 과거에 급제한 뒤 출사出仕하여 서로 앞서거니 뒤서거니 하며 출세가도를 달렸다. 하지만 지위가 높아질수록 국정을 운영하는 방식에서 서로 충돌하며 각기 다른 정파政派에 속하여 치열하게 경쟁하는 사이가 되어버렸다. 다시 말해서 정적政敵 관계가 되어버린 것이다. 그렇게 세월이 흘렀고 둘은 각기 자기 정파에서 수장의 반열에까지 오르게 되었다. 그리고 높아진 지위만큼 그들의 경쟁과 대립의 강도도 함께 높아져만 갔다. 상대를 무너뜨리기 위해 때론 목숨을 걸고 싸우는 모습을 보며, 사람들은 둘 사이가 회복 불가능한 마지막 선을 넘었다고 여겼다.

　그러던 중 한 친구가 중병에 걸려 그만 자리에 눕고 말았다. 어떻게든 병을 고치기 위해 백방으로 좋다는 약을 구해서 써보았지만 그야말로 백약이 무효였다. 그렇게 병이 중해져 가던 어느 날 '병에 탁월한 효험이 있다'는 서신書信과 함께 효능이 잘 알려지지 않은 약재가 전해져왔다. 그런데 알고 보니 오랜 세월 동안 죽기 살기로 싸워왔던 그 정적이 보낸 것이었다. 그간의 악연으로 미루어 보건대 절대로 자기 아버지를 도와줄 자가 아니라고 판단한 아들은 즉시 의원을 불러 그 약의 성분을 조사해 보았다. 아니나 다를까 그 약은 바로 비상砒霜; 강한 독성을 가진 물질이었다. 크게 분노한 아들은 이 사실을 아버지께 고하고 당장 보복하자고 제안했다. 그런데 어떻게 된 영문인지 아버지는 즉시 약을 달여 오라고 명했고, 결국 그 '비상'을 복용하고 기적처럼 건강을 회복하였다. 며칠 뒤 약을 보낸 친구가 이 이야기를 전해 듣고서는 "그 아버지에 그 아들인 줄 알았는데, 아들은 아버지만한 그릇이 아니었구먼" 하고, 친구 아들의 무지와 옹졸함을 나무랐다고 한다.

　세상은 이 두 정적이 서로 잡아먹지 못해 안달한 사이라고 여겼지만, 실상 이 두 사람은 상대의 능력과 인품을 진심으로 인정하고 서로 깊이 존경하는 사이였다. 비록 정치적 지향점이 달라 늘 첨예하게 대립했지만, 마음속 깊은 곳으로는 훌륭한 인품과 식견을 갖춘 친구가 반대편에서 국정의 균형을 잡아주는 것을 늘 귀하게 여겨왔다. 서로에 대한 이런 존경과 신뢰의 마음이 있었기에 '오해받고 곤경에 빠질 것'이라는 주위의 만류에도 불구하고 중병이 든 옛 친구에게 '비상'을 보낼 수 있었던 것이다. 그리고 '독약'을 받아든 다른 친구 역시 아들의 만류를 뒤로하고 그것을 마실 수 있었던 것이다. 이 얘기를 전해들은 세상 사람들은 친구 간의 진한 우정과 두 정치 거물의 배포에 크게 감동받고 머리를 숙였다고 한다.

들은 지 벌써 20년도 더 된 이 이야기가 어디까지 진실이고 어디까지 꾸며진 것인지 나는 잘 모른다. 하지만 처음 이야기를 들었던 스무 살 청년 시절이나, 20년이 지나 불혹을 넘긴 지금이나 이 이야기를 떠올릴 때면 나는 늘 가슴이 뛴다. 앞으로 정치를 하여 세상을 바꾸어 보고 싶다는 스무 살짜리를 앞에 두고 이런 이야기를 해주신 그 선배님의 깊은 뜻을 이제는 조금 알 것도 같다. 비록 치열하게 싸우더라도 늘 상대에 대한 존경과 신뢰를 잃지 말고 예의와 정도正道를 지켜가라는 가르침이 아니었나 싶다. '쩨쩨한 수단이나 방법'을 뜻하는 '꼼수'에 사람들이 열광하는 이 나라 정치의 안타까운 모습을 하루라도 빨리 극복하고 싶다. 그리고 그 자리에 '믿음의 정치' '상생의 정치' '희망의 정치'를 심어 사람들의 마음을 좀 더 따뜻하고 여유롭게 만들 수 있는 그런 새로운 정치의 시대를 꼭 열어 가고 싶다.

대통령의 마지막 국정연설

지난 대선 때 나와 다른 진영의 후보를 선택했던 친구가 있다. 그 친구는 대선 후에도 상당 기간 앙금을 풀지 않았고, 술자리가 있을 때마다 자주 나와 주장이 부딪쳤다. 나 역시 친구의 억지스런 모습이 못마땅했던 터라 조목조목 문제점을 반박하곤 했다. 어느 순간 분을 참지 못한 친구는 결국 이렇게 소리치고야 말았다. "그냥 좀 들어주면 안 되냐? 네가 나보다 공부도 많이 하고 정치에 대해서 훨씬 많이 아는 걸 나도 알아. 그렇다고 너보다 못난 사람들이 모두 다 입 다물고 살아야 하는 건 아니잖아? 그냥 잠자코 듣고 있으면 어디 탈이라도 나냐? 그냥 그렇게라도 우리 심정 좀 알아달라는 거야. 어차피 너희가 이겼잖아." 억울함과 섭섭함이 가득한 목소리였다.

퇴임을 앞둔 이명박 대통령의 마지막 대국민연설을 지켜보는 내내, 그 친구의 모습이 떠올랐던 건 왜였을까? 2007년 대선 당시 이명박 대통령 후보 캠프의 전략기획팀에서 일했지만, 나는 지난 정부에서 무슨 특별한 혜택을 입지도, 그렇다고 피해를 보지도 않았다. 초기 멤버가 아니라 당내 경선이 끝난 뒤 선배의 추천으로 합류한 탓에, 시종일관 제3자의 입장에서 권력을 잡은 그들의 모습을 지켜보아야 했다. 솔직히 말하자면, 잘 나가는 그들이 누리는 영화를 부러워하기도 하고, 때론 그들의 실정과 전횡에 분노하면서 5년의 세월을 보냈다.

이처럼 개인적으로는 이명박 정부에 좋지 않은 감정을 갖고 있지만, 그렇다고 해서 세상이 평가하는 것처럼 이명박 정부를 마냥 '실패한 정부'라고 생각하지도 않는다. 잘못한 것이 많았지만 그만큼 잘한 것도 많다고 여기기 때문이다. 잘한 일은 모두 덮어두고 잘못한 부분만 부각하여 지난 정부를 '전적으로 실패한 정부'로 낙인찍는다면, 과연 이 땅에 '성공한 정부'가 존재할 수 있을까?

우리나라는 지난 60여 년간 세계에서 가장 성공적으로 산업화와 민주화를 동시에 발전시킨 '위대한 나라'로 인정받고 있다. 매번 '실패한 정부'가 반복하여 출현했는데도 어느 날 문득 돌아보니 '위대한 나라'가 되어 있다는 주장이 논리적으로 가능한 것일까? 역대 모든 정부는 그 시대에 걸맞은 나름의 역할을 했고, 공功과 과過를 동시에 남겼다. 상대적으로 잘한 일과 잘못한 일에 대한 비율이 다를 뿐이다. 따라서 이명박 정부에 대한 평가 역시 좀 더 시간을 두고 판단하는 것이 옳으며, 평가의 주체는 우리보다 더 중립적이고 합리적 평가가 가능한 후세들의 몫이 되어야 한다.

그럼에도 불구하고 이명박 대통령의 고별 연설은 내게 많은 아쉬움을 남겼다. 자신의 과過에 대한 평가를 후세에 맡기자고 했으면, 자신의 공功에 대해서도 동일한 기준을 적용했어야 했다. 최초 20분 예정되었던 연설을 3, 4분 넘길 정도로 할 말이 많았다면, 그 중 얼마의 시간만이라도 자신이 하고 싶은 말이 아닌 국민이 듣고 싶었던 얘기를 하는 데 써야 했다. 지난 5년 내내 눈 가리고 귀 막은 채 자기가

하고 싶었던 얘기를 그만큼 했으면 됐지, 뭐가 부족해서 마지막 순간
까지 저럴까 하는 생각을 떨칠 수가 없었다. 단 몇 분만이라도 자신과
측근들의 오만과 잘못으로 상처받고 고통받았던 사람들에 대해 진심
으로 사죄와 위로의 말을 건넸다면 얼마나 좋았을까. 스스로 아무리
잘했다고 떠들어도 듣는 사람들이 인정하지 않으면 공허한 울림에 불
과하다. 하지만 아무리 큰 잘못을 저질렀다 하더라도 머리 숙여 진심
으로 사죄한다면 가슴 한편이 자연스럽게 열리는 것이 또한 사람의
마음인 것이다. 자신의 업적을 인정해 주지 않는다고 마지막 순간까
지 억울함을 호소하는 대통령을 바라보며, 국민들의 평가가 왜 그렇
게 박할 수밖에 없는지 수긍이 갔다. 과연 수십 년이 지난 후대에서
는 이명박 정권을 어떻게 평가하게 될지 새삼 궁금해진다.

책임지는 리더십이 그립다

1944년 6월 5일, 제2차 세계대전의 운명을 결정할 노르망디 상륙
작전을 하루 앞두고 연합군 총사령관 드와이트 아이젠하워Dwight Eisen-
hower는 조용히 책상에 앉아 짧은 메모 한 장을 작성했다.

'셰르부르 항 지역Cherbourg-Havre area에 대한 우리의 상륙작선은 만속
할 만한 발판을 마련하는 데 실패하고 말았습니다. 그리고 저는 우리
부대를 철수시켰습니다. 지금 이 시점에서 이 지역을 공격하도록 한

제 결정은 가용한 최상의 정보를 바탕으로 내려졌습니다. 그리고 우리의 육해공군은 용맹하고도 헌신적으로 임무를 완수하기 위해 모든 것을 다 바쳤습니다. 따라서 그러한 (상륙작전의) 시도에 대해 비난과 책임은 전적으로 저 혼자만의 것입니다.'

아이젠하워는 다음날 실시될 노르망디 상륙작전이 예상과 달리 실패로 돌아갈 경우, 이에 대한 책임을 혼자서 짊어질 준비를 그렇게 하고 있었던 것이다.

아이젠하워는 강렬한 카리스마를 가지고 있었던 맥아더Douglas MacArthur나 루스벨트Franklin Delano Roosevelt와는 비교도 되지 않는 평범한 인물이었다. 하지만 그는 연합군의 최고사령관이 되어 세계대전을 끝냈고, 훗날 국민의 선택을 받아 세계 최강국인 미국의 대통령에까지 오르게 된다. 이처럼 아이젠하워가 세계사의 중요한 순간순간마다 대중의 선택을 받아 일할 수 있었고 또한 지금까지도 큰 존경과 사랑을 받고 있는 이유는, 바로 그가 늘 '책임지는 리더십'을 보여주었기 때문이다.

아이젠하워가 보여준 그 고귀한 '책임감'이 그리운 것은, 우리 사회에서는 좀처럼 그러한 리더십을 찾기가 어렵기 때문이다. 시대를 탓하고, 여건을 탓하고, 반대 세력을 탓하고, 심지어 국민을 탓하는 모습까지 보아야 했다. 어느 시대 어느 나라든 늘 그 시대가 직면한 어려움과 풀어야 할 많은 문제가 있다. 그러한 난관을 이겨낼 의지와 결과에 책임질 준비도 되어있지 못하다면 애초부터 공직에 나오지 말아야 한다. 소대장 시절 비슷한 나이 또래의 병사들을, 심지어 나보다 나이가 더 많은 부하들을 지휘 통솔할 수 있었던 것은 내가 그들보다 계급이 높았기 때문이 아니다. 별로 뛰어난 것도 없이 매사에 계급으로 내리누르려는 신참 소위少尉와 병사들 간의 갈등이 결국 큰 군기 사고로 이어지는 경우를 심심치 않게 보았다. 나이 어린 소대장이 수십 명의 머리 굵은 부하들을 지휘할 수 있는 것은 바로 그 소대 내에서 '가장 큰 책임'을 지고 있기 때문이다. 그러한 책임의 무게가 온전히 계급장의 무게가 되어 부하들을 지휘 통솔할 수 있는 힘을 부여받게 되는 것이다.

'친애하는 미드Meade 장군, 나는 이번에 리Lee 장군이 도망치게 됨으로써 생기게 될 그 불행한 사태에 대해 장군이 제대로 평가하지 못했다고 생각합니다. 분명 당신은 리 장군을 쉽게 잡을 수 있었고, 최근 우리가 올린 다른 성공적인 전과와 더불어, 이번 전쟁을 끝낼 수도 있었습니다. 하지만 이번 일로 말미암아, 이제 전쟁은 기약도 없이 길어지게 되었습니다.'

자신의 휘하에 있는 미드 장군이 옛 친구였던 남부군 총사령관 리 장군과의 우정을 저버리지 못해 추격을 포기했을 때 링컨의 분노는 극에 달했다. 그 작전에서 리 장군을 섬멸했다면 전쟁을 끝낼 수도 있는 결정적인 기회였기 때문이다. 그래서 작전 실패에 대한 보고를 받고서 링컨은 이와 같은 분노와 원망의 편지를 미드 장군에게 썼던 것이다. 하지만 미드 장군은 끝내 이 편지를 받아보지 못했다. 그 날 밤을 꼬박 지새운 링컨이 고민에 고민을 거듭한 끝에 결국 부치지 않았기 때문이다. 이 편지는 링컨의 사후에 그의 서류함에서 발견되면서 세상에 알려지게 되었다. 그렇게 링컨은 자신의 개인적인 감정을 억누르고 국가 전체를 생각하면서 전쟁의 다음 국면을 준비하였던 것이다. 그랬기에 링컨은 작전 실패 후 대통령의 큰 실망을 감지한 미드 장군이 사직서를 올렸을 때 이마저도 받아들이지 않았던 것이다. 링컨의 다음 편지는 이 같은 '선공후사先公後私 멸사봉공滅私奉公'의 리더십을 단적으로 보여주고 있다.

'존경하는 미드 장군, 지금 즉시 리 장군을 추격하세요. 그리고 리 장군의 군대가 강을 건너기 전에 빨리 공격하세요. 만약 이번 추격 작전이 실패한다 하더라도 당신은 그 책임에서 자유로울 것입니다. 그리고 작전이 성공했을 시에는 그냥 이 편지를 없애 버리세요.'

작전이 성공하면 그 모든 공을 미드 장군 당신이 갖고, 만약 실패하면 그 모든 책임을 대통령인 자신이 지겠다는 것이다. 작전이 실패하면 '장군은 그저 대통령인 나의 명령을 따랐다'며 그 책임을 돌리라는 뜻에서, 링컨은 미드 장군에게 '증거물'로 그 편지를 적어주었던 것이다. 그리고 작전에 성공하면 편지를 찢어버려 이번 작전이 대통령의 지시에 의한 것이 아니라, 전적으로 미드 장군 자신의 전략에 의한 승리였다고 세상에 알리라는 것이다. 자신의 개인적인 감정을 억누르고 참아내면서 끝까지 부하들을 신뢰하고 격려했던 링컨의 이 같은 리더십이 있었기에, 결국 미국은 나라가 쪼개지는 절체절명의 위기를 극복하고서 오늘날과 같은 번영의 토대를 닦을 수가 있었던 것이다.

국민은 자신이 선택한 리더십이 늘 성공할 수만은 없다는 사실을 잘 알고 있다. 그리고 그러한 리더십의 실패를 함께 껴안고 극복하기 위해 기꺼이 함께 노력할 마음의 준비도 되어 있다. 주어진 사명에 감사하며 몸을 낮출 줄 아는 '겸손한 리더십', 그래서 맡은 자리에서 최선을 다해 일하는 '성실한 리더십', 그럼에도 불구하고 그 결과가 좋지 않을 때는 온전히 자신의 책임으로 돌리고 머리 숙여 용서를 구할 줄 아는 '책임지는 리더십', 그리고 실패에 굴하지 않고 오뚝이처럼 다시 일어날 수 있는 '포기를 모르는 리더십', 지금 힘겹게 어려운 시대를 살아가고 있는 서민 대중들은 그런 리더십을 기다리고 있다.

지도자의 소신

예전에 소대장 생활을 할 때 장교 수첩 맨 앞쪽에 이런 글을 적어 놓았다.

지도자에게 비난이란 아주 자연스러운 것이며, 비난이 반드시 해를 깨치지는 않는다는 점을 깨달아야 한다.
먼저 어떤 상황에서든 지도자는 비난과 함께 살아가야 한다는 사실을 받아들여야 한다. 그런 다음 그 비난에 가장 효과적이고도 창조적으로 대처하는 방법이 무엇인지를 늘 고민하고, 그것을 연습하여 익숙해지도록 만들어야 한다.

〈비난에 대처하는 방법〉

1. 비난을 그 즉시 무시하지는 말라.

2. 비난 때문에 낙심하지 말라.

3. 비난 때문에 도덕성을 잃지 말라.

4. 비난에 좌지우지되지 말라.

5. 비난을 사람에 대한 것으로 받아들이지 말라.

6. 비난 뒤에 숨겨져 있는 진짜 이유를 찾도록 하라.

남들 앞에 서야 하는 사람은 늘 민심의 향배를 주의 깊게 살피고 바닥의 목소리에 귀를 기울여야 한다. 그렇다고 해서 항상 많은 사람이 원하는 방향으로만 결정을 내려야 한다는 뜻은 아니다. 다수가 원하는 대로만 해서 반드시 성공할 수 있다면 이 세상 그 어디에도 실패하는 리더십은 없을 것이다. 다수의 주장 중 상당수는 개인과 집단, 특정 지역의 이해관계나 이기심에서 비롯된 것이기 때문이다. 혹시 정보가 왜곡되거나 상황인식이 부족한 것은 없는지, 근시안적인 판단은 아닌지 늘 살펴보아야 한다. 지도자는 천만인이 모두 '아니다'라고 해도 때에 따라서는 혼자서 '맞다'고 외칠 수 있어야 하며, 천만

인과 맞서 소신을 피력하고 설득할 수 있어야 한다.

대중과 눈높이를 맞추는 '열린 마음'만큼이나 지도자에게 중요한 자질은 돌팔매를 맞으면서도 소신을 지킬 수 있는 '용기'이다. 어쩌면 대중의 뜻에 부합하는 열린 마음을 갖는 것보다, 대중의 뜻에 반하는 용기를 갖는 것이 훨씬 더 어려운 일일 것이다. 훗날 어떤 부정적인 결과를 초래하든지 간에, 지금 당장 사람들의 마음에 드는 언행이나 정책으로 칭찬을 듣고 인기를 누리는 것이 훨씬 더 쉽고 달콤하지 않겠는가? 다수의 정치인들이 대중을 이끌기보다 대중의 뜻을 따르는 포퓰리즘populism에 빠지는 것도 당장의 비난을 참고 이겨내기가 버겁기 때문이다. 훌륭한 지도자는 혹독한 상황을 견디며 꿋꿋하게 소신을 지켜낼 수 있는 사람이어야 한다. 누구나 지도자를 비난할 수는 있어도, 누구나 지도자가 될 수는 없는 이유가 바로 여기에 있다.

정치인의 실수 그리고 거짓말

2006년 봄, 한나라당 서울시장 후보 선거캠프에서 그 젊은 정치인을 처음 보았다. 귀공자같이 잘 생긴 외모에 딱 부러지는 언행까지, 한눈에 봐도 뛰어난 '엘리트'임을 알아차릴 수가 있었다. 2004년 국회의원선거에서 고배를 마셨지만, 이미 원외위원장이라는 위치에 있었기에 무관無冠이었던 내가 그와 마주칠 수 있는 기회는 그리 많지 않았다.

　그러다가 지난 2010년 초 미국에서 한국으로 막 돌아온 직후였다. 좋아하는 선배의 서울시장 후보 경선이 있어 캠프에서 일하던 중 국회의원이 된 그를 다시 만났다. 4년이란 시간이 흐른 탓도 있겠지만, 그것보다는 국회의원이란 신분이 그를 많이 변화시킨 듯했다. 겸손을 표하려는 것인지 연신 주위 사람들에게 머리와 허리를 숙였지만, 몸 전체에서 묻어나는 그의 자긍심과 우월감은 쉬이 감춰지지 않았다. 그렇게 우리는 두 번째 만났지만, 여전히 그는 나를 알아보지 못했다.

　몇 달 뒤 내가 그를 다시 본 것은 선거캠프가 아닌 9시 뉴스에서였다. 한때 세간을 떠들썩하게 했던 '여자 아나운서 성희롱 발언' 사건이 터진 것이다. 하지만 나를 포함한 주위 사람들은 이 문제가 그렇게까지 확대될 거라고는 상상도 하지 못했다. 달변에 분위기 메이커였던 그가 평소에도 모임이나 술자리에서 곧잘 그런 식의 농담을 한다는 얘기를 들은 적이 있었지만, 그의 언행이 큰 문제를 일으킬 만큼 심각한 수준이라는 말은 한 번도 듣지 못했기 때문이다. 그리고 참 부끄러운 고백이지만, 당시에는 술자리에서 오간 얘기가 그렇게까지 큰 정치적, 사회적 이슈가 되어야 하는지에 대해서도 선뜻 수긍하기가 어려웠다. 본심이나 의도는 그렇지 않았는데, 앞뒤 말 다 자르고 그가 말실수한 부분만 악의적으로 물고 늘어지고 있다는 생각까지 가졌다. 그래서 사건 직후 기자회견장에서 눈물까지 글썽거리며 결백을 호소하는 그를 지켜보며 나는 그에 대해 인간적인 연민을 느꼈다.

그와 친분이 있는 주위 사람들도 '야비한 기자가 어린 학생들까지 동원해서 이렇게 일을 왜곡하고 확대한다'고 굳게 믿었다. 모두들 그렇게 그의 처지가 되어 함께 억울해하고 함께 아파했었다.

그러나 얼마 지나지 않아 그의 말이 거짓이었다는 소식이 들려왔다. 그리고 기자회견장에서 보여준 그의 말과 행동은 '자신이 믿고 싶은 진실'을 세상에 알리기 위한 연기였다는 사실도 밝혀졌다. 머리 좋은 그는 '일어난 사실'이 아니라 자신이 '믿고 싶은 사실'에 완벽하게 몰입하는 탁월함까지 보여줬던 것이다. 그가 했던 말들이 거짓이고 그의 행동 역시 가식적인 연기였다는 사실을 받아들이기는 결코 쉽지 않았다. 그래서 그에 대한 실망과 배신감이 더했는지도 모른다.

나는 가끔씩 '만일 그가 거짓말하지 않고 곧바로 사과한 뒤 깨끗이 책임지는 모습을 보였다면 어땠을까?'란 생각을 해본다. 모르긴 해도 재기불능의 치명타를 입지는 않았을 것이다. 물론 어느 정도의 정치적 시련을 감수해야 했겠지만, 지금쯤이면 재기의 기회를 갖고 새로운 정치를 꿈꾸고 있을지도 모를 일이다. 부족한 내 눈에도 뻔히 보이는 사실을 왜 그는 보지 못했는지 참 안타깝다. 사건 이후 연속해서 악수惡手에 악수를 거듭하는 그를 통해 인생의 무상함과 권력의 비정함을 동시에 느껴야만 했다.

이제는 전혀 다른 길을 걷고 있는 그의 모습을 지켜보며 이런저런 생각들이 머릿속을 떠나지 않았다. '고소왕'이라는 생소한 캐릭터로 대중에게 나타났던 모습도 당황스러웠지만, 자극적인 발언과 타인에 대한 막무가내식 평가로 방송 캐릭터를 만들어가는 모습은 가히 충격이기까지 했다. 남의 약점을 드러내 면도칼 같은 독설로 파헤치는 것은 잠시의 '카타르시스'는 줄 수 있어도, 궁극적인 '힐링'은 될 수 없다. 오랜 세월 동안 일인자의 꿈을 키우며 노력해온 그가 이제 결코 일인자가 될 수 없는 길을 걷고 있다는 사실에 안타까움을 느낀다.

얼마 전 우리 모두를 참 부끄럽고 화나게 만들었던 윤창중 전 청와대 대변인의 성추행혹은 성폭행 사건도 마찬가지다. 평소의 생각과 행동이 얼마나 중요한지, 그리고 분명한 철학과 목표 없이 공직에 나가는 것이 얼마나 위험한 것인지 새삼 깨닫게 되었지만, 더욱 내 가슴을 때린 것은 바로 사건 발생 이후의 과정들이었다. 특히 기자회견에서 그가 보여준 언행은 한마디로 기가 막혔다. 분노를 넘어서 '저런 수준 낮은 사람이 우리나라와 정부를 대변했다'는 사실이 너무 수치스러웠다. 대통령이 직접 사과하는 모습까지 보게 되면서, 진즉 호미로 막을 수 있었던 것을 결국 가래로도 막지 못했다는 생각을 지울 수가 없었다.

약한 육신을 입고 있는 우리는 언제든 실수를 하고 잘못도 저지를 수 있다. 중요한 것은 실수 자체가 아니라 실수에 대처하는 우리의 자세이다. 정치인에게 일반인보다 더 높은 도덕적 잣대가 요구되는 것은 사실이지만, '거짓말'이나 '범죄' 등 치명적인 잘못이 아니라면 한 번의 사소한 실수로 인생 전체가 송두리째 날아가는 일은 드물다. 결국 정치인의 재기와 몰락을 결정하는 것은 실수를 수습하는 과정과 방법에 있는 것이다. 위기의 순간에 얄팍한 수법이나 거짓말로 잠시 세상과 사람들을 속이고 그 순간을 모면하려는 유혹은 인간이면 누구나 가질 수 있다. 이러한 유혹을 이겨내고 정도正道를 걸을 수 있는 중요한 요건이 바로 평소의 삶이다. 평소 바른 삶을 살아가며 바른 판단과 바른 행동을 몸에 익혀두어야 위기의 순간에 조건반사적으로 그러한 판단과 행동이 나오는 것이다. 그렇게 조건반사적으로 반응할 수 있을 정도로 몸에 익혀두어야 머리로부터의 유혹을 가슴으로부터의 양심이 이겨낼 수가 있다. 어린 시절부터 귀에 못이 박이도록 들어온 수신제가치국평천하修身齊家治國平天下의 교훈이 새삼 와 닿는다.

'답게' 살아가기

"자베르 형사 같은 사람은 자기 일에 좀 덜 충실했으면 좋았을 것을…."

언젠가 가깝게 지내는 누님 한 분이 한 말이다. 충성스럽고 강직한 원칙주의자가 때론 그 원칙 때문에 주위 사람들을 더 힘들게 만든다는 것이다. 평소 정직하고 바른 정치인이 되겠다는 말을 입에 달고 살았던 내게 건넨 우려 섞인 당부였을 것이다. 아무리 스스로가 옳다고 여겨도 주변 사람들의 처지와 심정을 한 번 더 살펴본 뒤에 행동으로 옮기라는 당부의 말씀이리라. 세상이란 게 법과 원칙, 효율성과 성과의 잣대만으로 움직이지 않는다는 사실을 일깨워주려는 듯이 보였다.

나는 '~답게'란 말을 참 좋아한다. 그렇게 '~답게' 살아가는 사람들이 많아져야 이 사회가 안정과 균형을 유지하며 제대로 굴러갈 수 있다고 믿기 때문이다. 경찰은 '경찰답게' 피도 눈물도 없이 악착같이 범인을 잡아야 한다. 그렇게 잡은 범인에 대해 검사는 '검사답게', 판사는 '판사답게' 법에 따라 냉정하게 수사하고 단호하게 심판을 내려야 한다. 그리고 아무리 극악무도한 범죄자라 할지라도 종교인은 '종교인답게' 그 영혼을 불쌍히 여기고 사랑으로 보듬어 주어야 한다. 이 것이 내가 믿는 사회정의이며, 상식과 원칙이 바로 선 세상이다.

레미제라블에서 주인공인 장발장을 끝까지 추적하며 괴롭히는 냉혈한冷血漢 자베르는 평소 내가 이상적으로 생각해온 경찰공무원의 모습이다. 자신이 배워온 원칙과 법규에 따라 충직하게 임무를 완수하는 공직자가 이 땅에 더 많아져야 더 살만한 세상이 된다고 나는 굳게 믿으며 살아왔다. 대부분의 사람들은 은그릇을 훔친 도둑에게 은촛대까지 쥐여 주며 장발장을 변화시킨 신부님을 칭송하지만, 나는 형사 자베르 역시 그러한 칭찬과 존경을 받을 만한 훌륭한 공직자라고 생각한다.

요즘 북한의 연이은 도발로 나라 전체가 많이 혼란스럽다. 이렇게 어려운 때일수록 우리는 더욱 '~답게' 생각하고 행동해야 한다. '군인답게' '외교관답게' '정치인답게' 말이다. 그런 의미에서 지난번 합참의장의 '선제타격' 발언은 군인으로서 지극히 당연한 것이고 또한 마땅히 그렇게 준비해 왔어야 하는 것이었다. 군인은 늘 전쟁을 대비하여 한 치의 오차도 없이 준비하는 것이 '존재 목적'이고, 일단 전쟁이 발발하면 반드시 적을 무찔러 승리하는 것이 그들의 '정의正義'이다. 평소 내가 패배한 군인을 가장 '불의不義한 군인'이라 여기는 이유도 이 때문이다. 무력사용에 대한 피해와 후유증은 외교관이나 정치인들이 고민해야 할 문제이지, 군인들의 고려 대상은 아닌 것이다.

지금 우리 사회는 각자의 위치에서 '~답게' 살아가는 사람들이 더 많아져야 한다. 그리고 그런 사람들을 반드시 우리가 찾아내 격려하고 상賞을 주고 존경해야 한다. 모두가 각자의 위치에서 자신의 역할과 직분에 충실할 때 우리나라는 더욱 강건하고 풍요로운 나라가 될 것이라고 나는 믿는다.

실패한 캠프들의 특징

이 친구 얘기를 들으면 이 얘기가 맞는 것 같고, 저 친구 얘기를 들어보면 저 얘기가 더 맞는 것도 같다. 그런데 '이 얘기'와 '저 얘기'의 내용이 판이하게 달라서 과연 누구 얘기를 믿어야 할지 판단하기 어려운 경우가 종종 있다. 이런 난처한 상황에 놓이게 되면 나는 결국 나와 '더 가까운 친구'의 말을 따르게 된다.

그래서 평소에 '바른 사람' '좋은 사람'을 많이 알고 그들과 교제하는 것이 중요한 것이다. 바른 시각으로 세상을 바라보는 사람, 따뜻한 마음으로 타인을 대하는 사람, 언행이 절제되고 공평무사公平無私한 사람, 이런 사람들을 내 주위에 둬야 나 역시 그들처럼 세상과 사람을 바로 보며 똑바로 살 수가 있는 것이다.

정치는 결국 '사람 장사'라고 했다. 사람을 알아보고 사람의 마음을 움직일 줄 아는 것이 가장 큰 능력이자 힘이다. 그간 탁월한 실력과 무한한 잠재력을 가졌음에도 그 능력만큼 뜻을 펼쳐보지 못하고 주저앉는 정치인들을 얼마나 많이 봐왔는지 모른다. 그들이 실패한 이유는 실력 있는 참모가 없어서도, 또 충성심 높은 조직원이 없어서도 아니었다. 다름 아닌 '잘못된 사람' 때문이었다. 세상을 왜곡된 시각으로 바라보고, 휘어진 잣대로 타인을 판단하는 사람이 보스의 신임을 얻어 소위 말하는 '측근'이 되면 그 조직은 반드시 실패했다. 무능한 사람, 우유부단한 사람, 성질 못된 사람 때문이 아니라, 그 같은 '잘못된 사람' 때문에 결국 캠프 전체가 무너지는 것이다.

그렇기 때문에 바른 사람과 그렇지 않은 사람을 잘 구별하여 주위에 바른 사람들이 넘쳐날 수 있는 환경을 만들 줄 아는 능력은 리더가 반드시 갖추어야 할 필수 덕목이다. 결국 이러한 리더의 능력에 따라 조직의 성패가 결정된다. 어린 시절 역사책을 읽을 때마다 망국亡國의 왕 주변에는 왜 저토록 간신이 들끓고, 흥국興國의 왕 주변에는 왜 그 시대 최고의 인재들이 넘쳐났는지에 대해 의문을 갖곤 했었다. 지지리도 운이 없어서 하필이면 가장 간신들이 들끓는 시대에 왕의 자리에 올라서 망한 것인지, 아니면 왕 스스로가 무능하고 못나서 충신은 멀리하고 간신만 곁에 두어서 그런 것인지 헷갈릴 때가 많았다. 그러다가 나이가 좀 더 들어서 다산茶山 정약용 선생님의 "술을 마시면 나라가 망하고飮酒亡國, 차를 마시면 나라가 흥한다飮茶興國"는 말씀을 읽고서야 비로소 그 이치를 깨치게 되었다. 결국 신하들과 술을 마실지 아니면 차를 마실지를 결정하는 것은 왕이며, 이러한 왕의 기호嗜好와 성정性情에 따라 그 곁에 차를 좋아하는 신하가 모이기도 하고 술을 좋아하는 신하가 모이기도 하는 것이다. 그리고 그러한 왕의 선택에 따라 나라는 망하기도 하고 흥하기도 했다.

국민을 이끌고 나라의 미래를 만들어가고자 하는 사람은 늘 바른 사람, 따뜻한 사람, 정직한 사람들과의 사귐을 통해 사람을 잘 구별하고 인재를 알아볼 줄 아는 지혜와 안목을 키워야 한다. 매 정권의 말기마다 가족이나 측근들의 실수와 잘못으로 대통령이 큰 곤욕을 치르는 것을 반복적으로 지켜보게 된다. 이 역시도 결국 사람을 제대로 알아보지 못한 대통령의 무능과 교만에서 비롯된 것이다. 사람을 알아보는 탁월한 안목과 뛰어난 용인술을 통해 수많은 경쟁자를 물리치고 대통령의 자리에까지 올랐던 사람이, 결국 사람을 잘못 보고 잘못 부려 스스로 몰락해 버리는 이러한 모순은 과연 어떻게 설명해야 할까? 늘 자신의 언행을 살피고 돌아보며 '스스로의 마음을 지켜가는 것'이야 말로 중요하고도 어렵다는 생각이 든다.

진심이 통해야 감동도 있다

언젠가 설 연휴를 맞아 간만에 가족과 함께 영화를 봤다. 엄정화, 황정민 주연의 〈댄싱퀸〉이라는 영화였다. 각자 취향과 관심사가 다른 우리 식구들이 간만에 함께 울고 웃으며 공감할 수 있었다. 원래 영화나 드라마를 보며 잘 우는 집사람은 그렇다손 치더라도, 이제 열 살인 딸애가 부모와 함께 눈물을 찍어내는 장면은 내게 묘한 감동과 여운을 안겨주었다. 역시 요즘 영화의 대세는 '재미'와 '감동'의 공존인 것 같다. 둘 중 어느 하나만 있어도 훌륭하지만, 소위 말하는 '대박'을 치려면 이 두 가지를 모두 갖고 있어야 함을 새삼 느낄 수가 있었다. 대중예술과 스포츠는 물론이고 일(業)이나 인물에 있어서도 '재미'와 '감동', 이 두 가지를 동시에 갖고 있어야 사람들의 마음을 움직일 수가 있다.

'개방형 국민경선' '국민참여경선' '나가수 방식' '슈퍼스타K 방식'

작년은 총선과 대선이 동시에 있었던 '정치의 해'였기에 '정치권'도 이 같은 시대의 조류에 아주 민감하게 반응했다. 어느 당(黨)이나 할 것 없이 돌아선 대중의 마음을 '재미'와 '감동'으로 되돌리기 위해 참으로 눈물겨운 노력을 기울였다. 상대방보다 자기네 방식이 더 흥미로울 것이라고, 더 큰 감동을 선사할 것이라고 연일 목소리를 높였다. 하지만 당시 나는 '일반 유권자 중 과연 몇 명이나 이런 경선방식의 세부적인 문제에 관심이 있을까'란 의구심을 떨칠 수가 없었다. '국민참여경선에서 국민과 당원의 비율을 각각 몇 퍼센트로 하느냐?', '경선을 치르는 자리는 몇 자리고 전략 공천은 몇 자리냐?' '모바일이 어쩌고, SNS 반영 지수가 어쩌고', 이런 정치공학적인 문제는 그것과 이해관계가 있는 사람들의 관심거리지, 힘겹게 하루를 살아가는 서민들의 관심사일 리 만무하다.

대중들이 정말로 관심을 갖고 있는 것은 그들의 '방식'이 아니라, 그들의 '마음가짐'이다. 오랜 세월 동안 정치꾼들에게 속고 실망하고 상처만 받아왔기에 제발 단 한 번만이라도 그들의 '진심'이 보고 싶은 것이다. '진심으로 반성하고 있는가?' '권력의 주인이 그들이 아니라 바로 우리 서민 대중들이란 사실을 알고 있는 것일까?' '과거처럼 국민 위에 군림하지 않고, 겸손히 맡겨진 일에만 충실할 것인가?' 매번 선거철마다 정치권에서 만들어내는 수많은 이벤트를 애처로운 눈길로 바라보는 국민들의 심정은 바로 이런 것이리라.

사람의 진심은 노력한다고 전달되는 것이 아니라 '그냥' 전해지는 것이다. 보고 들어서 알게 되는 것이 아니라 '그냥' 그렇게 느껴지는 것이다. 영화의 주인공인 황정민 씨가 언론과 인터뷰에서 이런 얘기를 했다.

"영화를 보신 분들이 감동도 있다고 하니까 몸 둘 바를 모르겠습니다. 역시 (인위적으로) 감동을 줘야겠다고 생각하지 않고 솔직하게 연기할 때 감동적으로 다가온다는 것을 알게 됐습니다. 다음에도 감동을 줘야 하는 신scene이 있다면 '기필코 감동을 줘야지'라는 생각은 하지 않을 것입니다."

진심이 없는 연기는 잠시 사람의 눈을 즐겁게 할 수는 있어도, 사람의 마음을 울리지는 못하는 법이다. 이렇듯 배우도 '진심'을 통해 사람의 마음을 움직이고자 노력하는데, 어찌 된 일인지 우리네 삶에 참으로 지대한 영향을 미치는 정치인들에게는 작은 진심마저 발견하기가 어렵다. 국민의 마음이 이토록 무겁고 아린 이유가 바로 여기에 있는 것이다.

정말이지 머리가 차가운 사람보다 가슴이 따뜻한 사람이 정치권에 많이 발탁되었으면 좋겠다. 자신의 큰 꿈만 소중히 여기지 않고 주변 사람들의 소박한 꿈도 귀히 여길 줄 아는 그런 사람에게 기회가 주어졌으면 좋겠다. 가슴 따뜻한 일꾼들이 이 사회와 우리 서민들을 위해 열심히 일해 가는 모습을 하루라도 빨리 볼 수 있게 된다면 정말 좋을 것 같다.

인무원려 난성대업(人無遠慮 難成大業)

정치를 하다 보면 원칙과 소신을 지키다가 깨지고 넘어지는, 그래서 남들보다 한참 더디게 가는 안쓰러운 사람을 종종 보게 된다. 반대로 상황에 맞게 변신에 변신을 거듭하며 늘 이기는 쪽, 이익이 남는 편에 서서 승승장구하는 사람도 보게 된다. 멀찍이 앞서 가는 사람은 어딜 가나 스포트라이트를 받게 마련이지만, 내게는 부러움보다 안쓰러움이 앞설 뿐이다. 오히려 뒤처지는 사람에게서 더 큰 희망과 가능성을 보게 되는 것은 나만의 생각일까? 인류의 역사가 가르쳐준 것은 비록 뒤처지더라도 원칙과 소신을 지키는 사람이 결과적으로 '영웅'이 된다는 사실이다. 이는 역사의 진리일 뿐 아니라 신이 주관하는 정의라고 나는 믿어 왔다.

일전에 평소 친분이 있는 어느 의원의 모친상에 갔다가 우연히 국회의원을 지낸 한 선배님과 자리를 함께하게 되었다. 술이 몇 잔 돌자 선배님께서 갑자기 내 손을 잡아끌고 테이블을 돌아다니며 주위의 정치권 인사들에게 나를 소개하기 시작했다.

"이 친구가 다음 세대에선 최고의 전략가가 될 거야. 지금 돈 없고 빽 없어서 묻혀 있지만 조만간 큰일을 해낼 테니 앞으로 많이들 좀 도와줘."

물론 정치에 대한 꿈을 키워온 후배에 대한 배려이자, 과장 섞인 '립 서비스'였다. 하지만 평소 말과 행동이 결코 가볍지 않았던 선배님의 성격을 감안하면 엄청난 '파격'이기도 했다. 선배님의 과장된 소개가 아니었다면 나 같은 미관말직微官末職이 TV에서나 보던 국회의원과 기관장, 내로라하는 전·현직 고위 공무원들과 같은 자리에 앉을 수조차 없었을 것이다. 하지만 다른 한편으로 생각하면, 부속하나마 그간 스스로의 '원칙과 소신'을 지켜온 덕분이기도 했다. 늘 배우려고 애쓰고, 우리 사회의 현실을 내 일처럼 고민하고, 합리적인 대안을 찾기 위해 노력해왔으며, 또 기회가 닿는 대로 거침없이 직언도 해왔기 때문이었다.

살다 보면 눈앞의 목표가 급하고 절박한 상황에 놓일 때가 있다. 그럴 때면 누구나 더 쉬운 길, 편한 길의 유혹에 빠지게 되지만, 그럴수록 입술을 깨물고 '원칙과 소신'을 지켜가야 한다. 그렇게 해야 내가 살고, 내가 모시는 분이 살고, 더 나아가 내가 속한 조직이 살게 된다. 이것이 '계파의 보스'가 아닌 '시대의 리더'로 거듭나기 위한 유일한 방법이기도 하다.

선거에서 2등은 아무도 기억하지 않는다. 정치는 오직 1등만이 살아남을 수 있으며, 내일은 존재하지 않는 살벌한 곳이라고도 한다. 실제로 많은 참모들이 그런 생각으로 전략을 짜고 조직을 움직인다. 하지만 보다 긴 안목으로 본다면, 눈앞의 1등은 전혀 중요하지 않으며, 정치의 본질은 내일을 준비하는 데 있다. 지금 2등이라도 언제든 1등을 넘어설 수 있으며, 당장 오늘의 현상에 급급해서는 미래를 내다볼 수 없다. 조금 더 멀리 바라보고 조금만 더 이성과 상식에 비춰 생각해보면 알 수 있는 세상의 이치들이다. 부디 멀리 보고遠慮 큰일을 이루어가는成大業 사람들이 이 나라 정치판에서 많아졌으면 좋겠다.

선진국 만들기 프로젝트

내겐 너무 평등했던 육군사관학교

육사 입학식이 끝나고 채 한 달이 지나지도 않아 나는 자퇴를 결심했다. 1월에 가입학하여 기초 군사훈련을 받은 기간을 포함해도 겨우 두 달밖에 안 된 시점이었다. 하지만 내겐 그 두 달이 20년처럼 길고 숨 막히고 죽을 만큼 힘이 들었다. 도저히 4년이란 시간을 모두 채우고 졸업장을 따낼 자신이 없었다. 그래서 마침내 결심을 굳히고 부친께 전화를 드렸다.

"아버지….너무 힘듭니다. 이곳 생활이…먹는 것도 그렇고…잠자리도 너무 불편하고…."

반드시 학교를 나가고야 말겠다는 독한 마음을 먹었건만, 막상 놀란 가슴에 떨고 있는 부친의 목소리를 들으니 도저히 그 말을 꺼낼 수가 없었다. 휴대폰이 없던 시절이라 공중전화 박스에서 부친과 힘들게 이야기를 나누고 있는데, 바로 옆 칸에서 귀에 익은 억센 경상도 사투리가 들려왔다. 나와 동향同鄕 출신인 동기생이었다.

"아부지요, 지는 걱정 마이소. 아픈 데 없이 여기서 밥 잘 묵고 잠도 잘 자고 있심더. 여긴 잠도 침대에서 잡니더. 하하."

똑같은 환경인데도 그것을 받아들이는 그 친구와 내 마음에는 이처럼 엄청난 차이가 있었다. 이렇게 180도 다른 마음가짐으로 시간을 보냈으니, 4년 뒤 우리 둘 사이의 격차가 어떠했는지는 굳이 추가 설명이 필요치 않을 것이다. 입학 당시에는 제법 괜찮았던 내 성적이 졸업할 때는 뒤에서 세는 것이 훨씬 더 빨랐을 정도로 곤두박질친 이유는, 아이러니하게도 육사의 '너무 평등한 교육제도' 탓이었다. 몇백억 재산의 부자 아버지를 가졌든, 막노동하는 가난한 아버지를 가졌든, 육사 교정 안에서는 아버지의 재산이 어떠한 차별의 조건도 되지 못했다. 장군의 아들이든 하사관의 아들이든, 아버지의 계급에 상관없이 우리는 똑같이 먹고 똑같이 자고 심지어 매도 똑같이 맞았다. 그런 평등한 조건 속에 있었기에, 당시 부자 아버지 밑에서 편히 살며 나약한 정신력을 갖고 있었던 내가 부모님 농사일 거들고 동생늘 보살피며 억척스럽게 살아온 친구들을 이길 수는 없는 노릇이었다.

작년 이맘때쯤 딸아이의 담임선생님과 면담을 할 때, 선생님께서 아이 교육과 관련해서 하고 싶은 얘기가 있냐고 물으셨다. 나는 나의 육사 시절을 떠올리며, "최소한 학교 안에서는 아이들이 아버지의 재산과 지위를 의식하지 못했으면 좋겠습니다. 가난하고 힘없는 아버지를 가진 것이 그 아이의 잘못은 아니지 않습니까? 조금만 더 나은 환경에서 조금만 더 사랑과 관심을 받으면 충분히 잘할 수 있는 아이들이 많을 것입니다. 저는 이 교실 안에서만큼은 꼭 그렇게 되었으면 좋겠습니다"라고 말씀드렸다.

하사관의 딸이 1등을 하여 동기회장이 되고, 막노동꾼의 아들이 대표화랑이 되어 동기생 전체를 호령하는 육사의 '너무 평등했던 교육제도'를 우리 사회의 다른 학교에서도 꼭 볼 수 있었으면 좋겠다. 또한 한국 정치政治가 우리 아이들의 교육을 위해 반드시 해야 할 일도 바로 이런 것이라고 굳게 믿고 있다.

Diligent to Brilliant

요즘은 많이 변했다고 하지만, 여전히 우리나라의 조직문화에서는 '근면·성실'과 '원만함'이 '뛰어난 머리'나 '독창성'보다 더 우위의 가치로 대접받는 것 같다. 하지만 내가 경험해본 미국사회는 우리의 그것과는 많이 달랐다. 미국 땅에서 거의 10년 가까이 살았지만, 나는 미국사람들이 'diligent'란 말을 큰 칭찬으로 사용하는 것을 한 번도 본

적이 없다. 물론 'diligent'가 긍정적인 의미를 가지고 있음은 분명하지만, 'diligent'보다는 오히려 'smart'란 말을 더 큰 칭찬으로 여긴다. 10시간을 성실히 일하는 것보다 뛰어난 머리로 5시간에 동일한 성과를 내고 남는 5시간에 자신의 삶을 즐길 줄 아는 사람이 더 유능한 사람으로 대접받는다는 뜻이다. 미국에서 '탄력근무제'나 '성과급제'가 가장 발달한 것도 바로 이런 사고방식에서 기인하지 않았나 싶다.

한편, 'smart'보다 더 큰 칭찬은 'bright' 혹은 'brilliant'이다. 보통 우리는 'bright'를 사전적 의미로 '밝은' '환한' 등으로 알고 있지만, 사람을 칭찬하는 경우에는 '똑똑한' '앞날이 밝은' 등의 뜻을 가지고 있다. 또 'brilliant'를 사람이나 아이디어에 쓸 경우에는 '특출하게 똑똑한extremely clever', '눈부시게 뛰어난'의 의미를 가지고 있다. 이는 단순히 똑똑하다는 것을 넘어서 '탁월하다'는 의미인데, 특히 회의를 할 때는 아이디어가 '반짝반짝'한 사람을 지칭하는 최고의 칭찬이 된다. 몇 년 전 우리나라에서도 베스트셀러가 되었던 짐 콜린스Jim Collins의 『Good to Great』도 바로 이러한 미국사회의 분위기를 잘 전해주고 있는 것이다.

이렇듯 미국사회는 성실한 것보다 뛰어난 것을 선호하고, 단순히 맡겨진 일을 잘하는 사람보다는 반짝이는 아이디어로 조직에 영감을 불어넣는 사람을 더 높게 평가한다. 마이크로소프트, 애플, 구글, 그리고 페이스북 등은 사회적 통념으로 볼 때 황당하고 어처구니없고 때론 게을러 보였던 '이단아'에 의해서 '눈부시게' 태어난 '탁월한' 창조물이었다.

'회의會議; 여럿이 모여 의논함. 또는 그런 모임.'

이런 사전적 의미와는 달리 자유롭게 의견을 말하지 못하는 회의가 이 순간에도 우리 주변에서 얼마나 많이 진행되고 있는지 모른다. 어쩌면 우리의 경직된 회의문화가 'bright'하고 'brilliant'한 천재의 출현을 가로막고 있는 출발점일지도 모른다. 군에서 장교생활을 할 때도, 정치권에서 일할 때도, 그리고 회사에 들어와서도, 내가 주변으로부터 가장 많이 들어야 했던 말은 '튀지 말라'는 것이었다. '열 개의 공功보다 한 명의 적, 한 번의 실수로 찍히지 않는 것이 조직 생활에서는 훨씬 더 중요하다'는 말을 수없이 들어왔다. 이러한 조직 분위기 속에서 어떻게 '반짝반짝'하고 '탁월한' 아이디어가 만들어질 수 있겠는가?

조직 문화가 이러하니 역사에 한 획을 그을 '1등 천재'는 만들지 못하고, 늘 고만고만한 실력의 '2등 우등생'만 수없이 찍어내고 있는 것이다. 1970~80년대 곧 미국을 따라잡을 것이라고 호언장담하며 무섭게 치고 올라왔던 일본이 마지막 고개를 넘지 못하고 주저앉았던 이유도 바로 '천재'를 만들지 못하는 일본사회의 분위기 때문이었다. 그간 근면·성실하고 똑똑한 2등 우등생들로 현재의 2등 국가를 이뤄왔다면, 이젠 반짝반짝하고 눈부신 1등 천재들로 탁월한 1등 국가의 목표를 달성해야 할 때다. 물론 하루아침에 오랜 조직문화를 모두 바꿀 수는 없을 것이다. 하지만 당장 내일 아침회의부터라도 우리 후배들이 자유롭고 맘 편하게 자신의 생각을 내어놓을 수 있는 분위기를 한 번 만들어 보는 것은 어떨까.

앞으로 상속세는 90%쯤 걷을 거야

"앞으로 내가 정치를 하게 되면 상속세는 90%쯤 걷는 법을 만들 거야."

화기애애한 분위기 속에서 이어지던 술자리가 갑자기 싸해지다 못해 얼음물을 끼얹은 듯 한기寒氣가 돌았다. 지금의 상속세율을 확 끌어올려야 한다는 것은 이미 오래된 생각이었지만, 나 역시 상속세 90%는 현실적으로 불가능하다는 것을 잘 알고 있었다. 그냥 술김에 객기 좀 부리느라 과하게 숫자를 높였던 것인데, 미처 듣는 이들의 입장을 헤아리지 못한 것이 화근이었다. 그날 모임에 참석한 사람들이 나와 함께 미국에서 공부했던, 소위 '있는 집 자식들'이었기 때문이다.

"부모가 열심히 일한 것도 인정해 줘야죠. 우리나라가 공산주의 국가도 아니고…"

마침내 발끈한 어느 후배의 한 마디로 어색한 정적靜寂이 깨졌다. 그때 나는 그 후배가 얼마나 고마웠는지 모른다. 내 말에 '옳다', '그르다'의 반응도 없이, 그저 황당하다는 표정으로 어색한 침묵을 이어가는 것이 나를 더 무안하게 만들었기 때문이다. 그제야 여기저기서 반박하는 소리가 들려왔다. '인간의 성취 욕망을 바탕으로 눈부시게 발전해온 자본주의 시장경제체제의 근간을 흔드는 위험한 생각이다'라는 주장부터, '세금 열심히 내봤자 똑바로 사용할 줄도 모르는 무능하고 부패한 정부에 한 푼도 더 내기 싫다'는 지적까지 참으로 다양한 의견들이 쏟아졌다. 근거도 있고 일리도 있는 이야기지만, 나 역시 순순히 물러설 수는 없는 일이었다.

"서민들이 평생을 덜 먹고 덜 입으면서 아끼고 또 아끼면 과연 얼마의 돈을 모을 수 있을까? 정확한 통계를 보지 못해 나도 잘 모르겠지만, 한 가지 분명한 것은 아무리 발버둥쳐도 정상적인 방법으로는 10억을 모으기가 힘들다는 거다. 그래서 서민들에게 있어서 10억은 그야말로 꿈의 액수지. 그런데 누구는 날 때부터 다른 사람의 평생 꿈인 10억을 갖고 시작한단 말이야. 심지어는 수백억 수천억을 갖고 시작하기도 하고…. 내가 그렇게 시작할 수 있다면 참 멋진 일이겠지만, 남들이 그렇게 살아가는 걸 그저 옆에서 지켜봐야만 한다면 참 힘 빠지고 허탈할 것 같지 않아?"

약간 흥분해서 하는 말에 분위기는 점점 달아올랐지만, 그렇다고 해서 내 말에 호응하는 분위기는 결코 아니었다. 내 말이 이어질수록 더욱 싸늘해지는 분위기를 이미 간파했지만, 그렇다고 그쯤에서 멈추면 더 우스운 놈이 될 것 같았다.

"아버지 재산이 100억이라면 90%의 상속세를 내더라도 10억은 갖고 시작하는 게 되고, 아버지 재산이 10억이면 적어도 1억은 갖고 시작하는 게 되잖아. '자식들에게 짐이나 되지 않았으면 좋겠다'는 부모들도 참 많은데, 그게 얼마나 큰 축복이고 특권이야. 그리고 아버지가 그만한 재산가라면 자라면서 이미 충분한 혜택을 받지 않았을까? 모두들 좋은 집 좋은 환경에서 생활하고, 좋은 학원 다니고, 좋은 과외 선생님께 배워서, 좋은 대학 나오고 유학까지 다녀왔잖아? 그래서 지금 남들보다 좋은 직장에서 좋은 대우를 받으며 일하고 있는 거고. 이미 남보다 한참을 앞서 가고 있는데 여기에 또 부모가 물려준 상당한 재산까지 얹어서 출발한다면, 평생을 뼈 빠지게 일해도 자기 자식에게 그것의 십분지일十分之一도 해줄 수 없는 사람들에겐 너무 잔인한 거 아냐?"

물론 나도 그 친구들의 부모님들이 열심히 노력해서 오늘과 같은 풍요와 여유를 자식들에게 물려주셨다는 것을 잘 알고 있다. 하지만 나는 그 모든 것이 전적으로 개인의 능력과 성실의 결과만은 아니라고 생각한다.

빌 게이츠는 뛰어난 사람이지만 개인의 독창적 아이디어를 지적 재산으로 인정하고 철저하게 보호해주는 미국이란 나라에서 태어나지 않았다면 지금과 같은 성취는 불가능했을 것이다. 만약 빌 게이츠기 아프리카나 제3 세계 국가에서 태어났어도 지금과 같은 그 엄청난 부와 명성을 쌓을 수 있었을까? 그렇게 멀리 갈 것도 없이 아직도 소프트웨어SW 불법 복제율이 40%에 이르는 한국 땅에서 사업을 시작했어도 과연 마이크로소프트MS라는 세계 최고의 기업이 탄생할 수 있었을까?

마찬가지 논리로 삼성의 이건희 회장도 휴전선에서 불과 몇 킬로미터만 북쪽에서 태어났다면 결과는 완전히 달라졌을 것이다. 개인의 능력과 노력을 온전히 인정해주고 그것을 북돋아 준 좋은 국가가 있었고, 특히 우리나라는 오랜 기간 동안 수많은 사람들의 양보와 희생 아래 온갖 특혜를 누려왔기 때문에 이룰 수 있었던 것이다. 그것은 마치 예전 1960~70년대에 가난한 가정에서 공부 잘하는 남동생을 위해 학업 포기하고 공장에서 돈 벌어 뒷바라지를 했던 우리네 누나들의 희생 같은 것이었다. 그런데 공부 마치고 훗날 의사가 되거나 고시 패스해서 잘살게 된 뒤에는 "내가 능력 있고 열심히 노력해서 이룬 건데 누나들이 내게 뭘 바라"라며 처자식만 챙기는 모습을 그 부모님이 보게 된다면 과연 어떤 생각이 드실까? 부모로부터 물려받은 재물이 없었다면 훨씬 더 창조적이고 가치 있는 일에 그 좋은 머리를 사용하며 국가발전에 기여했을 인재들이, 그 돈으로 부동산이나 외국 프랜차이즈 사업 등 좀 더 편하고 쉬운 길을 걸으며 그 재능을 묵히는 것도 국가적으로 보면 큰 손실이다.

경제협력개발기구OECD의 국제학생평가PISA에서 늘 우리나라2위를 제치고 1위를 차지하는 나라는 바로 '핀란드'이다. 그런데 핀란드의 대학 진학률은 약 30% 정도로 우리나라의 절반 수준에도 미치지 못한다. 하지만 일단 대학에 들어가면 학비 면제는 물론이고 정부에서 생활비까지 지급해 준다. 만약 외국으로 유학을 가게 되면 그것 역시 정부가 책임져 준다. 아마도 우리 같았으면 극심한 대학입시경쟁이 더욱 심화되어 엄청난 사회문제를 야기했을 것이다. 하지만 핀란드에서는 입시경쟁은커녕 오히려 대학 가고 유학 가서 힘들게 공부하는 사람들에게 그렇지 않은 사람들이 감사하는 마음을 가진다고 한다.

우리의 상식으로는 도무지 이해가 되지 않는 이 기괴한 상황은 핀란드의 평균 세율이 50%에 육박하고 최고 세율은 무려 80%에 달한다는 사실을 접하고 나면 비로소 이해가 된다. 머리가 좋아서 더 많이 공부하고 능력이 뛰어나서 더 많이 버는 사람은, 그만큼 더 많이 세금을 내고 더 많이 희생하도록 사회구조가 짜여 있는 것이다. 이처럼 사회지도층의 수고와 헌신이 오늘날의 복지대국 핀란드를 만들었다. 그리고 이러한 사회적 분위기는 나보다 더 가진 사람 나보다 더 배운 사람에 대해 인정하고 존경하는 사회적 공감대를 형성했던 것이다.

이렇듯 사회의 상류층부터 바르고 정직하게 세금을 내고 또한 걷힌 세금이 투명하고 효율적으로 집행된다면, 일반 국민들의 세정불신과 조세저항도 많이 사라질 것이다. "세금 좀 더 내더라도 사람들로부터 존경받으며 사는 것이 더 멋지지 않냐"는 내 마지막 말에 단 한 명을 빼곤 모두 수긍하는 걸 보면서, 나는 앞으로 점점 더 좋아질 우리 사회에 대한 기대와 희망을 품을 수가 있었다. 더 많이 가진 것에 대해 더 큰 사회적 책임의식을 갖는 멋진 부자와 그러한 부자를 인정하고 존경해주는 건강한 사회적 풍토가 이 땅에 튼튼히 뿌리내리는 모습을 꼭 볼 수 있었으면 좋겠다.

지금의 대한민국은 선진국일까?

과연 2013년의 대한민국은 선진국일까? 아니면 아직도 선진국의 꿈을 위해 더 열심히 달려야 하는 개발도상국일까? 그렇다면 1인당 국민소득이 10만 불이 넘고, 우리나라와 일본이 모두 실패한 2022년 월드컵을 단독 개최하는 저력을 보여준 부국富國 카타르는 과연 선진국일까, 아닐까?

'자동차라는 하드웨어는 금방 만들어 낼 수 있다. 신호등과 교통법규는 조금만 똑똑한 공무원이 약간의 시간적 여유만 있으면 벤치마킹을 통해 금방 만들어 낼 수 있을 것 같다. 하지만 그 약속을 지키는 교통문화가 정착되기까지 베트남 사람들이 얼마나 많은 사회적 비용을 더 지불하게 될지를 생각하면 참 안타깝다. 이런 비용을 우리의 선대先代가 이미 지불해준 대한민국에서 태어난 것을 다시 한 번 고맙게 생각한다.'

몇 해 전 베트남에서 사업을 하던 친구가 내게 보내준 이메일의 내용이다. 우리나라 사람들 중 상당수는 아직도 베트남을 우리보다 한참 뒤처진 후진국으로 여기고 있지만, 베트남은 우리보다 3배 이상 큰 영토에 인구가 9,200만 명에 이르는 대국이다. 오랜 역사와 고유한 전통이 있고, 프랑스, 미국, 중국 등의 강대국들을 차례로 물리쳤던 저력이 있는 나라이다. "미국이라는 거대한 코끼리는 칠흑 같은 밀림 속에서 베트남이라는 호랑이에게 조금씩 물어뜯기며 결국 피를 흘린 채 서서히 죽어갈 것이다!"라고 일갈했었고, "중국이 서사군도西沙群島를 무력점령하면, 베트남은 육로로 베이징을 공격할 것이다!"라며 중국의 협박에 눈 하나 깜빡하지 않고 호기롭게 맞받아쳤던 나라가 베트남이다. 하지만 그런 저력을 가진 베트남이라 하더라도 대한민국을 추월하려면 앞으로 백 년은 더 걸릴 것으로 나는 판단하고 있다. 친구가 말하듯 우리는 이미 베트남이 쉽게 따라올 수 없는 안정적인 국가 시스템과 선진문화를 갖추었기 때문이다.

국민소득이 4만 불, 5만 불 된다고 모두 선진국이 되는 것은 아니다. 소득 10만 불이 넘는 카타르를 아무도 선진국으로 여기지 않는 것을 보면 잘 알 수가 있다. 합의에 의해 한번 정해진 법과 규정에 대한 준수, 대화와 타협에 의한 합의 도출, 약자에 대한 배려, 그리고 자신에게 불리해도 전체의 이익을 위해 물러서고 받아들일 줄 아는 열린 마음 등 '선진 소프트웨어'가 갖춰져야 진정한 선진사회가 될 수 있다.

소득 몇만 불이면 곧 선진국이 될 것처럼 떠들었던 보수진영도, 자기주장을 위해서라면 법과 규정 따위는 하찮게 여겨온 진보진영도, 이런 기준에서 보면 아직 선진사회의 구성원이 되기에는 참 많이 부족하다는 생각을 떨칠 수가 없다. 이제부터라도 생각을 바꿔야 한다. 너무 가난했기에 오직 '밥'에 모든 것을 걸었던 우리 아버지 세대의 방식을 존중하고 인정하되, 이제는 그것을 넘어서야 한다. 더 이상 사회적 약자들의 피땀과 눈물을 연료 삼아 성장의 엔진을 돌리는 구시대적, 후진국적 방식이 되풀이되어선 안 된다. 오로지 앞만 보고 미친 듯이 목표를 향해 뛰어가던 '도전과 극복의 방식'에서, 주변과 뒤도 살펴면서 함께 더불어 나아가는 '나눔과 배려의 방식'으로 우리 삶의 태도를 바꾸어야 한다. 그래야 우리가 그토록 꿈꾸어온 진정한 선진사회, 진짜 선진국민의 꿈을 이룰 수가 있다.

2010년 봄, 아내가 박사학위를 취득한 뒤 마침내 우리 가족은 10년이 넘는 미국 생활을 끝내고 완전히 귀국할 수 있었다. 하지만 작은 아파트 하나 구할 수 없는 형편이었기에, 잠시 함께 살던 어린 딸아이를 또다시 시골 부모님께 맡기고 월세 오피스텔에서 새로운 한국 생활을 시작해야 했다. 빨리 기반을 잡아 아이를 데려와야 한다는 생각에 하루하루를 열심히 살았지만, 매일 삶에 치이다 보니 정작 아이에게는 별로 관심을 주지 못한 채 살아야 했다. 지금 돌이켜보니 아이의 담임선생님이 어떤 분이었는지, 친구는 누구고 학교생활은 어땠는지에 대해 나는 아는 것이 하나도 없었다.

그렇게 꽤 긴 시간이 흐른 뒤 어느 날, 주말을 맞아 내려간 시골에서 딸애와 처음으로 학교생활에 대해서 얘기하게 되었다. 그런데 아이가 학교에서 자기 짝꿍이 '중학생 나이'라는 이상한 말을 하는 것이었다. 알고 보니 짝꿍이란 아이가 또래보다 5살이나 많은 장애인이었다. 그래서 예체능 시간에만 같은 교실에서 공부하고 나머지 시간은 다른 반에 편성되어 따로 생활한다고 했다. 딸애의 설명을 듣자니 아무래도 그 아이가 발달장애를 겪고 있는 게 아닌가 하는 생각이 들었다.

"민영아, 걔 안 무서워? 혹시 너 괴롭히지는 않아?"

하나밖에 없는 딸아이라 더 걱정이 되었고, 또 한편으로는 이게 다 살기에만 급급했던 나의 무관심 때문이란 생각이 들어 괜스레 미안하고 가슴이 짠해졌다.

"아니, 애는 착해!"

그래서 내가 다시 물었다.

"그 애를 뭐라고 불러?, 오빠라고 해? 너보다 다섯 살이나 많다며…."

석 달 빨리 태어난 같은 학년 외사촌에게도 꼬박꼬박 언니라고 부르는 경우 바른 아이가 과연 다섯 살 많은 자기 짝꿍을 뭐라고 부르는지가 궁금해졌다.

"아니, 같은 반 친군데 당연히 이름 부르지!"

내가 암 수술을 받고 요양하던 2년간 미국에 함께 있으며 유치원과 초등 1학년을 다닌 민영이는 이미 '다름'에 대해서 충분히 배우고 훈련받은 상태였다. 국적, 피부색, 복장, 생활습관 등이 전혀 다른 다양한 사람들 속에서 서로를 존중하며 조화롭게 살아가는 법 또한 잘 알고 있었다. 특히 자기보다 약한 사람, 자신의 도움이 필요한 사람을 어떻게 돕고 어떻게 대우해야 하는지를 이미 생활 속에서 배우고 익힌 아이였다.

실제로 나는 미국 부모들이 자기 아이가 장애아와 짝꿍이 되고 함께 생활하는 것을 더 선호하는 걸 자주 보았다. 나보다 약한 이웃,

내 도움이 필요한 친구를 도우며 아이가 더 많은 것을 배우고 더 빨리 성숙해진다는 사실을 미국 부모들은 잘 알고 있는 듯했다. 팔다리가 없거나 몸이 뒤틀린, 그래서 우리와 좀 다른 모습을 한 장애인들을 미국 사람들이 우리보다 훨씬 더 자연스럽게 받아들이는 것은 어릴 적부터 받은 이런 교육과 경험이 밑바탕에 깔렸기 때문이다.

별것도 아닌 일을, 그리고 너무나 당연한 것을 아빠가 묻고 있다는 표정의 딸애를 보며 갑자기 내 모습이 초라하게 보였다. 그리고 얼마나 많이 부끄러웠는지 모른다. 입으로는 '차별 없는 사회', '다름을 존중하는 세상'을 외쳐왔지만 정작 내 생각과 행동은 전혀 그렇지 못했음이 여실히 드러났기 때문이다.

돈이 많다고 사람들의 존경을 받는 사회 상류층이 되는 것이 아니듯, 경제력이 크고 국민소득이 높다고 해서 선진국이 되는 것은 아니다. 공정한 절차가 살아있고 정해진 법이 누구에게나 똑같이 적용되는 사회, 그리고 억울한 사람 원통한 사람 가슴 아픈 사람이 조금씩이나마 줄어드는 세상, 이런 곳이 바로 우리가 꿈꾸고 있는 선진국의 모습이 아닐까 하는 생각을 해본다. 그렇게 사람 살기 좋은 곳을 만들기 위해 정작 돈도 필요한 것이다.

마침 이 글을 쓰고 있는 오늘은 4월 20일, 장애인의 날이다. 매년 정치적으로 중요한 의미가 있는 날들은 모두 기억했으면서도, 정작 나부터 '장애인의 날'을 기억해 본 적은 단 한 번도 없었다. 그래서 이제부터라도 이날을 기억하고 그 의미를 새기는 시간을 가져볼까 한다. 그래야 조대원이란 한 개인이 진짜 선진국민이 되어, 진정한 선진 국가의 목표를 달성하는데 작은 힘이라도 보탤 수가 있을 것 같기 때문이다.

5·18에 부르는 '임을 위한 행진곡'

"한나라당은 경상도 당이고 너는 그 당의 주류가 될 수 있는 조건을 모두 갖춘 오리지널 경상도 사람인데, 왜 전라도 출신들이랑 어울리며 그렇게 어렵게 사냐?"

몇 해 전 일이다. 하루는 같은 지역출신인 한 선배가 내게 이런 말을 던졌다. 선배의 눈에는 정치권에 들어온 이후로 줄곧 호남 출신들과 어울리며 그럴듯한 직함이나 자리 하나 없이 힘들게 사는 후배가 많이 안쓰러웠던 모양이다.

"경상도 애들이 안 놀아 주니까 전라도 애들이랑 놀지."

일일이 설명하자면 말이 너무 길어질 것 같아서, 나는 그냥 쓴웃음을 지으며 그렇게 얼버무렸다.

그러고 보니 나는 조상 대대로 경상도 땅에서 나고 자랐고, 본관역시 경상도인 오리지널 경상도 사람이다. 노 육사를 졸업한 뒤 진빙사단 포병장교, GP 관측장교, 수도방위사령부에서 소대장과 포대장을 마쳤으니 정통 군 출신이기도 하다. 우리 집안을 살펴보아도 부친

은 맹호부대원으로 월남전에 참전한 국가유공자이고 남동생은 1996
년 강릉 무장공비소탕작전에 투입된 특전사 요원이었으니, 어느 누구
보다도 투철한 국가관과 안보관을 가진 정통 보수주의 집안이다. 게
다가 우리나라에서 돈 좀 있고 머리 좀 있다는 사람들이 간판처럼 달
고 다닌다는 미국 대학의 졸업장도 두 개나 가지고 있다. 이 정도 스
펙이라면 나를 '한나라당의 주류' '오리지널 경상도 사람' '정통 보수주
의자'라 부르는 것도 무리는 아닐 것이다. 실제로 나는 지금껏 내 고
향, 내 학교, 내 경력들을 소중하고 자랑스럽게 여기며 살아왔고, 그
것들 때문에 손톱만큼의 불편함도 느낀 적이 없었다.

하지만 만약 내가 차별받는 지역에서 태어나 가난 때문에 별로 배
우지 못하고 게다가 몸도 안 좋아 남들 다 가는 군대마저 못 갔다면,
과연 나는 어떤 대접을 받으며 어떤 기분으로 이 땅을 살아가고 있을
까? 어쩌다 한 번씩 떠올리는 생각이지만, 상상만으로도 복장이 터지
고 눈앞이 깜깜해지는 좌절감을 느끼게 된다. 내가 남을 무시하고 차
별할 때는 별거 아닌 것 같지만, 막상 내가 당해보면 세상에 그처럼
화나고 억울한 것도 없는 법이다. 남의 아픔과 억울함을 그냥 남 얘
기하듯 흘릴 때는 잘 모르지만, 내가 직접 겪어 보면 그것 역시 참으
로 아프고 서러운 것이다. 이것이 바로 사람의 마음이고 세상의 이치
이다.

1980년 5월 18일부터 27일까지의 열흘 동안 전라도 땅 광주에서
있었던 일들에 대해 아직도 나는 잘 알지 못한다. 스무 살 전에는 아

예 듣지를 못했고, 그 이후로도 육사를 나와 군 생활을 하느라 제대로 배울 기회가 없었다. 솔직히 나는 아직도 '5.16 혁명' '광주사태'가 더 익숙한 '골수 경상도' '골수 보수주의자'이다. 하지만, 매년 이날이 되면 늘 '빚진 자의 심정'으로 하루를 살아야 했다. 비록 나는 처한 위치에서 최선을 다해 열심히 살았지만, 가장 큰 시대적 아픔에 동참하지 못했다는 부끄러움과 미안함이 늘 나를 괴롭혔기 때문이다.

육사 졸업 직후 광주 상무대에서 교육을 받을 때 처음으로 금남로에 가보았다. 그리고 그 해 5월 18일에도 나는 그곳에 있었다. 짧은 머리에 군대에서 사용하는 직각 용어가 튀어 보였던지 주위의 몇 사람이 내게 신분을 물어왔다.

"올해 육사를 졸업하고 지금 상무대에서 소대장 교육을 받고 있는 장교입니다. 그리고 집은 경북 대구입니다."

'어떻게 육사 출신이 그것도 골수 경상도인 TK 출신이 이런 자리에 올 수 있을까' 하는 경계심과 호기심이 섞인 미묘한 눈빛이 내 주변에 어른거렸다.

"정말로 많이 궁금했거든요. 도대체 그날 이곳에서 무슨 일이 있었는지…."

그날 참 많은 것을 배우고 느꼈다. 막걸리와 풍물놀이, 그리고 그 유명한 '임을 위한 행진곡'도 배웠다. 1980년 5월, ㄱ 거리에서 벌어졌던 야만적이고도 반인륜적인 범죄행위에 대해 보고 들을 때는 차마 고개를 들 수도 없었다. 하나같이 '새빨간 사상'에 물들어 폭력적이라 여기며 무서워했던 '전라도 사람들'에게서 처음으로 인간적인 정과 연민을 느꼈다. 또한 처음이자 마지막으로 내가 나온 학교와 입고 있는 군복에 대해 죄책감과 부끄러움을 느껴야 했다. 그때 이후로 나는 '빨갱이' '폭도'라고 오해하고 경계해왔던 '민주화 세력'과 '전라도 사람들'에 대해 부채의식을 갖게 되었다. 아무도 나를 반민주 세력이라고, 군바리 육사 출신이라고 비난하지 않았지만 내 양심이 나를 그렇게 살도록 만들었다. 아이러니하게도 '육사 교육'이 잘못된 것은 바로잡고 억울한 것은 풀어주며 더 약한 쪽의 손을 잡아주는 것이 '정의'이자 '도리'라고 내게 가르쳤기 때문이다.

군이 5.18의 의미를 강조하지 않아도 올 초에 정치권을 뜨겁게 달궜던 '임을 위한 행진곡'과 관련된 논란은 도무지 이해가 되지 않았다. 아무리 가사를 뜯어보고 그 노래에 얽힌 사연을 조사해도, 왜 이 노래가 5.18 추모식장에서 불리면 안 되는지 그 이유를 찾을 수가 없었다. 물론 지난 세월 동안 이 노래를 정치적으로 이용한 세력이 있었기에 '임을 위한 행진곡'이 전 국민적 공감대를 갖지 못하고 있는 것도 엄연한 현실이다. 하지만 억울하게 아들과 딸을, 남편과 자식을 잃고 수십 년 동안 피를 토하는 고통 속에서 살아온 유족들이 그토록 이 노래를 부르고 싶다면, 그렇게 해야 당신들의 아픔과 원통함이 조금은 씻길 것 같다면 그것을 허용하는 것이 옳았다. 나 같은 사람이 봐도 정말 너무하다는 생각이 드는 것을, 어떻게 그분들에게 받아들이라고 할 수 있는 것인지 참으로 가슴이 답답했다.

한 번만 입장을 바꿔놓고 80년 5월 광주 땅에서 일어났던 그 수많은 일들이 내 가족 내 친구 내 이웃에게 일어났다고 생각해 보자. 우리 머릿속으로 그릴 수 있는 그 모든 상상의 장면보다 더 참혹하고 더 고통스러웠던 장면들이 실제로 그곳에서 펼쳐졌다는 사실을 한 번쯤은 마음을 열고 진심으로 받아들여 주자. 그것이 차별받아보지 않고 고통당해보지 않은 나 같은 사람이 조금은 덜 미안하고 조금은 덜 부끄러운 마음으로 이 땅을 살아갈 수 있는 방법이 아닌가 하는 생각이 든다.

올해 5월 18일에도 나는 '임을 위한 행진곡'을 따라 부르며 잠시 눈시울을 붉혔다. 1년 365일을 살면서도 겨우 이날 하루만 이 노래를 부르며 그날의 경험을 떠올리는 것을 미안하게 여기면서 말이다. 지금 내가 누리는 자유와 민주주의의 상당 부분이 80년 5월에 있었던 그 숭고한 희생에서 기인했음을 잘 알고 있다. 그리고 진심으로 감사한다. 하지만 내가 간절히 바라는 것은 이제 더는 나같이 '마음의 빚'을 지고 살아가는 사람이 없었으면 하는 것이다. 80년 5월에 대한 왜곡과 오해도, 또한 동참하지 않은 사람들에 대한 원망과 울분도 모두 사라지고 진정한 용서와 화해의 물결이 이 땅을 적실 수 있었으면 좋겠다. 건방진 소리인지 모르겠지만, 그것이 오늘을 사는 우리 후배들에게 그날의 선배들이 진심으로 바라고 있는 것이 아닌가 하는 생각이 든다.

문제는 사람이 아니라 시스템이다

지난 2000년 미국 대선 때 실제 득표수에서는 앨 고어가 33만 7,576표를 앞섰지만, 선거인단 득표수에서는 267표 대 271표로 조지 부시가 4표 앞서는 바람에 법정 공방까지 벌이는 초유의 사태를 맞은 적이 있었다. 법으로 정해진 대통령 취임식이 1월 말인데 1월 초까지도 법정 공방을 끝내지 못해 미국 사회 전체가 큰 혼란에 빠져드는 듯이 보였다.

"만약 취임식 때까지 법원의 판결이 나지 않으면 앞으로 어떻게 되는 겁니까?"

당시 텍사스에서 유학 중이었던 나는 수업 중에 교수에게 이런 질문을 던져보았다. 그러자 그 교수는 대수롭지 않다는 듯 짧은 문장 하나로 대답했는데, 꽤 오랜 시간이 흘렀지만 지금도 그 말을 잊을 수가 없다.

"미국은 권력이 대통령 한 명에게만 집중되지 않고 잘 나누어져 있기에 아무 문제가 없다."

정확한 영어 표현까지는 기억나지 않지만 삼권분립 정신에 기초하여 헌법과 법규를 만들었고, 그에 따라 개별 권력의 역할과 한계를 정확하게 나누어 잘 준비하고 있다고 했다. 그래서 대통령 한 명 없다고 해서 크게 문제가 될 것은 없다는 것이었다. 이 한마디에 개인이 아닌 시스템에 의해 통치가 이뤄지고 있는 초강대국 미국의 저력이 고스란히 담겨 있는 듯이 보였다. 미국의 삼권분립제도나 중국의 집단지도체제를 보더라도 규모가 크고 국력이 강한 나라들은 절대로 권력을 한 사람에게 집중시키지 않는다. 한 사람에게 권력이 집중되었을 때 발생할 수 있는 병폐와 위험성을 국민 전체, 혹은 정치 지도자들만이라도 제대로 인식하고 있기 때문이다. 오랜 세월 동안 정치적으로 많은 시행착오를 거치며 다듬어져 온 유럽 선진국들 역시 대부분 '정·부통령제'나 '내각제'를 통해 권력을 분산시키고 있다는 사실은 시사하는 바가 크다. 앞으로 우리나라도 정치적 사회적 성숙도가 더 높아지면 결국 이러한 권력분산형 정치구조로 나아가야 하지 않을까 하는 생각을 해본다.

한때 '2류 기업, 3류 행정, 4류 정치'라는 말이 회자된 적이 있다. 그만큼 우리 정치가 수준이 낮고, 국가 발전의 발목을 잡는 낙후된 영역이라는 인식이 강하다는 뜻이다. 그러한 정치 문제의 중심에는 늘 '후진적 정당공천제'와 '제왕적 대통령제'라는 기형적인 권력구조가 있었다.

정당 권력을 손에 넣게 되면 제일 먼저 하는 일이 국회의원 공천권을 통해 정치인들의 목숨 줄을 틀어쥐고 자기 앞으로 줄 세우는 것이다. 그렇게 금배지를 단 정치인들 역시 자기 지역의 시장, 군수, 지방의원들을 자신의 입맛에 맞게 공천함으로써 권력을 행사한다. 결과적으로 중앙당의 권력 실세가 전국 방방곡곡을 사실상 자신의 영향력 아래 묶어두는 셈이다. 지방의회 정당공천제가 갖는 많은 장점에도 불구하고 폐지를 주장하는 목소리가 있는 이유는, 이처럼 현실에서는 최고 권력의 극대화를 통해 통치의 용이성容易性을 확보하기 위한 수단으로 전락해 버린 탓이다. 과연 선진국 어느 나라가 삼권분립하에서 견제와 균형의 또 다른 두 축인 국회의장과 대법원장의 인사를 대통령이 결정하도록 놓아둔단 말인가? 오죽하면 '지방선거에서 삼천리 팔도의 모든 자리를 내어줘도 대선 때 대통령 한 자리만 먹으면 된다'란 말이 정치권에서 회자되겠는가? '대통령 선거 한 번에 캠프에서 일한 수만 명의 밥줄이 달려있다'란 우스갯소리가 우리나라 대통령 권력의 절대성을 단적으로 보여주고 있다.

선거 때는 모두들 권력분점을 이야기하지만, 일단 대통령이 되고 나면 그 누구와도 권력을 나누지 않는 독불장군의 모습을 우리는 단 한 번의 예외도 없이 지켜봐야 했다. 모르긴 해도 이번 권력도 크게 다르지는 않을 것 같다. 왜냐하면 '사람의 문제'가 아니라 바로 '시스템의 문제'이기 때문이다. 권력의 속성은 절대 다른 사람과 나눌 수 없는 것이기에 이를 법률로써 제도화하지 않으면 앞으로도 지금과 같은 병폐는 계속 반복될 것이다. 하루빨리 시스템을 바꿔야 한다. 지금의 구시대적, 제왕적, 분열적 정치 시스템은 하루라도 빨리 폐기되고 새로운 시대에 맞는 새 시스템으로 교체되어야 한다. 그래야 대한민국 정치에 미래가 있고 국민에게도 희망이 보일 것이다.

'실체적 진실'의 '실체'

2012년은 총선과 대선이 함께 치러진 이른바 '정치의 해'였기에 그 어느 해보다 각 정당의 정책과 비전이 넘쳐날 것으로 기대됐다. 하지만 연이어 터진 '전당대회 돈 봉투' '비례대표 돈 공천', 이 두 가지 사건이 거대한 블랙홀이 되어 정치권 전체를 집어 삼켜버렸다. 그렇게 2012년 봄과 여름 내내 온갖 루머와 음해, 그리고 고발에 맞고발로 이어지는 정치권의 진흙탕 싸움이 지루하게 이어졌다.

과연 '판도라의 상자'가 열릴까? 정치권에 몸담아 본 사람이라면 누구나 알고 있는 이 엄연한 실체가 제대로 그 치부를 드러낼 수 있을까? '돈 봉투' '돈 공천', 오랜 세월 동안 이 나라 정치의 발전을 가로막아온 가장 오래되고 근본적인 병폐를 언제쯤이면 뿌리 뽑을 수 있을까? 다행히도 이번에는 직접 연루되지 않았다고 해서, 여與든 야野든 어느 누가 이 부끄러운 진실 앞에서 100% 떳떳할 수가 있을까?

과거 한나라당의 윤리위원장을 지냈던 인명진 목사마저 '비례대표 돈 공천' 관행을 지적하자, 당시 비상대책위원회는 즉각 관련 의혹에 대한 '수사 의뢰'를 발표했다. 하지만 불과 하루 만에 사무총장이 이를 번복함으로써 사실상 상황은 종료되어 버렸다. 이유인즉슨 '실체적 진실'이 없다는 것이었다. 과연 정말 그럴까?

2005년 내 고향인 영천에서 국회의원 재선거가 실시되었다. 한 해 전인 2004년 총선 당시 돈다발을 뿌린 것이 적발되어 불과 석 달 만에 당선자가 구속되었기 때문이다. 이 소식을 접한 뒤 나는 청운의 꿈을 안고 미국에서 귀국하여 선거전에 뛰어들었다. 지금 생각해 보면 참으로 무지하고 무모했다. 선거판에 뛰어들려면 최소한 둘 중 하나는 반드시 갖추어야 한다는 '돈'과 '줄'이 내게는 전혀 없었기 때문이다. 아무리 자질이 뛰어나고 이상이 높다 하더라도 한국 정치판에서 살아남기 위해서는 그에 맞는 요건?을 갖추어야 한다는 혹독한 현실을 깨달아야 했던 시간이었다.

"돈을 줬어, 그렇다고 줄을 섰어? 막말로 막대기에 한나라당 깃발만 묶어서 꽂아둬도 당선되는 지역에서 굳이 당신에게 공천을 줘야 하는 이유가 뭐요?"

지금도 내 가슴에 비수로 꽂혀있는 말이다. 아는 분의 소개로 겨우 '줄'이 닿은 지역의 한 정치권 인사에게 "오랫동안 준비해 왔습니다. 꼭 바른 정치 하겠습니다. 같이 토론이라도 한번 붙여주십시오"라며 매달렸더니, 그 사람이 차가운 냉소와 함께 농담이랍시고 던진 말이었다. 죽을 때까지 잊을 수 없는 이 엄연한 '사실'이야말로 '실체적 진실'이다.

스스로 잘못을 받아들이고 고쳐나갈 의지와 힘이 없다면, 결국에는 외부에서 더 강한 의지와 힘으로 바로 잡아야 한다. 한 나라의 정치 수준은 딱 그 나라의 정치인들 수준이고, 그 정치인들의 수준은 유권자들 수준이라는 말이 있다. 우리 모두가 지금보다 좀 더 정신을 차리고 좀 더 냉철하고 현명해져야 하는 이유가 바로 여기에 있는 것이다.

그렇게 한번 살아보기

재작년 겨울, 기름값 폭등이 큰 사회 문제로 대두되던 시기의 이야기이다.

아침 출근길이 너무 수월해졌다. 몇 주 전부터 조금씩 느껴오던 것이지만 특히 이번 주 들어서는 눈에 띄게 출근길 차량의 대수가 줄었다. 그래서인지 20분이나 늦게 집을 나섰는데도 평소와 비슷하게 회사에 도착할 수 있었다. 하긴 어제 집 근처 농협 직영 주유소에 들렀는데 그곳도 기름값이 1,900원을 훌쩍 넘어 있었다. 아직 새벽 한파가 살을 에는 때이지만, 이미 많은 서민들이 살인적인 기름값에 두 손 두 발 다 들고 자동차 타기를 포기해 버린 것 같았다.

'그렇게 살아보지 않으면 절대로 그렇게 느낄 수 없다.'

최근 정치인들 사이에 가장 유행하는 말은 '소통'이 아닐까 싶다. 정치깨나 했다는 정치인치고 '소통'이란 말을 입에 올리지 않는 사람이 없다. '소통'이란 게 대단히 철학적인 의미를 가진 정치용어인 듯싶지만, 사실 따지고 보면 특별할 것도 없다. 내가 그 사람들처럼 그렇게 살아보면 되는 것이 아닌가? 상대의 입장이 되어보면 그 심정을 이해할 수 있게 되고, 서로 말이 통할 테니 말이다. 배고픈 사람의 심정은 내 배를 곯아보면 알 수 있는 것이고, 아픈 사람의 심정은 그렇게 아파보았던 사람이 가장 잘 알 수 있는 법이다.

어린 시절 우리 동네에 사고로 젊은 아들을 잃은 아주머니가 계셨다. 주위에서 아무리 눈물을 흘리며 함께 슬퍼하고, 성직자가 와서 위로와 치유의 말씀을 전해도 전혀 소용이 없었다. "당신들이 자식 잃어봤어?" 생떼 같은 아들을 잃은 어머니의 처절한 절규 한마디에 모두들 입을 다물고 고개를 숙일 수밖에 없었다. 그런데 오직 한 사람만이 돌처럼 굳은 마음을 녹일 수가 있었다. 먼저 아들을 떠나보낸 또 다른 아주머니였다. 그렇게 아들을 잃은 두 어머니가 부둥켜안고 함께 목 놓아 울면서 서로의 아픔을 보듬어 주던 장면이 수십 년이 지난 지금도 잊히지가 않는다.

그때 배울 수가 있었다. 사람의 진심眞心은 머리로 이해되는 것이 아니라, 그냥 마음으로 전해진다는 것을 말이다. '진심'은 수많은 말이나 대단한 몸짓으로 전해지는 것이 아니라, 같은 심정을 가진 사람이 꼭 한번 안아주는 것으로도 충분한 것을 말이다. 선거를 앞두고 한때 국민과 소통한다며 '트위터가 아니라 페북이다' '의원실마다 소셜비서관을 두겠다'며 책상머리에 앉아 온갖 잡다한 미사여구만 끝없이 생산해낸 적이 있었다. 그 시간에도 돈이 없어 밥을 굶고, 돈이 없어 병원에 못 가고, 돈이 없어 가족들이 뿔뿔이 흩어져 살고 있는 사람들의 아픔과 설움은 하나도 변하지 않는데 말이다.

"서민들은 겨울이 여름보다 훨씬 더 힘들다."

"없는 사람에게는 암보다 돈이 더 무섭고 아프다."

부자 아버지 밑에서 편히 살 때는 아무리 들어도 피부에 와 닿지 않던 이 말들이, 아버지가 쫄딱 망하고 나서야 비로소 내 가슴에 와서 박혔다. 돈 없이 겨울을 나는 것이 얼마나 춥고 힘든 것인지, 가난한 사람에게 병원 문턱이 얼마나 높은지, 단칸방과 반지하방에 사는 서민들이 어떠한 심정으로 무수히 반짝이는 아파트의 불빛을 바라보는지 그렇게 살아보지 않은 사람은 모른다. 아무리 머리가 좋고 주변에서 많은 얘기를 듣는다 한들, 그것을 모두 이해할 수는 없는 법이다.

전국에서 기름값이 가장 비싼 곳이 강남과 국회 앞 주유소란 사실을 얼마 전 뉴스를 통해 알게 되었다. 단돈 1원이라도 싼 곳을 찾아 헤매는 서민들의 마음을 전국에서 가장 비싼 주유소를 드나드는 '금배지 영감님'들이 과연 얼마나 이해할 수 있을까? 그런 그들의 입에서 녹음테이프 돌아가듯이 되풀이되는 '서민을 위한 정치' '서민의 눈물을 닦아주는 정치'란 말을 과연 얼마만큼 믿어야 하는 것일까? 우리 정치권에 진실로 필요한 것은 '일일 노숙자 체험' '일주일 반지하 냉방 체험' '한 달 결식아동 체험' 같은 쌩쇼라도 하며 그 심정을 이해하고자 하는 최소한의 '양심'과 '몸짓'이란 생각이 든다. 그래야만 '다 바꾸겠다.' '다시 시작하겠다'는 정치인들의 반복된 외침이 더 이상 공허한 정치구호로 들리지 않을 것이기 때문이다.

'그렇게 한번 살아보기.'

이 땅의 정당들이 시대와 국민의 준엄한 심판 속에서 살아남을 수 있는 마지막 남은 방법은 바로 이것이 아닌가 하는 생각이 든다.

야만적 폭력 – 도청과 사찰

몇 달 전까지만 해도 나는 주변에서 '이제 전화기 좀 바꾸라'는 얘기를 들을 정도로 오래된 구형 휴대폰을 들고 다녔다. 그런 말을 들을 때마다 나는 '도청당할까 무서워서 그렇다'고 농담처럼 대답하곤 했다. 그렇게 웃어넘기기는 했지만, 실제로 막연한 두려움이 있었던 것도 사실이다. 일반 휴대폰도 마음만 먹으면 언제든 도청이 가능하지만, 스마트폰은 훨씬 더 쉽고 간단하게 개인정보를 빼낼 수 있다는 얘기를 전문가로부터 들었기에 쉽게 스마트폰에 손이 가지 않았던 것이다.

혹자는 이 같은 내 생각과 행동이 지나친 과민반응이라 생각할지도 모르겠다. 유명 정치인이나 영향력 있는 인사도 아닌 나 같은 사람에게 빼낼 만한 정보가 뭐 있겠냐는 비웃음일 것이다. 하지만 잠시 정치권에 몸담았던 시절, 정권이나 주류의 반대쪽에 서서 일하다 보니 나도 모르게 도청을 의식하게 되었다. 과거 정부에서 실제 그런 사례가 있었고, 그로 인해 주위 사람들이 겪는 극심한 고통을 옆에서 지켜보았기에 내게는 도청이나 사찰이 결코 먼 나라, 먼 옛날의 이야기가 아니었다.

그러던 어느 날 군에 있는 지인으로부터 전화 한 통을 받았다. 얼마 전 기무사에서 내 생도생활과 군대 생활에 대해 조사를 했다는 것이었다. 그냥 무시하고 넘기기에는 충격의 여파가 너무 컸다. 특히 그

때는 당시 정권과의 대립으로 한동안 사찰과 도청의 대상이 되었던 모 의원의 당내 선거를 도와줬던 직후였기 때문이었다. 더구나 조사를 지시한 사람이 '정치권 고위인사'였다는 그 지인의 말은 더욱 나를 긴장시켰다. 결국 이 일은 캠프 내의 모 인사가 어느 날 갑자기 미국에서 건너와 선거에 깊숙이 관여했던 나를 검증하기 위해 개인적으로 주변 지인을 통해 알아본 것으로 밝혀졌다. 하지만 모든 내막이 드러나기 전까지 나는 극심한 스트레스를 겪어야 했다. 그 때문인지 공개된 장소에서 중요한 얘기를 할 때는 늘 주변을 살피고, 휴대폰이나 한국 계정의 이메일에는 절대 중요한 내용을 남기지 않는 버릇까지 생겼다.

이 에피소드가 특정 정당이나 정권을 염두에 둔 것은 아니다. 솔직히 어느 정권에서 어느 정도의 도청과 사찰이 이루어졌는지 나는 알지 못한다. 모두가 자신들이 '피해자'라고 외치고 있기에, 누가 진짜 피해자이고 누가 진짜 가해자인지도 잘 모르겠다. 분명한 것은 그러한 야만적인 폭력이 한 개인에게는 실로 엄청난 고통과 공포를 안겨준다는 것이다. 한때 선거를 앞두고 '민간인 불법사찰' 문제가 불거졌을 때 각 정당이 서로에게 책임을 떠넘기며 파상적인 정치공세를 펼치다가 선거 후에 곧 사그라졌던 적이 있었다. 하지만 이 문제는 단편적이고 단순한 정쟁의 문제가 아니라, 심각한 인권문제로 선거 후에도 지속적이고도 근본적으로 다시 다루어질 필요가 있다. 정치적 유불리를 떠나 누구나 야만적인 폭력의 피해자가 될 수 있다는 사실을 심각하게 인식하고 자기 정당의 과거 잘못부터 먼저 파헤쳐 뿌리를 뽑아낼 수 있는 용기를 보여줘야 한다. 그래서 다시는 이 땅에서 공권력이 개인의 인권을 유린하는 만행이 되풀이되지 못하게 해야 한다.

국민이 일 잘하라고 쥐여준 권력의 칼을 어떠한 이유에서든지 정해진 법률의 범위를 벗어나 휘두른 범죄자들은 끝까지 추적하여 반드시 혹독하게 단죄해야 한다. 그래야 이 땅에 공법公法이 올바르게 서고 정의가 뿌리내릴 수 있기 때문이다.

'전달의 기술'도 중요하다

오래전에 읽었던 처칠 수상에 관한 일화逸話 한 토막이다.

처칠이 야당의원이었을 때 정부 여당이었던 노동당Labor Party과 국유화에 대한 견해차로 의회에서 치열한 설전을 벌이고 있었다. 잠시 정회停會가 되어 처칠이 화장실에 갔는데 마침 빈자리가 하나밖에 없었다. 그런데 그 빈자리 옆자리에는 당시 수상이었던 애틀리Clement Richard Attlee가 볼일을 보고 있었다. 이 모습을 본 처칠은 다시 되돌아 나와 밖으로 나가려고 했다. 그러자 애틀리가 처칠을 불러 세웠다.

"제 옆이 비었는데 왜 안 들어오고 다시 나가는 겁니까? 제게 뭐 불쾌한 일이라도 있습니까?"

그러자 처칠은 마치 기다렸다는 듯 이렇게 대답했다.

"수상님 옆에 가려니까 괜히 겁이 나서요. 수상님은 뭐든지 큰 것만 보면 국유화하자고 말씀하시는데, 혹시 제가 볼일 보는 것을 보시고 제 것도 국유화하자고 주장하시면 정말 큰일 아닙니까?"

한때 보수 정치권에서 '소장파' '쇄신파'라 불렸던 젊은 정치인들이 크게 주목받은 적이 있었다. 부자, 기득권, 영남 세력이 주류를 이루는 보수정당에서 이들의 존재는 그러한 부자정당, 수구정당, 지역정당의 부정적 이미지를 상당 부분 없앨 수 있는 보석과도 같았다. 어느 시대나 그 시대의 젊은 정치인들로 구성된 소장파는 늘 있어 왔지만, '386세대 정치인'이라 불린 이들의 존재는 이전 선배들 세대와는 차원이 다른 것이었다. 우리 정치사의 가장 격변기를 지나며 다져진 그들의 엄청난 잠재력과 전국 단위의 학생조직을 이끌며 민주화 투쟁을 주도했던 조직력과 결속력은 남다른 것이었다. 때문에 386세대들이 처음 등장했을 때 정치권은 물론이고 세간世間에서도 큰 애정과 기대의 눈으로 이들을 바라보았다. 그러한 기대에 부응이라도 하듯 젊은 정치인들은 기존 정치인들과 대비되는 뛰어난 실력과 논리력, 그러면서도 겸손함과 열린 자세까지 고루 갖춰 단숨에 당원과 국민의 마음을 사로잡았다. 나 같은 후배 세대들은 그런 386선배들을 롤 모델로 삼아 정치적 꿈을 키우기도 했다.

하지만 사람들은 이제 더 이상 그때와 같은 큰 기대를 품지 않는다. 안타깝지만 소장파 정치인들 중에 다가올 새 시대를 열어갈 탁월한 리더를 찾기 어렵다고 여기기 때문이다. 물론 세월이 더 흘러 이전의 선배 세대들이 모두 물러나면 386세대들도 주류가 되고 원로가 되어 한국 정치의 중심에 서는 날을 맞게 될 것이다. 하지만 과연 그들이 최초의 기대대로 선배 세대들을 뛰어넘는 큰 족적을 우리 정치사에 남길 수 있을지는 의문스럽다. 처칠에게 있었던 '말의 힘'이 그들에게 부족하기 때문이다.

"정치는 말로 시작해서 말로 끝난다"고 할 만큼 말의 힘이 절대적인 비중을 차지한다. 그러한 말의 힘은 정곡을 찌르고 바른말을 잘한다고 해서 나오는 것이 아니다. 학생 시절에는 주장하는 내용만 명쾌하다면 거친 언어로도 충분히 세상의 주목을 받고 인정을 받을 수 있었다. 하지만 국가경영에 참여하는 전문 정치인은 세간의 주목을 끄는 수준을 뛰어넘는 '뭔가'가 있어야만 비로소 '말의 힘'을 얻게 된다. 그 '뭔가'는 바로 상황을 현명하게 읽을 줄 아는 '내공'과 이해관계가 상충하는 상대의 마음까지도 움직일 수 있는 '전달의 기술'이 그것이다. 그리고 그러한 내공과 기술은 기본적으로 세상을 긍정적으로 바라보고 타인에 대한 존중과 배려의 마음이 있어야 가능하다. 이런 점에서 그간 '386세대 정치인들'의 말과 행보는 분명한 한계점을 세상에 드러냈다. 특히 자신을 반대하는 동료들을 설득하여 끌어안지 못하고, 지나친 도덕적 우월감에 도취되어 비난하고 가르치려 드는 모습은 많은 아쉬움을 남겼다.

"꽃으로도 때리지 마라"는 말이 있다. 세상에서 가장 아름다운 꽃도 그것을 어떻게 사용하느냐에 따라 타인에게 아픔과 상처를 줄 수 있다는 교훈이다. 말도 마찬가지다. 아무리 의도가 선하고 내용이 유익하다 하더라도 놓인 상황과 듣는 사람의 마음에 맞지 않으면, 그것은 사람을 살리는 명약이 아니라 사람을 죽이는 독약이 되는 것이다. 아무리 좋은 말이라도 상대방의 마음에 울림이 없다면, 바꿀 수 있는 것이나 얻을 수 있는 것은 아무것도 없게 된다. 그래서 바른 생각과 참신한 아이디어만큼이나 처한 상황을 읽고 그 상황에 맞게 상대의 마음을 움직일 수 있는 '내공'과 '전달의 기술'이 중요한 것이다.

이제는 486세대가 되어버린 그 선배들을 여전히 나는 많이 좋아하고, 진심으로 그들이 가진 역량과 마음가짐을 존경한다. 하지만 나를 포함하여 앞으로 정치권에 출현하게 될 신세대들은 선배 세대들의 이 같은 미숙함과 시행착오를 반면교사反面教師로 삼아 그들을 능가하려고 노력해야 한다. 높은 이상과 열정의 초심을 지키면서도, 머리가 아닌 현장에서 꽃 피워 낼 수 있는 '세련미'와 '테크닉'의 연마에도 많은 노력을 기울여야 할 것이다. 아직도 나는 처칠이 보여주었듯 '말의 힘'을 갖추고서 힘 있게 세상을 변화시켜갈 새로운 리더십이 우리 선배 세대에서 출현할 수 있기를 간절히 기대하고 있다. 우리 세대가 하는 것보다 선배 세대가 먼저 하는 것이 내가 바라온 '좋은 나라' '살만한 세상'을 하루라도 더 일찍 이루는 길이라 여기기 때문이다.

이상으로의 길을 찾아가다

운명이라 여겼던 2005년 첫 도전

다들 '계란으로 바위 치기'라며 말렸던 2005년의 첫 도전. 원래 운명이란 것을 잘 믿지 않는 성격이지만, 그때 내 고향에서 국회의원 재선거가 있다는 소식을 듣는 순간 머릿속에 가장 먼저 떠오른 생각은 아이러니하게도 그 '운명'이었다. '어쩌면 이것이 내 인생에 있어서 운명의 순간이 될지도 모른다'는 생각이 바로 그것이었다. 13살 때부터 정치를 하겠다고 뜻을 세운 뒤 지금까지 오직 한길만을 생각하고 준비해온 내게 드디어 첫 번째 기회가 왔다고 여겼다. 그랬기에 가끔 불안과 두려움이 생길 때도 있었지만, 한 번도 내 결정에 대한 흔들림이

나 후회는 없었다. 살면서 자신의 의도나 능력을 한참 벗어나는 일에 뛰어들고자 하는 마음을 과연 몇 번이나 가질 수 있을까? '운명'이나 '팔자소관'이 아니고서는 결과가 뻔히 보이는 그런 상황에 뛰어들기가 말처럼 그리 쉬운 일은 아닐 것이다.

2005년 재선거에 뛰어든지 두 달, 참으로 정신없이 바쁘게 시간을 보냈다. 내가 살아오면서 그때만큼 온 신경을 집중해서 뭔가를 해본 적은 또 없었다. 이래서 사람은 자기가 좋아하는 일을 하면서 살아야 한다는 말이 있는가 보다. 자기가 좋아하는 일을 할 때 가장 큰 에너지가 나오고, 그렇게 큰 에너지로 하는 일이 좋은 성과를 남기는 것은 두말할 필요도 없을 것이다.

5년 넘는 미국생활을 정리하고 한국으로 돌아와 내가 제일 먼저 했던 일은 양복 두 벌을 산 것이었다. 1998년 봄에 군대를 제대하고 일 년간 유학준비를 한 뒤 곧바로 미국으로 건너갔기에 입을 만한 양복 한 벌도 제대로 없었다. 미국으로 건너가 공부를 시작할 때도 그랬지만, 당시에도 워낙 가진 것 없이 선거전에 뛰어들다 보니 한발 한발 내디딜 때마다 참으로 많은 어려움과 위기가 있었다. 선거사무실, 렌터카, 현수막, 명함, 홍보물, 이 모든 것이 하나씩 갖춰질 때마다, 참 많은 사람들의 땀과 눈물의 헌신이 있어야 했다. 생각지도 못했던 많은 이들이 마치 내가 출마하기만을 기다려 온 사람마냥 기꺼이 그리고 든든하게 내 손을 잡아주고 내 필요를 채워주었다. 그렇게 큰일을 겪으며 수많은 사람들의 도움을 받아보면, 평소 삶의 자세와 태도가 인생의 결정적인 순간에 얼마나 중요한 역할을 하게 되는지에 대해 새삼 깨닫게 된다.

돈과 사람, 어느 것 하나 여유로운 것이 없는 상태에서 내가 가장 먼저, 또 가장 크게 의지할 수밖에 없었던 것은 내 가족들이었다. 미국에 있던 막내 동생이 급히 귀국하여 운전기사 노릇을 해줬고, 아버지와 여동생이 번갈아 가며 사무실을 지켰다. 그리고 남들처럼 기획사에 몇천만 원씩 주고 홈페이지와 선거홍보물을 만들 처지가 못 되어 몇몇 후배들이 PC방에서 짜장면을 시켜먹으면서 작업을 했다. 그리고 그런 우여곡절 끝에 완성된 5천 부의 홍보물을 환갑을 넘긴 같은 교회 권사님들이 우리 집에 모여 봉투에 넣고 풀칠을 하는 고된 작업을 해주셨다. 그때마다 나는 속에서 뭉클한 것이 올라와 격한 감정을 억누르느라 무진 애를 써야만 했다.

'저 할머니들은 내가 이길 거라고 여겨 저러시는 걸까?'

'아니면 뭣 때문에 지금 저러고 계신 걸까?'

시간이 갈수록 점점 더 내 마음의 부담과 짐이 무거워지는 것을 느꼈다. '잃을 것이 없기에 두려울 것도 없다'고 여기며 겁 없이 뛰어들었는데, '잃을 게 없어도 두려움이 생긴다'는 사실을 그때 새로이 알게 되었다. '저 많은 분들을 실망시키면 어쩌지'란 두려움이 매일 밤 내 심장을 무겁게 옥죄어 왔다. 어쩌면 '계란으로 바위 치기'란 냉정한 현실을 누구보다도 나 자신이 가장 잘 알고 있었기에….

처음 출마를 결심하고 귀국했을 때만 하더라도 굳은 심지와 열정만 있으면 뭐든 해낼 수 있다고 여겼다. 하지만 선거를 치르는 동안 세상이 그리 호락호락하지가 않다는 것을, 그리고 열정과 곧은 마음만 보고 일할 기회를 주지 않다는 것을 너무 짧은 시간에 너무 많이 배워야만 했다. 상대 후보들이 힘 있는 혈육과 지인들의 손을 붙잡고 공천심사위원단은 물론이고 당내 거물들까지 샅샅이 훑고 있는 모습을 그저 가슴 졸이며 지켜볼 수밖에 없었다. 나 같은 사람은 상상조차 하기 힘든 거액을 들여 여론조사와 투표 독려를 빙자한 무차별적 전화공세를 펼치는 것을 지켜보며 얼마나 허탈했는지 모른다. 지역 언론은 물론 도당 관계자까지 '이름이나 알리려고 나온 애송이' 취급하는 것을 견디는 것도 결코 쉬운 일은 아니었다. 한마디로 총체적 난국, 모든 것이 답답하고 막막하기만 했다. 선거에 나가겠다는 말을 처음 들으신 뒤 곧바로 손녀딸을 둘러업고 교회로 찾아가 "목사님, 우리 아들이 아무것도 없이 국회의원 선거에 나가겠답니다. 그러니 기도해주세요"라고 부탁하셨던 내 어머니께서 이런 말씀을 하셨다.

"저 많은 사람들이 네가 이길 것이라고 믿고 저러는 게 아니다. 그저 아주 어렸을 적부터 정치가가 되어 제대로 한번 일해보고 싶어 했던 네가, 가진 것이 없어서 도전 한 번 못해보고 주저앉을까 봐 안쓰러워 저러시는 거야. 그러니 이번에 반드시 되려고 너무 그렇게 마음 졸이며 스스로를 힘들게 하지 마라."

지난 세월 우리 집에 불어 닥친 그 모진 시련들을 오직 신앙 하나로 버텨 오신 내 어머니의 존재는 내겐 또 다른 신앙이었다. 결과가 아니라 과정에 더 충실하고, 자리보다 사람을 더 귀히 여기겠다는 평소의 다짐이 선거전에 들어서며 많이 흔들리고 있음이 어머니 눈에도 보였으리라. 솔직히 상대 후보들이 하는 탈법과 편법을 늘 입으로는 비판했지만, 실상은 속으로 얼마나 많이 부러워했는지 모른다. 만약 내게도 저들이 가진 돈과 여건이 주어졌다면, 아마도 나 역시 그들과 똑같은 방법을 동원했을 것이다. 결국 실력과 경험이 부족한 내가 도덕성과 참신성에서도 저들보다 별반 나은 것이 없었던 것이다.

이기고 지는 것보다 어떤 마음으로 어떠한 과정을 밟아 가느냐가 정치 인생에 있어서 훨씬 더 중요하다. 어떤 상황하에 던져져도 흔들리지 않고, 명분과 정도를 지켜가는 법을 몸에 익혀 놓아야 한다. 그래야 변화무쌍한 정치판에서 오랫동안 멀리 달릴 수가 있는 법이다. 그렇게 튼튼히 기본기를 닦아놓으면 언젠가 꼭 한 번은 이 나라를 위해 귀하게 쓰임 받을 기회가 올 것이라 믿는다. 늘 몸에 힘을 빼고 그때 첫 도전 때의 초심을 잃지 말아야 한다. 그런 마음으로 살아가고, 앞으로 그렇게 정치를 해나갈 수 있다면 그것만으로도 도와주신 주위의 고마운 분들에게 나는 충분히 자랑스럽고 떳떳할 수 있을 것이다.

'금배지'가 가지는 의미

재선거 당시 공천이 곧 당선인 지역이었기에 치열한 경쟁을 예상은 했지만, 막상 뚜껑을 열어보니 예상을 훨씬 뛰어넘는 열 명의 후보가 서류를 접수하였다. 10대 1이라는 확률을 듣는 순간, 부담 없이 최선만 다하자고 다짐했던 평소의 마음은 온데간데없고 또다시 큰 긴장감과 부담감이 내 가슴을 짓눌렀다. 그런 무거운 마음을 '그간 살아오면서 이보다 더한 경쟁도 거뜬히 뚫어왔지 않냐'고 스스로를 위로하며 용기를 내어보았다. 사실 젊다는 것이 이렇게 든든한 것인지를 그때만큼 절실히 느껴본 적은 또 없었다. 다른 후보들 모두가 '이번이 아니면 다음은 없다'고 얘기하며 실로 비장한 각오를 표하고 있는 모습을 보며 더욱 그러한 생각이 들었다. 솔직히 말해 나는 '이제부터가 시작'이 아니었던가? 그러니 두려울 것도 또 조급할 것도 없이 그저 내게 주어진 상황에 충실하면서 그 시간을 최대한 즐기면 되는 것이었다.

공천접수 후 다른 후보들이 모두 인구가 많은 시내 지역부터 돌고 있을 때, 나는 반대로 농촌지역의 구석구석을 누비고 다녔다. 솔직히 다른 후보들과 거리에서 마주치는 게 많이 어색하고 불편했기 때문이었다. 다른 후보들 모두가 엄밀히 말하자면 연배가 한참은 위인 고향 선배님들이라 그분들을 대하는 것이 여간 어렵고 부담스러운 게 아니었다. 또 한편으로는 시간이 좀 있을 때 도심에서 멀리 떨어진 지역에 계신 주민들을 만나 그분들의 살아가는 얘기를 좀 들어두고도 싶었다.

3월이 되어 이제 겨울이 모두 끝난 줄 알았는데 사방이 산으로 둘러싸인 농촌의 봄은 더디기만 했다. 아직 추위가 다 가시지 않은 날씨 탓에 경로당에 옹기종기 모여 서로 말벗을 하며 10원짜리 화투를 치고 계신 할머니 할아버지들을 찾아가 큰절을 올리고 잠시나마 말동무가 되어 드렸다. 처음 보는 젊은 친구가 양쪽 주머니에 한가득 선거명함을 넣고 뻔한 속내를 드러냈지만, 이마저도 환한 웃음으로 맞아주시며 "젊은 친구가 고생 많네." "열심히 해봐"라고 격려해 주셨다. 또 "간만에 젊은 사람 손 한번 잡아보자"며 내 손을 잡고 소녀처럼 좋아하시던 할머니들의 모습 속에서 가슴 뭉클한 감동과 함께 우리 농촌이 처한 안타까운 현실을 동시에 느낄 수가 있었다.

돌이켜보면 당시 두 달간의 시간 동안 하루 15시간씩 마을과 마을을 돌아다니고, 골목과 골목을 누비며 참 많은 사람들을 만나 수많은 애기들을 들었다. 그리고 그런 고된 과정을 통해 내가 한 가지 확실히 배울 수 있었던 것은 바로 '국회의원 금배지'가 가진 진정한 의미였다. 그것은 결코 국회의원 금배지가 이것저것 다 해본 뒤 말년에 개인의 명예욕을 채우기 위한 수단이 되어서는 안 된다는 사실이었다. 또한 많은 돈이나 명성을 가진 자가 그 부와 이름에 걸맞은 위상이나 신분을 갖기 위해 한번 달아보는 것도 아니었다. 국회의원 금배지는 올바르게 뜻을 세우고 철저히 준비해온 자가 한 표 한 표 모아주신 지역 주민들의 믿음에, 자신의 몸과 마음을 모두 바쳐서 그 책임을 다하는 것임을 배울 수가 있었다. 돈이 많은 자는 그 돈이 주는 안락함을 버려야 하고, 옳은 일을 위해서는 때로 개인의 명예마저도 모두 내던져야 하는, 십자가와 같은 것이 바로 '금배지'로 대변되는 '국회의원'의 자리임을 말이다.

남 탓하기 이전에 나부터가 과연 그러한 각오와 두려움으로 나섰는지 냉정히 돌아보고 늘 마음을 바로잡아야겠다는 각오를 다졌다. 우리 할머니 할아버지들이 불편한 몸을 이끌고 투표장에 나와 던져 주시는 그 한 표 한 표의 무게를 잘 배울 수 있다면, 그것만으로도 나의 첫 도전은 충분히 가치 있고 의미 있는 것이 될 수 있을 것이다.

잘 기다리는 연습

"정치판에서 성공하려면 잘 기다리는 법부터 배워야 한다."

정치를 해보겠다고 태평양을 건너온 고교 후배에게 정치권에 몸담고 있던 선배 형이 가장 처음 해준 말이었다. 한때 이름깨나 알리며 잘 나가던 정치인들이 바로 이 교훈을 지키지 못해 스스로 무너졌다는 사실을 늘 가슴에 새겨두라면서 말이다. 한참 앞으로 달려갈 때는 주위에 사람들이 넘치는 것 같지만, 한번 실패하고 넘어져 보면 그 많던 사람들이 모두 연기처럼 사라지고 철저히 혼자서 모신 시간을 이겨내야 하는 것이 바로 정치인의 삶이라고도 했다. 선거전에 빠져 정신없이 살 때는 전혀 생각나지 않던 선배의 말이, 신기하게도 공천에 떨어졌다는 말을 듣는 순간 가장 먼저 내 머릿속에 떠올랐다. 선배가 말했던 그 '기다리는 연습'을 하며 참 외롭고 힘든 시간을 보내게 되리란 느낌과 함께….

비록 짧은 기간이었지만 선거 과정을 통해서 나는 내 또래가 쉬이 경험하고 배울 수 없는 많은 삶의 교훈들을 얻었다. 그중에서도 가장 큰 교훈은 '사람'에 관한 것이었다. 대략 '사람'은 세 부류로 나눌 수 있는 것 같다. 남이 잘되는 것을 용납하지 못하고 시종일관 비웃고 무시하거나 때론 방해까지 일삼는 부류가 그 첫째이고, 일이 잘될 때는 곁에 있지만 일이 틀어지면 재빨리 발을 빼는 부류가 그 둘째며, 결과와 관계없이 한 사람의 됨됨이와 가능성을 믿어주고 한결같이 곁을 지켜주는 사람이 마지막 부류이다. 상처를 받게 되는 경우는 첫째와 둘째 부류 때문인데, 선거 과정 중에서는 첫째 부류에게 그리고 결과가 나온 뒤에는 오히려 그 둘째 부류에게 더욱 큰 상처를 받았다. 결과 발표 직후 공천받은 후보의 선거사무실에 축하 인사차 방문했다가 불과 며칠 전까지 내 사무실에서 보았던 낯익은 얼굴들과 마주쳤을 때가 그러했다. 세상 인심이란 게 원래 그런 것이라지만, 그 순간 모두가 떠난 빈 사무실에서 쓸쓸히 뒷정리를 하던 우리 가족들의 모습이 떠올라 마음의 평정을 찾기가 쉽지 않았다.

"무한한 미래가 있으니 너무 낙심 마세요."

이번 공천심사위원회에 외부인사로 참여했던 어느 교수가 공천심사가 끝난 뒤 보내온 문자메시지였다. 예의상 보낸 것이겠지만, 그 문자메시지 한 통이 내게 얼마나 큰 위안이 되었는지 모른다. '가능성'과 '미래'라는 두 가지의 희망을 내게 던져주었기 때문이었다.

'그래, 다시 뛰자. 나는 이제부터가 진짜 시작이잖아.'

돌이켜보면 당시 선거에서 내가 겪은 것은 단순한 '실패의 아픔'이 아니라, 더 큰 걸음을 내딛기 위한 '연단鍊鍛의 아픔'이었다. 한국으로 돌아오는 비행기 티켓 값을 벌기 위해 출국 전날까지 아르바이트를 했을 정도로 맨땅에서 맨주먹으로 시작했었다. 그렇게 아무것도 가진 게 없던 내가 감히 '국회의원 예비후보'라 불리며 그 많은 경험을 할 수 있었던 것 자체가 실로 기적이었고 은혜였다. 그리고 이런 기적 같은 일이 가능할 수 있었던 것도 나를 믿고 지켜준 분들이 계셨기 때문이었다. 나는 졸리고 배고파서 하지 못했던 금식 기도와 새벽기도를 대신 해주셨고, 주머니 속 쌈짓돈까지 털어 나보다 더 애타는 마음으로 힘써 주셨다. 그랬기에 제대로 한번 붙어보지도 못한 채 공천에서 탈락했다는 소식을 접했을 때 그 고마운 사람들이 얼마나 내 눈에 밟혔는지 모른다. TV에 나가 상대 후보들과 멋지게 토론 한 번만 할 수 있기를 정말로 간절히 소망했었다. 단 한 번만이라도 좋으니 후보들이 서는 유세 차량에 올라가 사자후를 토하는 모습을 그분들께 꼭 보여드리고 싶었다. 공천에 탈락했다는 사실보다 '이대로 물러나지 마라'는 주변의 기대를 저버리고 현실적 한계를 인정하며 그냥 주저앉아 버린 내 모습이 더 실망스럽고 부끄러웠다. 나같이 못난 놈이 많은 사람들을 너무 크게 고생시켰다는 죄책감과 좌절감이 한동안 내 모든 생각과 일상생활을 마비시켜 버렸다.

하지만 언제까지 넋 놓고 주저앉아 있을 수만은 없는 노릇이 아닌가? 도와주신 고마운 분들이 내게 진정으로 바라고 계셨던 것이 그런 나약하고 못난 모습은 아닐 것이란 생각이 들었다. 또한 나같이 부족한 자의 꿈도 온전히 믿고 끝까지 지켜주려 수고하신 그 고마운 분들께 은혜를 갚기 위해서라도 나는 다시 일어나야만 했다. 그래서 조만간 더 큰 꿈을 품고 더 크게 성장한 모습으로 돌아가서 그분들 앞에 다시 우뚝 서야 한다는 책임감이 생겼다. 비록 많이 외롭고 힘들었지만, 지금까지 해온 '잘 기다리는 연습'이 분명 나를 더 성숙되고 더 역량을 갖춘 정치인으로 변화시켜 줄 것이라 믿는다.

"여러분, 참 감사했습니다. 여러분 모두를 정말 사랑하고 존경합니다!"

성공한 사람의 과거는 비참할수록 더 아름답다

공천에 떨어지고 소위 말하는 야인생활이 시작되었다. 선거 때는 겨울 양복에 코트를 걸치고도 시골의 매서운 칼바람에 절로 몸이 움츠러들었는데, 오래간만에 나가본 거리엔 벌써 반바지에 짧은 소매의 사람들이 눈에 띄었다. 선거 후 거의 한 달 동안이나 집 밖 출입을 하지 않았다. 한참 젊은 놈이 그냥 툴툴 털고 일어나야 한다고 생각은 하면서도, 그게 말처럼 쉽지만은 않았다. 한꺼번에 긴장이 풀어져서 인지 처음 며칠은 심한 몸살로 꼬박 자리를 보존해야 했다. 그렇게 며칠이 지나고 이젠 기력이 좀 회복되나 싶었는데, 이번에는 심한 허탈과 분노가 번갈아 가면서 심신을 괴롭혔다. 너무 바쁘게 살다가 갑자기 한가해져서인지, 내 주위의 모든 것이 공중으로 붕 떠버린 듯한 환상에 빠지기도 했다. 얼마간 시간이 흐르고 나서야 '이젠 뭐하며 살아야 하지?'란 지극히 현실적인 문제가 눈에 들어오기 시작했다. 갑자기 내가 처한 암울한 현실이 너무도 선명하게 깨달아지면서 두려움마저 생겼다. 출마를 위해 5년 넘게 이어온 미국생활을 급작스럽게 정리하고 왔기에, 새로운 환경에서 무엇을 하며 어떻게 적응해 가야 할지 그저 모든 것이 막막하기만 했다.

무엇을 해야 할지 잘 떠오르지 않을 때는 늘 그랬던 것처럼, 이번에도 무작정 책을 사서 읽었다. 복잡한 이론이나 분석은 머리에 들어올 상황이 아닌지라, 하나같이 힘든 여건과 시련을 극복하고 마침내 꿈을 이룬 사람들에 관한 책만 닥치는 대로 읽었다. 칭기즈칸, 도쿠가와 이에야스, 등소평, 주은래, 정도전, 한명회, 정주영, 이명박, 박정희, 강영우, 링컨 등등. 예전에 모두 읽은 것들이지만, 다른 출판사에서 다른 느낌으로 써놓은 책을 일부러 찾아서 또 읽었다. 그들의 힘들었던 이야기를 통해서나마 위로와 용기를 얻어 당시의 내 어려운 처지를 이겨보고 싶었기 때문이었다. '성공한 사람의 과거는 비참할수록 더 아름답다'는 말이 이래서 생겼는지도 모르겠다. 쉽게 이룬 성공, 대를 이어온 출세와 부는 부러움의 대상은 될 수 있어도 '감동'의 대상이 될 수는 없는 법이다. 사람들이 그것을 보며 시기하고 질투할 수는 있어도 위로와 용기를 얻을 수는 없는 법이다.

성공하고 승리했을 땐 보이지 않던 것들이, 실패하고 깨졌을 때에야 비로소 보이기 시작한다는 사실을 문득 깨닫게 되는 순간이 있다. 비록 실패와 패배가 참 많이 아프고 힘이 들지만, 그만큼 사람을 성숙시키고 삶의 지혜를 더해 준다는 사실을 말해주고 있는 것이다. 진심으로 바라건대 내 삶 속의 그 아픈 시간들이 내 인생의 키를 성장시켜 장차 더 나은 사람으로 발전해가는 계기가 될 수 있었으면 좋겠다. 또한 내가 겪은 모든 실패와 아픔의 경험들이 훗날 다른 누군가에게 위로와 용기를 전해주는 도구로 쓰임 받게 된다면 정말 좋겠다는 생각도 해보았다. 내가 읽으면서 치유 받을 수 있었던 그 '아픔을 이겨낸 사람들의 삶'처럼 말이다.

다 너그 아부지 때문이다

2011년 말부터 시작된 아버지와 나 사이의 팽팽한 긴장과 갈등이 해를 넘겨서도 쉬이 사그라지지 않았다. 바로 2012년 4월에 실시된 제

19대 국회의원 총선 때문이었다. 아버지는 어떻게든 내 마음을 한번 움직여보려 했지만, 나는 현실도 모르고 또 만용을 부리신다고 여겨져 여간 마음이 불편한 게 아니었다. 나라고 왜 출마하고 싶은 마음이 없겠는가마는 가족 전체의 생계를 책임지고 있는 마당에서 나 하나 좋자고 무턱대고 무모한 결정을 내릴 수는 없었다. 젊은 시절 우리 아버지의 특기였던 무모함 때문에 그 긴 세월 고통 속에 살아야 했던 내가, 나의 무모함으로 또다시 가족들을 동일한 고통 속에 몰아넣을 수는 없는 노릇이었다. 도움을 줄 형편도 아니면서 자꾸 내 삶에 짐만 올려놓으려는 아버지에 대한 원망과 분노를 쉽게 떨칠 수가 없었다. 그래서 고향에 내려가지도 아버지에게서 오는 전화를 받지도 않았다. 그러자 아버지는 밤마다 계속 문자를 보내셨다. 그것도 꼭 한밤중이나 새벽 시간에 말이다. 그 시각까지 당신이 잠들지 못하고 있다는 것을 내게 시위하는 것처럼 느껴져 더 부담스럽고 싫었다.

'대원아 또 한 해가 저물어 가는구나. 없는 돈에 이사한다고 너희 부부가 고생했겠구나. 부모로서 아무것도 도와주지 못해 너무 미안하구나. 어찌하다 내 인생이 이렇게까지 되었는지 후회밖에 없구나. 요즘 신문지상에는 너도나도 예비후보 등록하고 있는데, 네 맘 아버지가 어느 정도는 안다. 아버지 맘이 이렇게 괴롭고 힘든데 네 맘이야 오죽하겠냐? 참 외롭고 살아가기가 힘이 드는구나. 대원아 정말 미안하구나. 아버지가 너 정치할 때 돈 걱정 없이 하겠다는 것을 삶

의 목표로 삼고 살아왔지만 다 허사였다.'

'대원아 오늘은 네 선배 선거사무소에 가서 도와주고 왔다. 나는 돈이 없으니 다음 주부터 아는 교회 몇 군데에 소개도 하며 몸으로라도 좀 도울 생각이다. 지금 내 아들 선거운동한다면 얼마나 좋을까 생각하면 정말 가슴이 터진다. 혹 법이 허락한다면 경험 삼아 비례라도 한번 응해보렴. 어제 대구선거관리위원회에 가서 알아보니 정당비례대표 후보자는 중앙선관위원회에 비례대표 후보등록과 동시에 직장에 사직서를 제출하면 된단다. 선관위 직원 말도 지난번 선거까지는 돈이나 빽으로 결정했지만, 이번에는 자질과 능력이 있고 깨끗한 사람으로 후보자를 선택할 수밖에 없을 것이라고 하니 능력과 자질 모든 면에서 다 준비된 너에게 하나님이 주신 아주 좋은 기회라 여겨진다.'

'대원아, 아버지는 요즘 몸이 영 좋지 않구나. 그래서 2월 1일에 보훈병원에 가서 진찰받을 생각이다. 빨리 이 선거가 지나갔으면 한다. 능력과 자질은 있어도 돈 없어 도전조차 못하는 네 맘이나 아버지 무능으로 도와주지 못하고 그냥 바라만 보고 있는 이 아버지 맘 아무도 모를 것이다. 대원아 네가 지난번에 다 때가 있다고 말했지만, 아버지는 지금이 가장 좋은 때가 아닌가 하고 생각한다. 힘내거라.'

– 못난 아버지가 아들을 그리며 –

그즈음 어린 시절 같은 동네에서 자란 고향 친구를 만나 꽤 오랫

동안 술잔을 비웠다. 당시의 내 마음 상태가 그런지라 주로 내가 처지를 비관하고 불평을 하면 친구가 듣고 고개를 끄덕여주는 식이었다. 그렇게 말없이 듣고만 있던 친구가 대화 말미에 뜬금없이 "내 요즘 열심히 수준 높이고 있다고 너그 아부지께 꼭 좀 전해라"라며 씩 웃는 것이었다. 그러면서 "어릴 적에 너그 아부지가 울 아들은 앞으로 크게 될 끼니까 너그들도 그 수준 맞추려면 열심히 노력해야 한데이"라고 자랑삼아 말씀하시곤 했다는 것이었다. 순간 화끈거리고 민망한 얼굴을 감추느라 아버지에 대해 더 역정을 냈다. 그러자 친구는 사뭇 진지한 표정으로 "그런 아부지 있는 게 니 복인 줄 알아라. 니가 오늘 이만큼 된 것도 다 너그 아부지 때문인기다."

한 때는 세상에서 가장 힘 있고 무서운 사람이 우리 아버지라 여겼다. '부자는 망해도 3년은 간다'던데, 우리 아버지는 망해도 어찌 그리 철저히 망했는지 이제는 아들에게 생활비는 물론이고 아파트 월세까지 타 써야 하는 처지가 되었다. 이 모든 것이 아버지의 욕심과 독선에서 시작됐고, 그 때문에 온 가족이 지난 십수 년 동안 모진 세월을 보내야 했기에 늘 가슴 속에 아버지에 대한 원망을 갖고 살았다. 젊은 시절 기세등등하던 모습은 다 어디 가고, 이제 아들인 내게 모든 삶의 기대를 걸고 자꾸만 내 삶에 무게를 보태는 아버지가 얼마나 미웠는지 모른다. 그런데도 남들은 내가 이만큼 된 것이 내 실력과 노력 때문이 아니라 '울 아부지 때문'이라고 한다. 하긴 어릴 때부터 우리 아버지에게는 나밖에 없었다. 밑으로 동생 둘이 있었지만 동생

둘을 다 줘도 나 하나를 바꾸지 않는다고 대놓고 말씀해서 늘 어머니에게 핀잔을 듣곤 하셨다. 그리고 주변에서 내게 '대통령 되기가 어디 그리 쉬운가?' '빨리 철들어서 현실 가능한 목표를 세우라'고 충고하면 '왕후장상의 씨가 따로 있나. 우리 대원이는 할 수 있다'고 맞서곤 하셨다. 그렇게 아버지는 내 '큰 꿈'을 온전히 인정해준 유일한 '내 편'이었다. 이런 생각이 들자 갑자기 가슴이 먹먹해지면서 회한의 이슬이 맺혔다.

아직도 우리 아버지는 정치는 돈과 줄이 있어야 할 수 있다고 믿고 계신다. 아무리 능력과 자질이 뛰어나도 돈과 줄이 없으면 기회조차 얻을 수 없다고 여기시는 것이다. 둘 중 어느 것도 해줄 수 없던 아버지는 큰 죄인이 되어 아들에게 전화 한 통도 제대로 걸지 못했던 것이다. 그런 아버지를 생각할 때마다 "아버지, 세상이 변했습니다. 이젠 돈과 빽으로 정치하던 시대는 지났습니다. 그러니 제발 그만 미안해하세요"라고 얼마나 외치고 싶은지 모른다. 그런 세상이 과연 언제쯤 오게 될지는 나도 모른다. 하지만 내 아버지가 살아계신 동안에 꼭 그런 날이 와서 '울 아부지'가 그 모든 마음의 짐과 죄책감을 홀가분하게 내려놓으실 수 있으면 좋겠다.

또다시 무모한 도전에 나서다

"깨끗합니다. 6개월 뒤에 보겠습니다."

의사의 이 한마디는 또다시 제게 6개월간의 시간이 주어졌다는 것을 의미했습니다. 암 수술을 받은 지도 벌써 3년 반이 지나 이제는 많이 익숙해질 법도 한데 여전히 의사의 한마디에 만감이 교차하고 있는 제 모습을 보았습니다. 양복에 넥타이 매고 남들 앞에서 한껏 폼 잡고 얘기하는 모습과 검사 결과에 대한 공포 때문에 하체를 드러내고 누워서도 부끄럽다는 생각조차 떠올리지 못하는 모습 중, 과연 어느 것이 진짜 제 모습인지 저도 궁금할 때가 있습니다. 특히나 이번에는 검사 결과에 따라 이후의 삶의 일정이 많이 바뀔 수 있었기에 더욱 긴장이 되고 정신이 없었던 것 같습니다. 이처럼 처한 상황에 따라 마음과 행동이 극과 극을 오가는 것이 진짜 제 인생의 본전임을 깨닫게 됩니다. 제가 늘 가난하고 낮은 마음으로 살아가야 하는 이유가 바로 여기에 있는 것이겠지요.

이제 대원이가 또다시 '무모한 도전'에 나서고자 합니다. 저는 다가오는 4월 11일 제19대 국회의원 총선에 '새누리당 비례대표 후보'로 나설 자정입니다. 붉과 지난 총선 때까지만 하더라도 '돈'과 '줄'이 없으면 지역구보다 훨씬 더 어려운 것이 비례대표 의원직이었습니다. 그리고 둘 중 어느 것도 가진 것이 없는 저 같은 사람은 감히 마음으로라도 넘볼 수 있는 자리가 아니었습니다. 그래서 저 역시 비례대표는 상상도 하지 않았습니다. 그저 기회가 되면 고향 땅으로 내려가 다시 한 번 도전해 보고 싶은 마음뿐이었습니다. 하지만 주위의 몇몇 분들께서 제게 비례대표를 권하며 이런 말씀으로 용기를 주셨습니다.

"이번에는 다를 거야. 이젠 세상이 변했어."

이런 격려에도 불구하고 저는 여전히 자신이 없었습니다. 지레 겁부터 집어먹고 어떻게든 빠져나갈 궁리를 했습니다.

"박근혜와 안철수가 잘나서도 아니고, 여당이나 야당이 개혁의지가 있어서도 아니야. 우리 같은 보통 사람들이 지금의 정치를 도저히 눈 뜨고 볼 수가 없어서 우리가 이렇게 바꾼 거야. 대원이 너 같은 친구들이 한번 도전해 보라고 말이야."

도저히 안 되겠다고 여겼는지 이번에는 이렇게 단호한 어조로 저의 용기 없음과 우유부단함을 질책하셨습니다. 그래서 저 같은 사람이 감히 비례대표 의원직에 도전할 마음을 먹게 되었던 것입니다.

요즘 모두가 외치고 있는 '소통' '개혁' '서민', 이런 멋지고 대단해 보이는 것들을 저는 말하지 않으렵니다. 그냥 지금까지 제 주변에서 보고 들어온 우리 이웃들의 상식적이고 평범한 말과 생각만 가슴에 잘 간직하고 가겠습니다. '네가 좀 더 배웠다손 치더라도, 그리고 네 주위 사람들이 너만큼 잘나지 못했더라도, 그 사람들이 하는 시답지 않은 얘기도 들어줘라.' '불의한 사람은 혼내고, 불쌍한 사람은 돕고, 억울한 사람은 억울한 것을 풀어줘라.' '일할 의지가 있고, 공부할 능력이 있는데도 사방이 꽉 막혀 도무지 앞이 안 보이는 사람들에게는 한

번쯤 기회를 줘라.' 이런 절절한 이웃들의 애기를 가슴에 품고 국회에 들어가고자 합니다. 그리고 한번 제대로 일한 뒤 여러분의 박수를 받으며 멋지게 물러나겠습니다. 정치에 대한 기본적인 준비도 없이 국회로 들어가, 처음 2년은 분위기 파악하느라 보내고 남은 2년은 남의 지역구 기웃거리느라 시간을 보내는 그런 비례대표 의원은 되지 않을 것입니다. 저는 비례대표 직을 마치고 그 기득권으로 노른자 지역구에 출마하는 짓 따위는 절대로 하지 않을 것입니다. 비례대표 4년의 시간을 통해 국민과 역사의 냉정한 평가를 받을 것입니다. 그리고 여러분께서 '잘했다'며 한 번 더 하라고 하신다면 한 지역을 정해 그곳에서 섬기고 땀 흘리면서 다시 4년을 준비한 뒤 오는 2020년 제21대 국회에 도전하겠습니다.

며칠 전 비례대표 출마를 상의 드리러 정치권의 한 선배님을 찾아갔더니 제게 '줄은 있냐'고 물으시더군요. 아마도 제가 돈이 없는 것은 익히 아시는지라, 뭔가 다른 믿는 구석이라도 있는지 확인 차 그렇게 물으셨을 것입니다. 그 말씀을 듣자 '돈 없는 놈이 줄도 없이 무슨 배짱으로 나왔지?'란 생각이 들어 순간 많이 당황스러웠지만, 이내 목소리를 가다듬고서 이렇게 말씀드렸습니다.

"돈이나 줄이 없어도 잘 준비해온 사람에게는 반드시 일할 기회가 주어져야 한다고 믿는 주변의 보통 사람들이 제 줄입니다."

지금 저는 그 줄 하나 잡고 무모한 도전을 시작했습니다. 그 줄 하나 잡고 출사표를 던진 대원이의 도전이 정말로 '무모한 도전'으로 끝

날지, 아니면 '용기 있는 도전'이 되어 새로운 세상의 시작을 알리게
될지 여러분께서 한번 지켜봐 주십시오.

- 2012년 2월 13일 제19대 총선 출마선언문 -

내 삶 속의 참 좋은 사람들

돌이켜보면 지나온 내 삶도 남들 못지않은 우여곡절과 시련의 연속
이었던 것 같다. 하지만 그런 어려움의 시간을 지나오면서도 내가 포
기하지 않고 오직 한길만 걸어올 수 있었던 것은, 삶의 고비마다 참
좋은 사람들이 내 곁을 지켜줬기 때문이었다. 바로 그들이 내 여린 마
음을 굳게 잡아주고 부족한 점을 넉넉히 채워줬기 때문이었다. 내가
낙심하고 좌절해 있을 때는 힘과 용기를 불어넣어 주었고, 내가 교만
에 빠져있을 때는 매서운 질책과 충고로 내 본전을 깨닫게 해주었다.

"대원이 네가 제일 안 돼 보였을 때는 낙담하고 있을 때였어. 너더
러 항상 말 많다고 핀잔주고 구박했지만, 나도 그렇고 주위 사람들도
그렇고 네가 스스로의 꿈에 대해 한참을 취한 듯이 얘기할 때 참 보
기가 좋았어. 어쩌면 사람들과 내가 좋아했던 게 바로 너의 그 '긍정'
과 '자신감'이었던 것 같아."

"걱정이 너무 많은 사람은 아무것도 못 하는 것이고 항상 뭔가를
이루는 사람은 긍정적으로 도전하는 사람이지. 사람들 이야기 많이

들고 스스로 많이 돌아본 뒤 자신감 충전해서 해야 할 일들을 하나
씩 헤쳐나가길 바라. 언제나 우리가 응원하는 거 잊지 말고.”

2011년 가을, 국회 모 분과위원장의 보좌관을 하고 있는 후배를 만
나기 위해 국회 본청에 들렀다가 그 방에서 우연히 홍정욱 의원을 보
게 되었다. 그러자 문득 예전에 그가 썼던 베스트셀러인 『7막 7장』을
비무장지대 안 GP에서 읽고 가슴이 뜨거워져 그에게 ‘도전장’을 썼던
기억이 떠올랐다. 그래서 후배에게 “예전에 군 생활 할 때 홍정욱 씨
가 쓴 『7막 7장』을 읽고 도전장을 쓴 적이 있어. 결국 보내지는 못했지
만, 그 내용 중 하나 기억나는 것이 ‘비록 지금은 나만 당신을 알고 당
신은 나를 모르지만, 10년 후에는 나도 당신을 알고 당신도 내가 누군
지 알게 되는 세상이 올 것이다’고 했는데 아직도 저 사람은 내가 누
군지 몰라. 벌써 20년의 세월이 흘렀는데도 말이야. 지금 저 친구는
국회의원이 되어 있는데 그간 나는 뭘 했는지 모르겠어”라며 자조 섞
인 푸념을 했다. 그러자 후배는 단호한 표정으로 “얼마 안 남았어!”라
며 내 말을 맞받아쳤다. 예상치 못한 후배의 반응에 다소 당황스런
표정을 짓고 있는데, 이내 강한 톤으로 “저 양반이 형을 알아보게 될
날이 이제 얼마 안 남았다고!”라며 말을 덧붙였다. 그러면서 섬에서
태어나 일찍 아버지를 여의고 지독한 가난 때문에 장학금을 주는 지
방 국립대로 가야 했던 사연에서부터, 30대를 훌쩍 넘긴 나이에 처자
식까지 있는 몸으로 멀쩡하게 다니던 직장을 때려치우고 국회 인턴생

활을 시작했던 이야기까지, 자신의 지나온 삶을 장시간 동안 진지하게 들려주었다. "형, 나 그리 만만한 사람 아니야. 나도 사람 보는 눈이 제법 있거든. 형은 반드시 큰 정치인이 될 거야." 그렇게 내 가슴을 울리고 내 심장을 요동치게 만들었던 후배가 공천심사를 며칠 앞두고서 이런 편지를 보내왔다.

형, 간만에 뭔가를 목표로 움직이는 모습, 상상이 간다. 내가 지난번 통화 때 말했듯이 꼭 이번에 되겠다고 너무 집착하지 말고 그냥 무심한 듯이 해야 해. 정치가 제대로 되려면 정치하려는 사람이 나서기 전에 충분히 준비하고, 자리에 있는 동안 사력을 다하고, 끝나면 깔끔하게 내려오는 무대 같은 건데, 다들 그렇게 하지 않아서 지금과 같은 문제들이 생긴 게 아닐까?
형이 늘 말했듯이 '권력을 대하는 자세', 즉 일을 하기 위한 자리인지 아니면 누리기 위한 자리인지 그게 참 중요한 것 같아. 지금 비대위에서 인재 영입하는 조동성인가 하는 양반이 '비례대표가 회장 클럽이 돼선 안 된다'고 했다는데, 내가 이야기했던 것과 같은 맥락이라고 생각돼. 지난 18대 국회 때 참 MB스럽게 공천하면서 비례대표들도 각 단체의 대표들에게 나눠줘 버렸고, 이 사람들 국회에서 자기 단체의 협회장 역할에만 충실해서 소외된 사람들을 배려하지 못했지. 민심과는 정반대 방향으로 말이야. 이제 당연히 제자리로 가려고 할 거야. 살아남기 위해서라도. '누구를 대표할 건지, 어떤 일을 하는 비례대표가 될 건지'를 제대로 설명하는 것이 핵심이 될 기야. 줄은 그다음인 것 같아.

내가 볼 때 형은 젊은 보수, 나아가 보수에서 중도까지를 아우를 수 있다고 봐. 물론 육사 출신이라 보수적 색깔이 자연스럽게 묻어나긴 하는데, 그간 원희룡, 정두언, 남경필 뭐 이런 사람들과 어울린 것이 중도지향적인 느낌도 동시에 줄 수 있을 거라고 생각돼. 그들과 왜 어울렸는지에 대한 설명을 간결하게나마 할 수 있어야 할 거야. 민심이 중심에 자리하고, 그 민심을 전달하고 구현하는 통로로써 정치를 바라볼 수 있었으면 좋겠어.

하루 이틀 만에 할 수 없는 페북을 통한 소통, 그리고 그러한 소통을 통해 대한민국이라는 공동체가 더 살기 좋아졌으면 하고 바라온 형의 마음, 충분히 한 표 줄 수 있는 스펙이라고 생각돼. 절대 사심이 묻어나선 안 되고, 이번에 안 주면 나도 안 하겠다는 쿨한 자세를 보여줘. 남들처럼 '이번'에 집착해서 비굴한 모습 보이지 말고. '한나라당이 쇄신하고 국민의 기대만큼 제대로 한번 해보려고 비대위까지 꾸리는 모습을 지켜보며 조그만 희망을 가지고 신청했다.' 뭐 이 정도가 형다운 스탠스인 것 같아. 형이 그간 생각해온 것과 가지고 있는 모습을 그대로 보여주고, '당에 들어가서 당당히 일해 보겠다.' '4년 안에 모든 것을 쏟아 붓고 깔끔하게 물러나겠다'는 각오면 될 것 같아.

지난 2004년 제17대 총선 때 이성권, 김희정 등이 선택받았던 것은 그들의 살아가는 모습이 비록 완성되지는 않았지만 지향하는 바가 뚜렷했고, 당시 한나라당이 차떼기 이미지를 씻기 위해 그들의 새로운 이미지가 필요했기 때문에 차용한 것이라고 봐. 그런데 지금이 딱 그 분위기라는 거지. 절대로 기성 정치인의 모습을 닮으려 하거나 따라 하는 모양새는 안 될 것 같아. 창조적 파괴가 필요한 시점이니까. 기존 한나라당 정치인들에 대한 비판 포인트는 명확해야 하고, 형의 정치 지향점도 분명해야 해. '국회의원 상을 재정립하겠다.' '기득권을 내려놓겠다.' '일로 평가받겠다.' 등 정치개혁에 대한 비전과 구체적인 정책 과제들을 고민해 보는 게 좋아. 가령 안보 분야라면, '현재 안보의 문제가 이것이며 그 해법으로 어떤 법을 어떻게 고치겠다.' '국방개혁안이 안 되어온 이유와 내가 하면 해낼 수 있는 이유' 등 구체적인 목표를 제시하는 게 좋겠지.

두서없이 생각나는 대로 한번 적어봤어. 기본적인 게 준비되면 그때 한 번 만나서 이야기합시다.

총선을 앞두고 꽉 막힌 현실만 바라보며 결단을 내리지 못하고 있을 때, 내 마음을 굳세게 만들어 준 사람들이 바로 이들이었다. 그렇게 용기와 위로와 교훈을 준 고마운 사람들에게 이젠 내가 그들의 기쁨과 보람과 희망이 되어주고 싶다.

이미 충분히 행복했잖아

"공천심사위원회는 비례대표 후보에 대한 공천을 위해 서류심사와 일부 필요한 인사에 한해 면접을 실시하는 등 공천절차를 진행할 예정이다."

당시 이와 같은 기사를 접한 이후로 한시도 휴대폰을 손에서 내려놓지 못했다. '혹시라도 공천심사위원회에서 면접 일정이 잡혔다는 연락이 오지 않을까.' '혹 그 전화를 못 받아서 나만 빼고 심사에 들어가지는 않을까'라는 엉뚱한 상상까지 하면서 말이다. 하지만 그러한 내 생각이 얼마나 황당하고 무지한 것이었는지를 깨닫게 되는 데는 그리 오랜 시간이 걸리지 않았다. 다음날 오후에 나온 기사를 보니 늘 그래 왔듯이 이번에도 비례대표 후보는 면접도 없이 심사를 끝낼 모양이었다.

내가 앞뒤 전후 사정을 따져보지 못하고 순진하게 생각했던 것이지, 조금만 찬찬히 짚어 보았어도 이런 뻔한 결과를 쉽게 예측할 수 있었을 것이다. 최초 새누리당에서 밝힌 공천심사 종료일은 3월 16일이었다. 그런데 겨우 열흘 정도 남은 시점에서 '비례대표 후보자 공모'에 대한 공고를 발표하고, 8일이 되어서야 서류접수를 시작해서 13일부터 심사를 한다는 것부터가 난센스였다. 내가 제출한 공천서류반도 총 92장이니 600명이 훨씬 넘는 후보들의 서류를 모두 합치면 6만 장이 넘는 방대한 분량이다. 아무리 이런 일에 익숙한 전문가 집단이 절차를 수행한다 하더라도 단 사흘 만에 그 많은 양을 제대로 검토한다는 것은 애초부터 불가능했다. 결국 '눈 가리고 아웅'하는 격이다. 물론 사전에 유능한 사람들을 추천받아 유력 후보들에 대해 따로 정밀검증을 했을 수도 있다. 하지만 '숨은 인재'란 것도 있는 법인데, 이렇게 무성의하고 비양심적으로 공천할 거면 뭣 때문에 수백만 원의 심사비를 받고 서류준비로 수 십일의 시간과 노력을 쏟도록 만든다는 말인가? 그런 요식적인 과정을 거쳐서라도 '국민 공천' '열린 공천' '공정 공천'이라는 명분과 정당성을 얻고 싶었던 것일까?

이런 상황들이 다른 사람들의 눈에도 보였는지 온종일 내 주변으로부터 검증되지 않은 온갖 이야기들이 전해졌다. '이미 비례대표 후보자에 대한 개별 접촉은 물론 면접까지 끝났다더라' '이번 공천 작업을 주도한 몇몇 실세들이 이미 50명 정도의 사람들을 추렸고 대략적인 순번까지도 정해놓았다더라' '사무총장이 가져온 그 오더를 놓고 공천심사위원들은 그저 요식적인 절차만 수행한단다.' '그래서 지역구 출마 후보자들에게 주어졌던 1분 30초짜리 면접시간마저 비례대표 후보자들에겐 필요가 없는 것이다.' 등등, 참 많은 말들이 이미 한없이 무너져 내린 내 마음을 밟고 또 밟으며 아프게 만들었다.

돌이켜 보니 지난 2005년 내 고향에서 처음 국회의원에 도전했을 때도, 또 지난 2007년 대선이 끝난 뒤 대통령직 인수위원회와 1기 청와대를 구성할 때도 지금처럼 울리지 않는 휴대폰만 붙잡고 애간장을 태웠었다. 특히 지난 2007 대선 때는 가족과 떨어져 2년 가까이

고시원 생활까지 하며 갖은 고생을 다했던 터라, 그 실망과 상처는 실로 내가 감당키 어려울 정도로 컸다. 얼마나 마음이 갈가리 찢겼던지 대선 후 고향 집으로 내려가 어머니가 차려주시는 삼시 세끼를 꼬박 꼬박 챙겨 먹으면서도 한 달 만에 몸무게가 무려 6킬로그램이나 빠졌다. 그렇게 노심초사하며 바짝바짝 말라가는 내 모습을 옆에서 지켜보시던 어머니가 '자꾸 그렇게 생살 빠지면 암 생긴다'고 하셨는데, 정말로 채 일 년이 가기 전에 내 몸에 암세포가 자라났다.

'그래, 마음을 고쳐먹자. 나같이 부족한 놈에게 기대와 희망을 걸고서 아낌없는 애정과 격려를 쏟아주신 그 고마운 분들을 생각해서라도 이렇게 약해져서는 안 된다.'

'갖가지 말들이 무성하지만 공식적으로 확인된 것은 아무것도 없지 않은가? 완전히 끝나기 전에는 아직 끝난 것이 아니다.'

새파랗게 젊은 놈이 '이번에', '반드시'라는 말에 집착해서 미리 실망하고 좌절하는 것은 아직 인생 수양의 깊이가 얕아서이다. 나라와 이웃을 위해 한번 일해보기 위해 열심히 살아왔고, 또 기회가 와서 최선을 다해 한번 도전해 보았으면 그것으로 족한 것이다. 나야 지금 당장에라도 일할 수 있는 능력과 의지가 다 갖추어졌다고 여기지만, 아직 이 세상이 나더러 '준비가 부족하다'고 얘기한다면 그것이 옳은 것이다. '나를 알아주지 않는 민심도 천심으로 받아들이자'라고 그간 수없이 훈련해오지 않았던가?

내가 그토록 정성들여 쓴 자기소개서와 의정활동계획서가 제대로 한번 읽히지도 못하고 쓰레기통으로 향했더라도 이젠 괜찮을 것 같았다. 사실 그 두 번째 도전도 도저히 여건이 안 되는 상황에서 많은 분들의 기대와 헌신으로 이루어진 기적 같은 일이었다. 내가 눈앞에 놓인 현실적 제약만 보며 낙심하고 좌절해 있을 때 그 고마운 분들이 또다시 도전할 수 있는 힘과 용기를 주셨다. 덕분에 잠시나마 다시 꿈을 꾸고 하나하나 준비하며 기쁨과 설렘으로 시간을 보낼 수 있었던 것만으로도 이미 나는 충분히 행복했다는 생각이 들었다. 마음을 더 비우고 더욱 담대하게 나아가야 한다. 내가 권력을 추구하는 이유가 '일을 잘하기 위해서'이지, 권력을 누리기 위해서는 아니지 않은가? 그렇게 일을 잘 해내기 위해서는 능력과 의지만큼이나 중요한 것이 바로 건강이다. 그런데 시작도 하기 전에 마음을 졸이며 또다시 몸을 상하게 해서야 어떻게 '일 잘하겠다'는 약속을 제대로 지킬 수가 있을까? 선거 때마다 겪었던 그 모든 초조함과 가슴앓이도 결국 내가 정치와 인생을 배워가는 하나의 과정인 것이다. 나같이 부족한 자를 위해 한결같이 기대하고 염려해주시는 그 고마운 분들을 위해서라도 나는 또다시 힘을 내고 용기를 가져본다.

실패를 통해 자라왔던 내 '삶의 키'

무작정 집을 나섰다. 스스로 괜찮다 여기며 남들 앞에서 많이 웃으면 될 줄 알았는데 그게 아니었던 모양이다. 예전 '밀양'이란 영화에서 보았던 주인공처럼 겉으로는 상처가 극복되었다고 생각했지만, 가슴 속 깊은 곳에서는 응어리가 쌓이고 쌓이다가 터져버리기 직전까지 갔던 것 같다. 내 앞에 주어진 왜곡된 현실을 도저히 그냥 받아들이고 견뎌낼 수가 없었다. '네 능력이 부족하니 더 준비해서 오라'고 했다면 차라리 마음이 편했을 텐데, 이번에도 '별로 도움이 못 되어 미안하다. 내 역량이 이것밖에 안 되네. 대원이 네가 부족해서가 아니라 아직 우리 정치판의 수준이 이 정도밖에 안 되네'란 말과 함께 서류가 심사 테이블에 한번 오르지도 못했다는 소식을 선배로부터 전해 들어야 했다. '단 한 번만 내가 쓴 자기소개서와 의정활동계획서를 진지하게 읽어달라'고 그토록 매달리고 애원했는데도 말이다. 도저히 이대로는 안 되겠다 싶어 무작정 배낭에 속옷 몇 벌만 넣어서 그렇게 집을 나섰다.

지난 겨울 내내 봐온 눈보다 더 많은 양의 눈을 그 주말 동안 보았다. 정말이지 시커멓게 타버린 내 마음을 알기라도 하듯 눈은 하루도 쉬지 않고 내려서 눈에 보이는 모든 것을 덮어버렸다. 그렇게 쉼 없이 내리는 눈과 그 눈이 덮어버린 사방을 보고 있자니, 산 아래에 두고 온 세상일들이 다 하찮게 여겨졌다. 지난 17대 총선 때는 이번보다 더 험한 꼴을 당했고, 선거 뒤 생계를 위해 멀리 아프리카까지 갔다가 권총 강도를 당해 죽다가 살아난 적도 있었다. 그리고 지난 2008년 제18대 총선 때는 대선에 올인한 뒤 빈털터리가 되어 아예 공천서류를 접수할 몇백만 원이 없어 포기하고 그때 얻은 화를 삭이지 못해 암까지 얻었다. 그때에 비하면 돌아갈 집과 직장이 있는 이번은 얼마나 다행인지, 새삼 감사한 마음이 들었다.

'그래, 꼭 하고 싶다는 열정과 꼭 할 수 있다는 자신감만 있으면 이 세상에서 오르지 못할 산은 없다고 했지. 그리고 인생에서 가장 중요한 것은 승패 자체가 아니라, 이기고도 절제할 줄 아는 너그러움과 지고도 꺾일 줄 모르는 강인함을 갖춘 '넉넉한 마음'이라고도 했지. 나는 이번에 또 한 번 그 가르침을 몸으로 배우며 참 가치 있고 귀한 시간을 보낸 거야.'

돌이켜보니 그간 살아오면서 나는 정말로 많이 깨지고 수없이 많은 실패를 겪어 왔던 것 같다. 그리고 그런 실패와 좌절의 과정을 겪을 때마다 얼마나 많이 아프고 힘이 들었는지 모른다. 하지만 딱 죽을 것만 같았던 그 시간도 언젠가는 모두 지나갔고, 그 후 굵게 한 마디씩 자라있던 '삶의 키'를 확인할 수 있었다. 세상의 상처를 치유하고 맛의 깊이를 더해주는 소금이 실은 바다의 상처이며 아픔이며 눈물이라는 사실을 어느 시에서 읽은 적이 있다. 비록 세상 사람들이 그런 과정을 알아주지 않는다 하더라도 소금은 그 모든 아픔과 섭섭함을 꿋꿋이 참아내야 한다고도 했다. 그래야만 비로소 소금이 소금다워질 수 있기 때문이란다. 그런 고통의 시간을 이겨내야만 세상을 위해 귀히 쓰임 받는 진짜 소금이 될 수 있다는 것이다. 아마도 지나온 삶 동안 내가 겪은 모든 고통과 아픔과 눈물도 내 삶의 키를 훌쩍 자라게 하는 귀한 자양분이 되어 줄 것이다. 그리고 언젠가 때가 되면 그렇게 자란 내 삶의 크기와 깊이가 이 세상을 위해 귀하게 쓰임 받게 될 날이 꼭 오리라고 믿는다. 그러한 것을 생각하면 또다시 나는 행복해지고, 내 가슴은 벅차오른다. '꿈'이 있는 삶이 이래서 참 아름답고 귀한 것이리라.

마치며

"Are you Left Wing or Right Wing?"

"I am on the right side. The right side of doing right things."

미국으로 건너간 초창기에 미국 목사님과 매주 성경공부를 한 적이 있다. 솔직히 말하면 목사님과의 성경공부에 관심이 있었던 것이 아니라, '미국사람'과의 영어공부에 더 관심이 있었다. 미국으로 유학만 가면 저절로 귀가 열리고 말문이 터질 줄 알았는데 현실은 그게 아니었다. 주위에는 온통 한국 사람들로 넘쳐났고, 학과 수업은 영어 한마디 못해도 죽으라고 교과서를 읽어 가면 제법 성적이 나왔다. 도무지 영어로 말할 기회가 생기지 않았고 영어회화 실력도 한국에서와 별반 차이가 없었다. 그래서인지 미국까지 와서 또다시 과외비를 내고 개인 영어 레슨을 받는 한국 사람들도 있었다. 그런 현실을 생각하면 미국 목사님과 일주일에 한 번씩 만나 두 시간씩 영어로 듣고 말하는 성경공부 시간은 상당히 설레고 매력적인 시간이었다.

우리가 '스콧 목사님Pastor Scott'이라고 부른 그 목사님과 하루는 평소의 주제를 벗어나 성경이 아닌 정치 얘기를 나누게 되었다. 당시 조지 부시와 앨 고어가 맞붙은 대통령 선거에서 선거인단 득표수와 실제 득표수의 결과가 다르게 나오는 바람에 법정 다툼까지 벌이고 있는 상황이라, 온통 주변에서 그에 관한 얘기를 나누고 있던 시기였다. 평소 점잖아 보였던 미국 사람들이 자신이 지지하는 정파로 나뉘어 "부시가 이겼다." "아니다, 고어가 이긴 거다"라며 언쟁을 벌이는 모습도 자주 목격할 수 있었다. 그래서 과연 목사님은 이번 상황을 어떻게 보고 계신지, 더 나아가 목사님은 우파정당인 공화당 지지자인지 아니면 좌파정당인 민주당 지지자인지도 한번 알아보고 싶었다.

공화당과 민주당을 우리 식으로 우파와 좌파, 혹은 보수와 진보로 구분하는 것이 맞는 것인지 잘 모르겠지만, 보통의 미국사람들도 공화당이 좀 더 보수적 가치를 민주당이 좀 더 진보적 가치를 지향한다고 여기고 있는 듯이 보였다. 그래서 "목사님은 좌파Left Wing입니까, 우파Right Wing입니까?"라며 단도직입적인 질문을 던졌던 것이다. 그런데 목사님으로부터 돌아온 대답이 참으로 걸작이었다. "저는 '바른옳은 편'입니다. '옳은 일'을 하는 '바른 (사람들)편'말입니다."

일전에 가까운 친구 한 명이 내게 이런 말을 한 적이 있다.

"네 글은 쉽고 재미있어. 그렇다고 내용이 가벼운 것도 아니고…. 특이한 점은 우파인지, 좌파인지 잘 모르겠다는 거야. 좋게 보면 좌우를 아우른다고 할 수 있지만, 자칫 양쪽 모두에게서 공격당할 수도 있겠어. '이놈은 과연 어느 편이야?'라면서 말이야."

글을 쓰면서 한 번도 그런 걱정을 해본 적이 없었는데, 막상 듣고 보니 '정말 그럴 수도 있겠구나!' 싶었다. 문득 '내 편' '네 편'으로 편을 갈라서 '내 편이 아니면 모두가 적'이라고 여기는 이분법적 사고, 극단적 행동을 하는 사람들의 존재가 떠올랐다. 결코 그런 부류의 사람들이 다수가 아님에도 불구하고 그들의 목소리가 언론과 정치권의 주목을 끌고 여론과 시류時流에 큰 영향력을 미치고 있는 현실도 떠올랐다. 이러한 시류 탓에 요즘은 책을 한 권 만들어도 이쪽인지 저쪽인지 색깔을 분명히 해야 '우리 편' 사람들이라도 사서 본다는 얘기마저 들린다. 하지만 지금도 나는 내 생각에 변함이 없다. 지난 세월 동안 살아오면서 글이라도 적지 않으면 가슴이 터져버릴 것 같았던 순간에 그냥 내 마음과 손이 가는 대로 적어 놓았던 글이다. 그리고 그 글들을 책으로 엮고자 한 것이다. 그저 평소에 가지고 있던 생각과 하고 싶었던 말을 보태거나 빼지 않고 책으로 솔직하게 옮겨보고 싶었을 뿐이다. '왼편좌파'도 '오른편우파'도 아닌 '바른편'이라고 당당하게 대답하신 그 목사님처럼 말이다.

지금까지 나는 스스로를 철저한 우파라고 여기며 살아왔다. 하지만 나이를 한두 살 더 먹어가다 보니 그 같은 구분이 살아가는데 별로 중요하지도, 그리고 별로 맞지도 않다는 사실을 깨달았다. 이 복잡하고 다양한 세상이 그렇게 칼로 물을 베듯 쉽고 명쾌하게 나누고 정의하고 설명할 수 있는 것이었던가? 네 가지의 혈액형 타입으로 5천만 대한민국 사람들의 성향을 쉽게 분류하고 단정 짓는 것과 같은 또 다른 일반화의 오류일 뿐이다. 나만 하더라도 국방과 통일 분야에서는 '부국강병'을 당당하게 주장하는 '강성 우파'이지만, 외교는 철저히 실용과 실리를 중시하니 '중도'에 가깝다. 하지만 상속세만큼은 높은 세율을 적용해야 한다고 믿고 있으니 이런 측면에선 '좌파'인 셈이다. 이렇게 분야별로 각기 다른 정치적 태도를 보이고 있으면 "쥐도 아닌 것이 그렇다고 새도 아닌 것이"라는 소리를 들으며 '정치적 박쥐'로 공격받아 마땅한 것일까? 부모라도 자식 속을 다 알 수 없는 법인데, 철 지난 이념의 잣대로 어떻게 다양한 국민들의 생각을 판단하고 재단할 수 있을까.

인간은 누구나 처한 상황과 자라온 환경에 따라 사안별로 다른 생각을 하게 마련이다. 정치적으로 좌·우 어느 한 편에 설 수는 있지만, 정치적 선택은 철저히 이기적이다. 다른 사람이 20억 부도가 났다는 것보다 내가 전세금 2천만 원이 없어서 당하는 어려움이 훨씬 더 힘이 들었다. 남이 말기 암 선고를 받고 투병 중인 것보다, '이렇게 빨리 발견해서 정말 다행'이라고 의사가 아무리 얘기를 해줘도 내가 받은 초기 암 진단이 훨씬 더 아프고 서러웠다. 남들의 마음까지는 잘 모르겠지만 적어도 나는 그랬다.

이처럼 세상에서 가장 큰 어려움, 세상에서 가장 큰 아픔이나 설움은 돈 때문에 당하는 어려움도 아니고 암에 걸려서 겪게 되는 고통도 아니다. 세상에서 가장 큰 어려움은 바로 '내 어려움'이고, 가장 큰 아픔은 바로 '내 아픔'인 것이다. '내 문제'에 부딪치게 되면 이념에 상관없이 내게 가장 유리한, 내 미래에 도움이 될 수 있는 편에 서는 것이다.

물론 각자 선택의 기준은 서로 다르다. 누구는 경제적 형편이 좀 더 나아지기를 바라고, 어느 누구는 보편적 복지를, 또 다른 누군가는 강력한 국력을 기대하며 자신의 권리를 행사한다. 이렇게 복잡하고 역동적인 국민의 생각과 마음을 읽어내는 것이 바로 정치가 해야 할 일이다. 그런데도 우리 사회는 아직도 이런 다양한 사람들의 생각을 몇몇 목소리 큰 자들이 자신들의 기준과 잣대로 판단하고 있다. 나는 이러한 '진영의 논리와 관행'을 극복해야만 우리 사회가, 또 우리 정치가 한 단계 더 높이 도약할 수 있다고 믿는다. 그리고 그러한 극복에 대한 해법은 상식과 이성에 따라 하루하루를 살아가는 보통 사람들의 일상에서 찾아야 한다는 생각을 해왔다. 이 책은 그렇게 우리 주변의 일상日常에서 우리가 꿈꾸고 희망하는 이상理想으로의 길을 한 번 찾아보고자 했던 한 사람의 고민과 노력의 과정을 엮은 것이다.

이제 마흔하고 몇 해를 더 살았으니 요즘의 평균수명을 생각하면 그리 길지 않은 세월을 살았을 뿐이다. 그런데도 이렇게 한 권의 책을 내면서 지나온 세월을 돌아보니 결코 간단치 않은 삶을 살아왔던 것 같다. 남부러울 것 없던 어린 시절이었지만 그래서 한순간에 바뀐 가정환경 탓에 더욱 힘들고 아픈 청년기를 보내야 했다. 늘 돈에 쪼들리고 건강을 잃고, 또 하는 일마다 연달아 실패를 경험했다. 정말이지 당시에는 딱 죽을 것만 같이 고통스럽고 힘이 들었다. 행여 남들이 이러한 나의 부끄러운 세월을 알게 될까 봐 또 얼마나 가슴을 졸였는지 모른다. '왜 나만 이런 고통과 수치를 당해야 하느냐'고 신과 부모와 세상을 참 많이도 원망했었다. 그런데 이제 보니 그러한 실패와 고통과 상처가 내 삶의 가장 큰 '밑천'이자 '훈장'임을 깨닫게 된다. 비록 나이가 들어갈수록 내게 주어진 '상황의 한계'와 내가 가진 '능력의 한계'가 더욱 크게 와 닿고, 세상이 결코 모든 사람에게 공평하지 않다는 것을, 그리고 오랫동안 열심히 꿈을 꾼다고 해서 그 꿈이 반드시 이루어진다는 보장이 없다는 것을 알게 되지만, 그래도 나는 희망을 품고 꿈을 이야기한다. 정치의 시작은 이렇게 서로 다름을 인정하는 데서부터 출발해야 한다고 믿기 때문이다.

무조건 같은 출발선에 세우려 하기보다는, 그 격차를 조금이나마 줄일 수 있는 방법을 내어놓고, 내일은 조금 더 나아질 수 있다는 희망을 심어주는 것이 바로 내가 꿈꾸는 정치이다. 그리고 이 꿈은 나 혼자만의 꿈이 아닌 이 시대를 살아가는 순박한 내 이웃들이 함께 꾸고 있는 '시대의 비전'이기도 하다. 결코 가볍지 않은 '삶의 무게'를 젊어지고 살아가면서도 크게 힘든 내색조차 없이 씩씩하게 어제를 살고 또다시 밝아오는 오늘을 준비하고 있는 내 이웃들의 모습을 본다. 그리고 그 힘찬 모습에서 나는 매일 새 힘과 용기를 얻는다. 그 착하고 고마운 사람들을 위해서라도, 처한 상황이 어떠할지라도 '모든 사람이 꿈을 꿀 수 있는 넉넉한 세상'을 향한 나의 꿈과 도전은 멈추지 않을 것이다.